Harry Potter
and the
Order of the Phoenix

HARRY POTTER & THE ORDER OF THE PHOENIX

First published in Great Britain in 2003 by Bloomsbury Publishing Plc
Text © J.K. Rowling 2003
Publishing and Theatrical Rights © J.K. Rowling
Cover illustrations by Jonny Duddle © Bloomsbury Publishing Plc 2014
Map illustration by Tomislav Tomic © J.K. Rowling 2014
All characters and elements © and TM Warner Bros. Entertainment Inc. All rights reserved.
Korean translation copyright © 2019 by Moonhak Soochup Publishing Co., Ltd.

저자의 저작인격권이 보장되어 있습니다.
이 책에서 등장하는 모든 인물과 사건은 허구이며 실존 인물과 사건을 연상시키는 부분이 있더라도 이는 저자의 의도와 무관합니다.

이 책은 저작권사와의 독점계약으로 ㈜문학수첩에서 출간되었습니다.
저작권법에 의해 한국 내에서 보호를 받는 저작물이므로 무단 전재와 무단 복제를 금합니다.

불사조 기사단
4

J.K. 롤링 지음 | 강동혁 옮김

나의 세상을
마법처럼 만들어 주는
닐, 제시카, 데이비드에게

HARRY POTTER
불사조 기사단 1

1장	디멘터의 공격을 받은 더들리	15
2장	부엉이 떼	45
3장	선발대	80
4장	그리몰드가 12번지	107
5장	불사조 기사단	138
6장	고귀하고 유서 깊은 블랙 가문	169
7장	마법 정부	205
8장	청문회	229
9장	위즐리 부인의 고뇌	252

HARRY POTTER
불사조 기사단 2

장	제목	쪽
10장	루나 러브굿	15
11장	기숙사 배정 모자의 새 노래	47
12장	엄브리지 교수	80
13장	덜로리스와 함께한 방과 후 징계	127
14장	퍼시와 패드풋	173
15장	호그와트 장학관	216
16장	호그스 헤드에서	254

HARRY POTTER
불사조 기사단 3

17장	교육 법령 24조	15
18장	덤블도어의 군대	53
19장	사자와 뱀	92
20장	해그리드의 이야기	129
21장	뱀의 눈	164
22장	세인트 멍고 마법 질병 상해 병원	204
23장	폐쇄 병동에서의 크리스마스	247

HARRY POTTER
불사조 기사단 4

24장	오클루먼시	15
25장	궁지에 몰린 딱정벌레	59
26장	본 것과 미리 보지 못한 것	102
27장	켄타우로스와 고자질쟁이	147
28장	스네이프의 가장 끔찍한 기억	189
29장	진로 상담	233
30장	그룹	273

HARRY POTTER
불사조 기사단 5

31장	O.W.L.	15
32장	벽난로 밖으로	55
33장	싸움과 탈출	90
34장	미스터리부	112
35장	베일 너머	140
36장	그가 두려워한 단 한 사람	183
37장	잃어버린 예언	204
38장	두 번째 전쟁의 시작	245

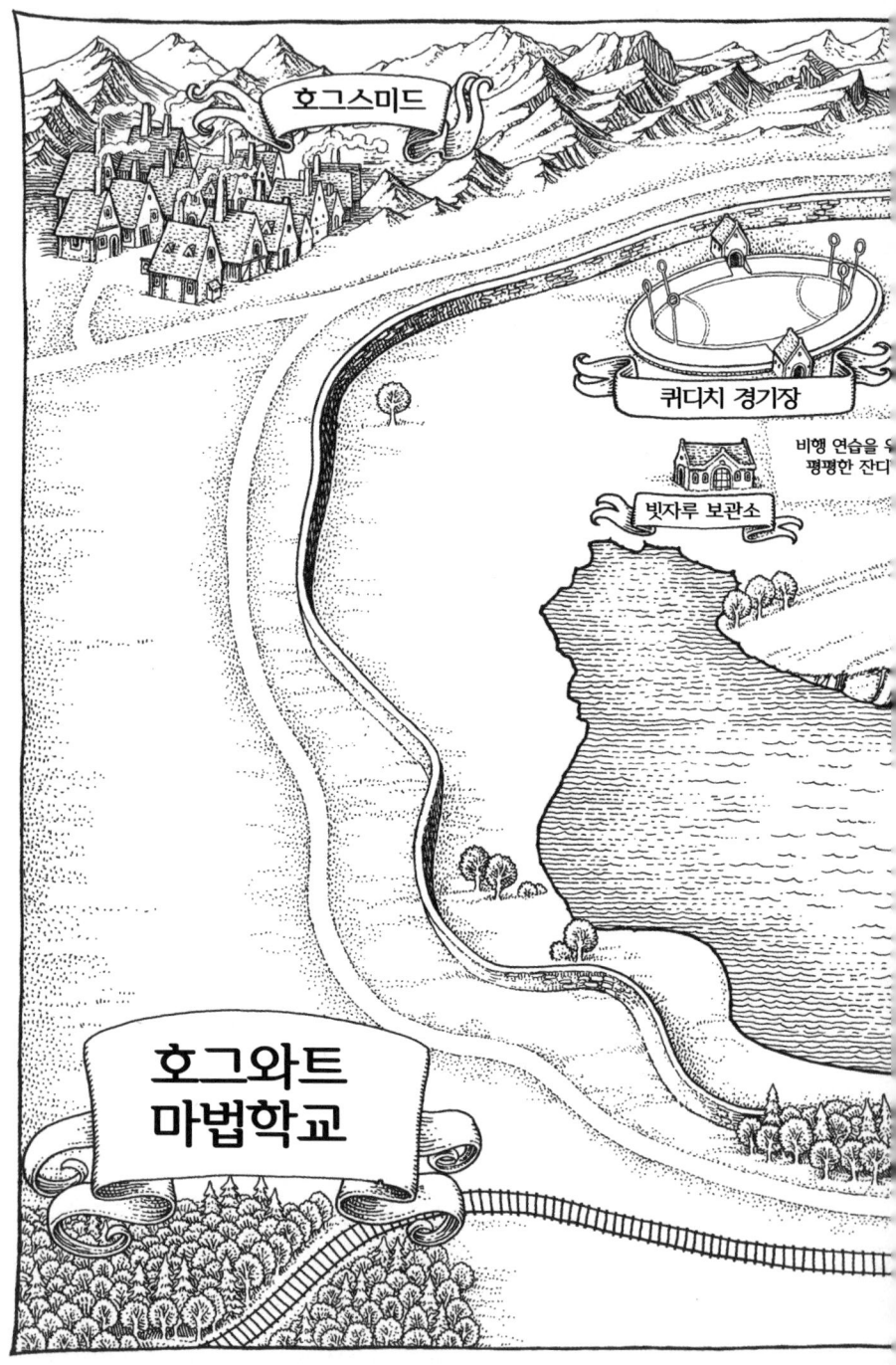

일러두기

- 이 책은 2003년에 한국에서 처음 출간된 '해리 포터' 시리즈의 《해리 포터와 불사조 기사단》을 새로 번역한 것으로, 2014년 Bloomsbury Publishing Plc.에서 출간된 J.K. Rowling의 *Harry Potter and the Order of the Phoenix*를 저본으로 삼았다.
- 인명 등 고유명사의 표기는 국립국어원 외래어표기법과 오디오북의 발음을 따랐으나, 이미 널리 굳어진 몇몇 명칭('호그와트', '헤르미온느', '래번클로', '후플푸프' 등등)은 기존 한국어판 번역을 그대로 따랐다.
- 역주는 본문 중에 '―옮긴이'로 표시했다.

24장
오클루먼시

 알고 보니 크리처는 다락방에 숨어 있었다. 시리우스는 다락방에 올라갔다가 먼지투성이가 된 크리처를 발견했는데, 아마 자기 벽장에 숨겨 놓을 블랙 가문의 유물들을 찾아 돌아다니다 그렇게 됐을 거라고 말했다. 시리우스는 이 이야기를 하면서 만족스러워하는 것 같지만 해리는 왠지 불안했다. 다시 모습을 드러낸 크리처는 전보다 기분이 더 좋아 보였고, 억울해하는 중얼거림도 어쩐지 줄어들었으며, 평소보다 더 고분고분 지시에 따랐다. 한두 차례 해리를 탐욕스럽게 바라보기는 했지만 해리가 그것을 눈치챘다는 걸 알 때마다 매번 재빨리 눈을 돌렸다.
 해리는 그런 막연한 의심을 시리우스에게 털어놓지 않았다. 크리스마스가 끝난 지금 시리우스의 쾌활함은 빠르게 증발하고 있었다. 그들이 호그와트로 출발하는 날짜가 가까워 올수록 그는 점점 더 위즐리 부인이 '우울 발작'이라고 부르는 증상을 보이곤 했다. 그럴 때마다 그는 말수가 적어지고 무뚝뚝해져서 한 번에 몇시간씩 벅빅이 있는 방에 틀어박히기 일쑤였다. 그의 우울한 기분이 집 안 전체로 퍼져 나가 무슨 독가스라도 되는 것처럼 문 아래로 스며들었고 모두가 거기에 감염되었다.

해리는 시리우스를 또다시 크리처와 단둘이 남겨 둔 채 떠나고 싶지 않았다. 사실 그는 난생처음으로 호그와트로 돌아갈 날을 기대하지 않았다. 학교로 돌아간다는 건 또다시 덜로리스 엄브리지의 독재 아래 제 발로 걸어 들어간다는 뜻이었다. 그녀는 그들이 없는 동안 열 개가 넘는 또 다른 법령들을 억지로 통과시켰을 게 뻔했다. 이제 퀴디치도 금지당했으니 기대할 만한 것도 없었고, 시험이 더욱 가까워진 만큼 숙제만 더 늘어날 것이었다. 게다가 덤블도어는 변함없이 그와 거리를 두고 있었다. 사실 D.A.만 아니었더라면 해리는 시리우스에게 호그와트에 가지 않고 그리몰드가에 머물게 해 달라고 간청했을지도 몰랐다.

그러다가 다름 아닌 연휴 마지막 날, 학교로 돌아가기가 무척 두려워지는 어떤 사건이 벌어지고 말았다.

"얘, 해리." 위즐리 부인이 그와 론의 침실로 고개를 들이밀며 말했다. 두 사람은 헤르미온느, 지니, 크룩섕스가 지켜보는 가운데 마법사 체스를 두고 있었다. "부엌에 좀 내려와 볼래? 스네이프 교수님이 할 얘기가 있다고 하시는구나."

해리는 그녀의 말을 곧바로 이해하지 못했다. 그의 룩 하나가 론의 폰과 격렬한 몸싸움을 벌이는 중이었고, 해리는 그 싸움을 열정적으로 부추기고 있었던 것이다.

"뭉개 버려. 뭉개 버리라고. 그냥 폰이잖아, 이 멍청아. 죄송해요, 위즐리 아줌마. 뭐라고 하셨어요?"

"스네이프 교수님 말이야, 얘야. 주방에 계신다. 얘기를 하고 싶다서."

해리는 겁에 질려 입을 쩍 벌렸다. 그는 론, 헤르미온느, 지니를 돌아보았다. 모두 입을 벌린 채 그를 마주 보고 있었다. 헤르미온느가 지난 15분 동안 억지로 붙잡고 있던 크룩섕스가 신나게 체스판 위로 뛰어들었다. 체스 말들이 목청껏 새된 비명을 지르며 숨을 곳을 찾아 우르르 달아났다.

"스네이프가요?" 해리가 멍하니 물었다.

"스네이프 교수님이라고 해야지, 얘야." 위즐리 부인이 꾸짖듯 말했다. "자 어서, 빨리 내려오렴. 오래 계실 수는 없다는구나."

"널 왜 보자는 거지?" 위즐리 부인이 방에서 나가자 론이 불안한 표정으로 물었다. "너 아무 짓도 안 했지?"

"안 했어!" 해리가 화를 내며 소리쳤다. 그는 스네이프가 그리몰드가까지 그를 쫓아올 만한 어떤 짓을 했는지 머리를 쥐어짜며 생각해 보았다. 혹시 마지막 숙제에서 'T'를 받은 걸까?

잠시 뒤 부엌문을 열고 들어간 그는 시리우스와 스네이프가 긴 식탁에 마주 앉아 서로를 노려보고 있는 모습을 보았다. 둘 사이에 흐르는 침묵은 서로에 대한 증오심으로 묵직했다. 시리우스 앞 식탁 위에 편지가 펼쳐져 있었다.

"저……." 해리는 자신이 왔다는 것을 알리려고 입을 열었다.

스네이프가 눈을 돌려 그를 보았다. 기름진 검은색 머리카락이 스네이프의 얼굴에 커튼처럼 드리워져 있었다.

"앉아라, 포터."

"이봐." 시리우스는 의자 앞다리가 들릴 정도로 등받이에 몸을 기대더니 천장에 대고 큰 소리로 말했다. "여기에선 명령하는 걸 삼가 줬으면 좋겠군, 스네이프. 여긴 내 집이니까 말이야."

스네이프의 허연 얼굴이 보기 흉하게 달아올랐다. 해리는 시리우스 옆에 앉아 식탁 건너편의 스네이프를 마주 보았다.

"나는 원래 너와 단둘이 만날 작정이었다, 포터." 스네이프가 말했다. 그의 입술이 익숙한 비웃음으로 비틀렸다. "그런데 블랙이……."

"나는 이 아이의 대부야." 시리우스가 더욱 큰 소리로 말했다.

"나는 덤블도어 교수님 지시로 여기 와 있는 거야." 반대로 스네이프의 목소리는 조용하고 성마르게 변해 가고 있었다. "하지만 아무렴, 그냥 앉아 있어, 블랙. 네가…… 참여하는 기분을 느끼고 싶어 한다는 건 나도 잘 아니까."

"그게 무슨 뜻이지?" 시리우스가 다리 두 개로만 버티고 있던 의자를 원래대로 쾅 돌려놓으며 말했다.

"아, 난 그냥 네가 쓸모 있는 일은 아무것도 할 수 없다는 사실에 분명 답답해하고 있을 것 같아서." 스네이프는 '쓸모 있는'이라는 단어에 미묘하게 힘을 주었다. "기사단을 위해서 말이야."

이번에는 시리우스가 얼굴을 붉힐 차례였다. 해리를 돌아보는 스네이프의 입술이 승리감에 비틀려 올라갔다.

"교장 선생님께서 너에게 이 말을 전하라고 하셨다, 포터. 이번 학기에 네가 오클루먼시를 배우길 바란다고 말이다."

"뭘 배운다고요?" 해리가 멍해져서 물었다.

스네이프의 비웃음이 더욱 짙어졌다.

"오클루먼시 말이다, 포터. 외부의 침투에 대항해 정신을 방어하는 마법이지. 잘 알려지지 않은 마법의 한 영역이지만 매우 유용하다."

해리의 심장이 매우 세차게 뛰기 시작했다. 외부의 침투에 대항하는 방어 마법이라고? 하지만 그는 지배당한 게 아니었다. 그것은 모두가 동의한 사실인데…….

"제가 왜 오클…… 어쩌고 하는 걸 배워야 해요?" 그가 불쑥 내뱉었다.

"교장 선생님께서 그렇게 하는 게 좋다고 생각하시니까." 스네이프가 막힘없이 대답했다. "너는 1주일에 한 번 개인 수업을 받게 되겠지만, 네가 뭘 하고 있는지 아무에게도 얘기해서는 안 된다. 특히 덜로리스 엄브리지 귀에는 절대로 들어가선 안 돼. 알겠나?"

"네." 해리가 말했다. "누가 가르쳐 주실 건가요?"

스네이프가 눈썹을 치켜올렸다.

"나다." 그가 말했다.

해리는 심장이 녹아내리는 것 같은 끔찍한 기분에 사로잡혔다. 스네이프와의 과외 수업이라니……. 대체 그가 무슨 잘못을 했기에 이런 꼴을 당해야 한단 말인가? 해리는 도움을 바라며 시리우스를 재빨리 돌아보았다.

"왜 덤블도어 교수님이 해리를 가르치지 않는 거지?" 시리우스가 공격적으로 물었다. "왜 네가 가르치는 거야?"

"재미없는 수업은 다른 사람한테 미룰 수 있는 것이 교장의 특권이기 때문이겠지." 스네이프가 번드르르하게 말했다. "분명히 말하지만, 나도 딱히 맡고 싶지 않았어." 그는 자리에서 일어났다. "월요일 저녁 6시에 기다리고 있겠다, 포터. 내 연구실에서.

누가 묻거든 마법약 보충수업을 받는다고 해라. 내 수업에서 널 본 사람이라면 아무도 너에게 보충수업이 필요하다는 사실을 부정할 수 없을 테니."

그는 자리를 떠나려고 검은색 여행용 망토를 펄럭이며 돌아섰다.

"잠깐만 기다려." 시리우스가 의자에 앉은 채 몸을 더 곧게 펴고 말했다.

스네이프는 고개를 돌려 그들을 마주 바라보더니 피식 웃었다.

"내가 좀 바쁜데, 블랙. 너와 다르게 나는 무한정 한가하지가 않아서 말이야."

"그럼 요점만 말하지." 시리우스가 일어서며 말했다. 그는 스네이프보다 키가 컸다. 해리는 스네이프가 망토 주머니 속에서 지팡이를 움켜쥐고 있다고 확신했다. "오클루먼시 수업을 핑계로 해리를 괴롭힌다는 소리가 들리면 나한테 해명할 말을 준비해야 할 거야."

"눈물 나겠군." 스네이프가 빈정거렸다. "하지만 포터가 제 아비를 쏙 빼닮았다는 건 분명 알고 있겠지?"

"그래, 알아." 시리우스가 자랑스러운 듯 말했다.

"뭐 그럼, 저 아이가 너무 오만해서 잘못을 지적해 봐야 그냥 튕겨져 나올 뿐이라는 것도 잘 알겠군." 스네이프가 번지르르하게 말했다.

시리우스는 거칠게 의자를 옆으로 밀치더니 식탁을 빙 둘러 스네이프를 향해 성큼성큼 걸어가면서 마법 지팡이를 꺼냈다. 스네이프도 재빨리 자기 마법 지팡이를 꺼내 들었다. 둘 다 싸울 태세였다. 시리우스는 머리끝까지 화가 난 표정이었고, 스네이프는 시리우스의 마법 지팡이 끝과 얼굴을 빠르게 번갈아 보면서 상황을 계산하고 있었다.

"시리우스!" 해리가 큰 소리로 불렀지만 시리우스에게는 들리지 않는 듯했다.

"경고했다, 콧물루스." 시리우스가 스네이프에게 얼굴을 바짝 들이대고 말했다. "덤블도어 교수님이 네가 개과천선했다고 생각하든 말든 난 관심 없어. 난 그걸 곧이곧대로 믿을 만큼 어리석지 않으니까."

"아, 그럼 왜 덤블도어 교수님한테 그렇게 말하지 않는 거지?" 스네이프가 속삭였다. "여섯 달 동안 어머니 집에서 숨어 지낸 남자의 조언이 별로 진지하게 받아들여지지 않을까 봐 걱정하는 건가?"

"어디 말해 봐, 루시우스 말포이는 요즘 어떻게 지내? 자기 애완견이 호그와트에서 일하고 있어서 아주 기뻐할 것 같은데. 안 그래?"

"개 얘기가 나와서 말인데……." 스네이프가 부드럽게 말을 이었다. "지난번 네가 위험을 무릅쓰고 밖으로 짧은 여행을 나왔을 때 루시우스 말포이가 널 알아봤다는 건 아나? 기발한 생각이었어, 블랙. 안전한 역 승강장에 모습을 드러낸 것 말이야……. 다시는 은신처를 떠나지 않아도 될 확실한 핑계를 만든 거겠지?"

시리우스가 마법 지팡이를 들어 올렸다.

"안 돼요!" 해리는 소리치며 식탁을 손으로 짚고 뛰어넘어 둘 사이에 끼어들려고 했다. "시리우스, 안 돼요!"

"내가 겁쟁이라는 거냐?" 시리우스가 고함을 지르며 해리를 밀어내려 했지만 해리는 꼼짝도 하지 않았다.

"뭐, 그래. 말이 그렇게 되는군." 스네이프가 말했다.

"해리, 끼어들지 마라!" 시리우스가 마법 지팡이를 쥐지 않은 손으로 해리를 밀치며 으르렁거렸다.

부엌문이 열리며 위즐리 가족 모두와 헤르미온느가 들어왔다. 다들 매우 즐거워하는 표정이었다. 위즐리 씨가 줄무늬 잠옷 위에 우비를 걸치고 일행 가운데서 자랑스럽게 걷고 있었다.

"다 나았어!" 그가 딱히 누구에게랄 것도 없이 부엌에 대고 밝은 목소리로 말했다. "완전히 나았어!"

그를 비롯한 위즐리 가족 모두가 문 앞에 우뚝 멈춰 서서 눈앞의 광경을 뚫어지게 바라보았다. 그 광경 또한 한창 진행 중에 멈춘 상태였다. 시리우스와 스네이프는 서로의 얼굴에 마법 지팡이를 겨눈 채 문 쪽을 바라봤고, 해리는 그 사이에 꼼짝 않고 서서 양손을 뻗어 두 사람을 억지로 떼어 놓고 있었다.

"멀린의 턱수염 같으니." 위즐리 씨가 말했다. 그의 얼굴에서 미소가 싹 사라졌다. "이게 무슨 일이야?"

시리우스와 스네이프 모두 마법 지팡이를 내렸다. 해리는 둘을 번갈아 보았다. 둘 다 경멸에 가득 찬 표정을 짓고 있었지만, 뜻밖에 많은 목격자가 등장하면서 제정신을 차린 듯했다. 스네이프는 마법 지팡이를 주머니에 넣고 부엌을 휙 가로질러 한 마디 말도 없이 위즐리 가족을 지나쳤다. 그는 문 앞에 다다라 뒤를 돌아보았다.

"월요일 저녁 6시다, 포터."

그러고는 나가 버렸다. 시리우스는 마법 지팡이를 늘어뜨린 채 그의 뒷모습을 노려보았다.

"무슨 일이에요?" 위즐리 씨가 다시 물었다.

"아무것도 아니에요, 아서." 시리우스가 말했다. 그는 방금 장거리 달리기를 한 것처럼 거칠게 숨을 쉬고 있었다. "그냥 학창 시절 친구끼리 사이좋게 수다 좀 떨었죠." 그는 어마어마한 노력을 들인 것처럼 보이는 미소를 지었다. "그래…… 나았다고요? 아주 좋은 소식이군요. 정말로요."

"그렇죠?" 위즐리 부인이 남편을 앞에 있는 의자로 데려가며 말했다. "스메스윅 치유사가 결국 마법을 써서 그 뱀 송곳니에 들어 있던 정체 모를 독의 해독제를 발견했어요. 아서는 머글 의학에 손대서는 안 된다는 교훈을 얻었고요. 그렇지, 여보?" 그녀가 조금 위협적인 목소리로 덧붙였다.

"아무렴, 몰리." 위즐리 씨가 순순히 대답했다.

위즐리 씨가 돌아왔으니 그날 저녁 식사는 즐거운 시간이 되어야 했다. 해리는 시리우스가 분위기를 띄우려 애쓰고 있다는 것을 알았다. 다만 대부의 얼굴은 프레드와 조지의 농담에 억지로 크게 웃거나 모두에게 음식을 더 먹으라고 권하지 않을 때면 다시 울적하고 침울한 표정으로 변했다. 해리는 위즐리 씨에게 축하 인사를 전하러 들른 먼덩거스와 매드아이가 사이에 앉는 바람에 대부와 떨어져 앉게 되었다. 그는 시리우스에게 말하고 싶었다. 스네이프의 말은 한 마디도 귀담아 듣지 말라고, 스네이프는 일부러 그를 괴롭히고 있는 것이며, 다른 사람들은 시리우스가 덤블도어의 지시대로 그리몰드가에 머문다고 해서 그를 겁쟁이라고 생각하지 않는다고. 하지만 그렇게 말할 기회는 없었고, 시리우스의 얼굴에 떠오른 험악한 표정을 보니 기회가 있다 하더라도 감히 그런 말은 꺼낼 수 없을 것 같았다. 대신 해리는 목소리를 죽이고 론과 헤르미온느에게 스네이프와 오클루먼시 수업을 하게 됐다고 말해 주었다.

"덤블도어 교수님은 네가 더 이상 볼드모트에 대한 그런 꿈들을 안 꿨으면 하시는 거야." 헤르미온느가 대번에 말했다. "뭐, 그런 꿈을 더 꾸지 않는다고 아쉬울 건 없잖아?"

"스네이프랑 과외 수업을 한다고?" 론이 경악한 목소리로 말했다. "나라면 차라리 악몽을 꾸겠다!"

그들은 다음 날, 이번에도 통스와 루핀의 호위를 받아 나이트 버스를 타고 호그와트로 돌아갈 예정이었다. 이튿날 아침이 되어 해리, 론, 헤르미온느가 내려갔을 때 통스와 루핀은 부엌에서 아침을 먹고 있었다. 어른들은 작은 소리로 대화를 나누던 중이었던 듯, 해리가 문을 열자 모두가 황급히 돌아보더니 입을 다물었다.

서둘러 아침 식사를 마친 일행은 싸늘한 1월의 잿빛 아침에 대비해 외투를 입고 목도리를 둘렀다. 해리는 가슴이 불쾌하게 죄어 드는 것을 느꼈다. 시리우스에게 작별 인사를 하고 싶지 않았다. 왠지 불길했다. 다음에 언제 보게 될지도 알 수 없었다. 시리우스가 멍청한 짓을 하지 않도록 무슨 말이라도 해야겠다는 의무감마저 느껴졌다. 겁쟁이라는 스네이프의 비난에 지나치게 자극받은 나머지 지금 이 순간 그리몰드가를 벗어난 무모한 여행을 계획하고 있는 건 아닐까 걱정스러웠다. 그러나 무슨 말을 할지 생각할 겨를도 없이 시리우스가 손짓으로 그를 옆으로 불렀다.

"이거 가져가라." 그는 조용히 말하며, 형편없는 솜씨로 포장한 문고판 책만 한 꾸러미를 해리의 손에 쥐어 주었다.

"이게 뭐예요?" 해리가 물었다.

"스네이프가 널 못살게 굴면 이걸로 나한테 알려 다오. 아니, 여기서는 열어 보지 말거라!" 시리우스가 위즐리 부인에게 경계하는 눈초리를 던지며 말했다. 위즐리 부인은 직접 뜬 손모아장갑을 끼라고 쌍둥이들을 설득하는 중이었다. "몰리가 달가워할 것 같지 않아서 말이야. 하지만 내가 필요할 때 이걸 썼으면 좋겠다. 알았지?"

"네." 해리가 외투 안주머니에 꾸러미를 넣으며 말했다. 하지만 이게 무엇이든 절대로 사용하지 않을 작정이었다. 앞으로 있을 오클루먼시 수업에서 스네이프가 그를 얼마나 괴롭히든, 시리우스를 안전한 장소에서 꾀어내는 장본인이 되지는 않을 것이다.

"그럼, 가자." 시리우스가 해리의 어깨를 두드리고 음울하게 웃으며 말했다. 해리가 뭔가 다른 말을 할 겨를도 없이 그들은 위층으로 올라가 쇠사슬이 여러 겹으로 감기고 빗장이 쳐진 현관문 앞에 멈춰 섰다. 위즐리 가족이 그 앞에 서 있었다.

"안녕, 해리. 몸조심하렴." 위즐리 부인이 그를 안아 주며 말했다.

"나중에 보자, 해리. 그리고 날 위해 뱀들 좀 지켜봐 다오!" 위즐리 씨가 그와 악수하며 쾌활하게 말했다.

"네, 그럴게요." 해리는 다른 데 정신이 팔린 채 대답했다. 지금이 시리우스에게 조심하라고 말할 마지막 기회였다. 그는 고개를 돌려 대부의 얼굴을 보고 뭔가 말하려 했지만, 그럴 새도 없이 시리우스가 그를 한 팔로 짧게 끌어안더니 무뚝뚝하게 말했다. "몸조심해라, 해리." 다음 순간, 해리는 자기도 모르게 얼음장 같은 겨울 공기 속으로 떠밀렸다. 통스(오늘은 트위드 옷을 입은 키 큰 철흑색 머리카락의 여성으로 변장했다)가 계단을 내려가라고 그를 재촉했다.

12번지의 문이 등 뒤에서 탁 닫혔다. 그들은 루핀을 따라 현관 계단을 내려갔다. 해리는 인도에 내려서자마자 뒤를 돌아보았다. 양옆의 집이 옆으로 쭉 늘어나면서 그 사이의 12번지는 짓눌리는 것처럼 빠르게 줄어들더니 눈 깜짝할 사이에 사라져 버렸다.

"가자, 버스는 빨리 탈수록 좋아." 통스가 말했다. 해리는 광장을 힐끗 둘러보는 그녀의 눈길에 초조함이 깃들어 있다고 생각했다. 루핀이 오른팔을 쭉 뻗었다.

쾅.

그들 앞 허공에서 요란한 보라색 3층 버스가 나타나 가장 가까운 곳에 있는 가로등을 아슬아슬하게 비껴 나갔다. 가로등은 버스를 피해 뒤로 펄쩍 물러섰다.

비쩍 마르고 여드름투성이에 귀가 삐죽 튀어나온 보라색 유니폼의 젊은이가 인도로 뛰어내리며 말했다. "환영합니다, 우리······."

"그래, 그래, 알아. 고마워." 통스가 재빨리 말했다. "자자, 어서 타······."

그녀는 차장을 지나쳐 계단 쪽으로 해리를 밀었다. 차장이 눈을 휘둥그렇게 뜨고 해리를 바라보았다.

"어…… 해리잖아!"

"얘 이름을 크게 불렀다간 너한테 저주를 걸어서 다 잊어버리게 만들 거야." 통스가 이제는 지니와 헤르미온느를 앞으로 떠밀며 위협적으로 중얼거렸다.

"난 옛날부터 이걸 타 보고 싶었어." 론이 먼저 버스에 올라탄 해리 옆에 앉더니 주위를 둘러보면서 기쁜 듯 말했다.

해리가 지난번 나이트 버스에 탔을 때는 저녁이어서 버스의 세 개 층이 모두 놋쇠 틀로 된 침대로 가득했다. 이른 아침인 지금은 각양각색의 온갖 의자들이 창가에 아무렇게나 빽빽하게 놓여 있었다. 의자 몇 개는 버스가 그리몰드가에 갑작스럽게 멈춰 섰을 때 넘어진 것처럼 보였다. 마법사 몇 명이 아직도 투덜거리며 넘어진 자리에서 일어나는 중이었고 누군가의 쇼핑백은 버스 저 끝에서 이 끝까지 미끄러져 있었다. 개구리 알과 바퀴벌레, 커스터드 크림의 불쾌한 혼합물이 바닥에 온통 흐트러져 있었다.

"나눠서 앉아야겠다." 통스가 빈 의자를 찾아 주위를 둘러보며 활기차게 말했다. "프레드랑 조지, 지니, 너희는 저기 뒷자리에 앉아……. 리머스가 같이 있어 줄 거야."

그녀와 해리, 론과 헤르미온느는 가장 꼭대기 층으로 향했다. 그곳은 맨 앞에 두 자리가 비어 있었고, 뒤에도 빈자리가 두 개 있었다. 차장 스탠 션파이크는 기대감에 찬 얼굴로 맨 뒤까지 해리와 론을 따라왔다. 해리가 지나가자 사람들이 그를 향해 고개를 돌렸다. 그가 자리에 앉자 모든 얼굴이 다시 앞으로 휙 돌아가는 것이 보였다.

해리와 론이 스탠에게 각자 11시클을 건네자 버스는 다시 불길하게 흔들리며 출발했다. 버스는 인도를 오르락내리락하면서 그리몰드가 주위를 부르릉대며 돌았다. 그러다가 또 한 번 엄청난 **쾅** 소리와 함께 승객들이 뒤로 내동댕이쳐졌다. 론의 의자는 그대로 넘어졌고, 그의 무릎 위에 있던 피그위전은 새장에서 튀어나와 시끄럽게 울면서 버스 앞쪽까지 날아가 헤르미온느의 어깨에 파닥파닥 내려앉았다. 버스에 달린 촛대를 잡아 가까스로 넘어지는 꼴을 피한 해리는 창밖을 내다보았다. 그들은 이제 고속도로처럼 보이는 곳을 빠르게 달리고 있었다.

"버밍엄을 막 벗어났어." 론이 힘겹게 바닥에서 일어났을 때 스탠은 묻지도 않은 것을 신이 나서 말해 주었다. "잘 있었냐, 해리? 여름에 신문에서 네 이름을 굉장히 많이 봤는데, 좋은 얘기는 하나도 없더라. 내가 언한테 그랬지. '우리가 만났을 때는 미치광이 같지 않았는데, 이제 슬슬 티가 나나 봐요?'라고 말이야."

그는 차표를 건네주고도 계속 멍하니 해리를 응시했다. 스탠은 신문에 실릴 정도로 유명하기만 하다면 누가 얼마나 미쳤는지는 상관하지 않는 게 틀림없었다. 나이트 버스는 무서울 정도로 흔들리면서 안쪽 차선의 차들을 앞질렀다. 버스 앞쪽에서 헤르미온느가 양손으로 눈을 가리는 모습이 보였다. 피그위전은 그녀의 어깨에서 즐겁게 몸을 흔들고 있었다.

쾅.

나이트 버스가 버밍엄 고속도로에서 급커브 길이 계속 이어지는 한적한 시골길로 펄쩍 뛰어내리자 의자들이 다시 뒤로 미끄러졌다. 버스가 경계를 침범할 때마다 양옆의 산울타리들이 펄쩍 뛰어 비켜났다. 버스는 여기서 붐비는 마을 한복판의 큰길로 들어선 다음, 높은 언덕으로 둘러싸인 고가도로를 지나 우뚝 솟은 공동주택 사이 바람이 심하게 부는 길로 접어들었다. 그럴 때마다 요란하게 **쾅** 하는 소리가 났다.

"생각이 바뀌었어." 론이 여섯 번째로 바닥에 넘어졌다가 몸을 일으키며 중얼거렸다. "두 번 다시 타고 싶지 않아."

"자, 이다음 정거장이 호그와트야." 스탠이 흔들흔들 그들에게 다가오며 밝게 말했다. "너희랑 같이 있던 그 이래라저래라 하는 여자가 너희를 먼저 내려 주라고 팁을 조금 주더라. 하지만 마시 부인을 먼저 내려줘야 해." 아래층에서 구역질하는 소리가 들리더니 뒤이어 뭔가 후드득 쏟아지는 끔찍한 소리가 이어졌다. "……상태가 썩 좋지 않아서."

몇 분 뒤, 나이트 버스가 끼익 소리를 내며 작은 술집 앞에 멈춰 섰다. 술집은 저절로 움츠러들어 길에서 비키면서 충돌을 피했다. 스탠이 불운한 마시 부인을 재촉해 버스에서 내리게 하는 소리와, 2층 승객들의 안심해서 웅성거리는 소리가 들렸다. 다시 출발한 버스는 속도를 높이기 시작하더니……

쾅.

하얗게 눈 덮인 호그스미드를 지나가고 있었다. 해리는 골목 안쪽에 있는 호그스 헤드를 흘낏 바라보았다. 잘린 멧돼지 머리 간판이 겨울바람에 흔들리고 있었다. 눈송이들이 커다란 버스 앞 유리창을 두드렸다. 마침내 버스는 호그와트 교문 앞에 멈춰 섰다.

루핀과 통스는 짐 내리는 것을 도와준 다음 작별 인사를 하려고 버스에서 내렸다. 해리가 나이트 버스를 힐끗 올려다보니, 세 개 층에 있는 승객 모두가 창문에 코를 바짝 붙인 채 바깥을 내려다보고 있었다.

"일단 교내에 들어가면 안전할 거야." 통스가 아무도 없는 길가를 조심스럽게 살피며 말했다. "즐거운 학교생활 보내렴. 알았지?"

"너희 모두 몸조심하거라." 루핀이 다른 아이들 모두와 악수하고 마침내 해리에게 이르러 말했다. "그리고 잘 들어라…….." 다른 아이들이 통스와 마지막 인사를 나누는 사이 루핀이 목소리를 낮췄다. "해리, 네가 스네이프를 좋아하지 않는 건 알지만 그는 최고의 오클루먼스다. 시리우스는 물론이고 우리 모두 네가 너 자신을 지키는 방법을 배우기를 바라고 있어. 그러니까 열심히 하거라. 알았니?"

"네, 알겠어요." 해리가 너무 일찍 주름살이 잡힌 루핀의 얼굴을 올려다보며 무겁게 말했다. "그럼, 나중에 뵈어요."

여섯 사람은 짐 가방을 질질 끌고 성을 향해 미끄러운 길을 힘겹게 나아갔다. 헤르미온느는 벌써부터 잠자리에 들기 전에 집요정 모자를 몇 개 더 떠야 한다는 이야기를 하고 있었다. 해리는 오크나무 정문에 도착해서 흘깃 뒤를 돌아보았다. 나이트 버스는 이미 사라지고 없었다. 내일 저녁에 있을 일을 생각하니 차라리 아직 그 버스에 타고 있었으면 하는 마음이 들었다.

해리는 다음 날 저녁이 오는 것을 두려워하면서 대부분의 시간을 보냈다. 오전의 마법약 연강은 두려움을 떨치는 데 아무런 도움이 되지 않았다. 스네이프는 여느 때처럼 불쾌하게 굴었다. 수업 사이사이 복도에서 D.A. 회원들이 끊임없이 그에게 다가와 기대감에 찬 얼굴로 그날 밤에 모임이 있느냐고 물었기에 기분은 더욱 가라앉았다.

"다음 모임이 언제인지는 전에 하던 대로 알려 줄게." 해리는 계속 그 말만 반복했다. "하지만 오늘은 못 해. 내가, 어…… 마법약 보충수업을 들어야 해서."

"마법약 보충수업을 듣는다고?" 재커라이어스 스미스가 점심식사 후 현관홀에서 해리를 구석에 몰아넣고 거만하게 물었다. "세상에, 너 진짜 심각한가 보다. 스네이프는 보충수업 같은 거 잘 안 하잖아?"

스미스가 짜증이 날 만큼 활기찬 태도로 성큼성큼 멀어져 가자 론이 그의 뒷모습을 쏘아보았다.

"저주를 걸어 볼까? 여기서도 맞힐 수 있어." 그가 말하면서 마법 지팡이를 들어 스미스의 등 한가운데를 겨눴다.

"됐어." 해리가 우울하게 말했다. "다들 그렇게 생각할 텐데, 뭐. 안 그래? 내가 정말 멍청……."

"안녕, 해리." 등 뒤에서 어떤 목소리가 말을 걸었다. 해리는 고개를 돌려 그곳에 서 있는 초를 바라보았다.

"아." 해리는 가슴이 불편하게 울렁거리는 것을 느꼈다. "안녕."

"우린 도서관에 있을게, 해리." 헤르미온느가 얼른 내뱉더니 론의 팔을 잡고 대리석 계단으로 끌고 갔다.

"크리스마스 잘 보냈어?" 초가 물었다.

"응, 좋았어." 해리가 말했다.

"나는 꽤 조용하게 보냈어." 초가 말했다. 그녀는 왠지 모르게 조금 쑥스러운 표정이었다. "음…… 다음 달에 또 호그스미드 방문이 있던데, 공고문 봤어?"

"응? 아, 아니, 아직 게시판을 확인 못 했어."

"그랬구나. 그날이 밸런타인데이더라고……."

"그렇구나." 해리는 그녀가 왜 자기에게 이런 말을 하는지 궁금했다. "음, 너 혹시……?"

"네가 괜찮다면." 그녀가 기대감에 차서 말했다.

해리는 그녀를 빤히 바라보았다. 그는 "너 혹시 다음 D.A. 모임이 언제인지 알고 싶은 거야?"라고 물을 참이었지만, 그녀의 대꾸는 영 엉뚱했다.

"나는, 어……." 그가 머뭇거렸다.

"아, 가고 싶지 않으면 괜찮아." 그녀가 기분 상한 표정으로 말했다. "신경 쓰지 마. 나, 나중에 보자."

그녀가 멀어져 갔다. 해리는 그녀의 뒷모습을 바라보며 서 있었다. 머리가 미친 듯이 돌아갔다. 잠시 후 뭔가가 퍼뜩 떠올랐다.

"초! 저기, **초!**"

그는 그녀를 뒤쫓아 달려간 끝에 대리석 계단 중간에서 따라잡았다.

"어…… 밸런타인데이에 나랑 같이 호그스미드에 가지 않을래?"

"아아, 그래!" 그녀가 새빨개진 얼굴로 환하게 웃으며 말했다.

"그래…… 뭐…… 그럼 약속한 거야." 해리가 말했다. 결국 오늘이 완전히 무의미한 하루가 된 건 아니라는 생각에, 그는 거의 껑충껑충 뛰면서 오후 수업 전에 론과 헤르미온느를 만나기 위해 도서관으로 향했다.

그러나 그날 저녁 6시 즈음에는 초 챙에게 성공적으로 데이트 신청을 했다는 기쁨도 스네이프의 연구실을 향해 한 발 한 발 내디딜 때마다 더해지는 암울한 기분을 밝혀 주지 못했다.

그는 스네이프의 연구실 문 앞에 이르러 잠깐 멈춰 섰다. 여기만 아니라면 어디에 있든 상관없을 것 같았다. 잠시 후 그는 심호흡을 하고 문을 두드린 다음 연구실 안으로 들어갔다.

연구실은 어두웠고 벽을 빙 두른 선반에는 다양한 색깔의 마법약 안에 끈적끈적한 동물과 식물 조각이 둥둥 떠 있는 유리병 수백 개가 놓여 있었다. 한쪽 구석에는 스네이프가 언젠가 해리가 훔쳐 갔다며 비난했던 재료들로 가득한 저장고가 있었다(딱히 근거 없는 비난은 아니었지만). 그러나 해리의 관심은 책상으로 향했다. 그곳에는 룬문자와 상징 들이 새겨진 얕은 돌 대야가 촛불빛 아래 놓여 있었다. 해리는 곧바로 그것을 알아보았다. 그것은 덤블도어의 펜시브였다. 그게 대체 왜 여기 있는지 궁금해하던 해리는 어둠 속에서 스네이프의 차가운 목소리가 들려오자 깜짝 놀라 그 자리에서 펄쩍 뛰었다.

"문을 닫도록, 포터."

해리는 시키는 대로 하면서도 제 발로 감옥에 들어가는 것 같은 끔찍한 기분을 느꼈다. 그가 다시 돌아섰을 때, 스네이프는 빛 속으로 걸어 나와 조용히 책상 맞은편 의자를 가리키고 있었다. 해리는 의자에 앉았다. 스네이프도 자리에 앉았다. 그의 차가운 검은색 눈이 깜빡이지도 않고 해리에게 머물렀다. 그의 얼굴 주름 하나하나에 증오가 새겨져 있었다.

"자, 포터. 네가 왜 여기에 왔는지는 알고 있겠지." 그가 말했다. "교장 선생님께서 너에게 오클루먼시를 가르쳐 주라고 부탁하셨다. 난 네가 마법약 수업에서보다는 나은 솜씨를 보여 주기만 바랄 뿐이다."

"네." 해리가 짧게 대꾸했다.

"이게 일반적인 수업은 아니지만, 포터." 스네이프가 말했다. 그의 눈이 사악하게 가늘어졌다. "나는 여전히 널 가르치는 입장이니 항상 공손하게 대답하고 날 '교수님'이라고 불러야 한다."

"네…… 교수님." 해리가 말했다.

"그럼, 오클루먼시 수업을 시작하겠다. 네 사랑하는 대부의 부엌에서 말했듯, 이 마법 분야는 마법적 침입과 영향으로부터 정신을 봉인하는 것이다."

"그런데 덤블도어 교수님은 왜 저한테 그게 필요하다고 생각하시는 거죠?" 해리가 스네이프의 눈을 똑바로 바라보며 물었다. 그가 과연 뭐라고 대답할지 궁금했다.

스네이프는 잠시 그를 마주 보더니 경멸 어린 말투로 말했다. "아무리 너라도 지금쯤은 당연히 알아차렸어야 할 텐데, 포터? 어둠의 왕은 레질리먼시에 매우 능통하다."

"그게 뭔가요, 교수님?"

"레질리먼시는 다른 사람의 정신에서 감정과 기억을 끌어내는 능력으로……."

"그자가 마음을 읽을 수 있다고요?" 해리가 재빨리 물었다. 그의 가장 큰 두려움이 확인되는 순간이었다.

"정말 둔하군, 포터." 스네이프가 검은색 눈을 번뜩이며 말했다. "너에겐 미묘한 차이에 대한 이해가 부족해. 네 마법약 제조 솜씨를 그토록 형편없게 만드는 여러 단점 중 하나지."

스네이프는 잠깐 말을 멈췄다. 다시 말을 잇기 전 해리를 모욕하는 쾌감을 맛보려는 것이 틀림없었다.

"'독심술'이니 뭐니 하는 소리를 지껄이는 건 머글들뿐이다. 마음은 책이 아니다. 내키는 대로 열고 느긋하게 살펴볼 수 있는 게 아니란 말이다. 생각은 두개골 안쪽에 새겨져 있어서 아무나 들어가서 볼 수 있는 게 아니야. 정신은 복잡하고 여러 층위를 가지고 있다, 포터. 적어도, 대부분 사람들의 정신은 그렇지." 그가 히죽거렸다. "그러나 이것만은 확실하다. 레질리먼시에 통달한 사람은 특정 조건하에서 그 자신이 희생자의 정신을 뒤져서 발견한 것을 정확히 해석할 수 있다. 예컨대 어둠의 왕은 누가 자기에게 거짓말을 하면 대부분 알아차리지. 오직 오클루먼시를 습득한 사람만이 그 거짓말에 어긋나는 감정과 기억을 은폐할 수 있고, 그래서 그자 앞에서도 들키지 않고 거짓을 말할 수 있다."

스네이프야 뭐라고 말하든 해리에게 레질리먼시는 독심술과 똑같은 것으로 들렸다. 전혀 마음에 들지 않았다.

"그러니까 그자는 우리가 지금 무슨 생각을 하는지 알 수 있다는 건가요? 교수님?"

"어둠의 왕은 상당히 먼 거리에 있고, 호그와트 성벽과 교정에는 그 안에 있는 사람들의 신체와 정신을 보호하기 위한 수많은 고대의 주문과 마법이 걸려 있다." 스네이프가 말했다. "마법에서도 시간과 공간은 중요한 문제다, 포터. 레질리먼시를 쓰려면 보통 눈을 마주 보는 게 필수적이지."

"네, 그럼 왜 제가 오클루먼시를 배워야 하나요?"

스네이프는 길고 가느다란 손가락으로 자신의 입술을 만지며 해리를 유심히 바라보았다.

"네게는 일반적인 규칙이 적용되지 않는 것으로 보인다, 포터. 너를 죽이려다 실패한 그 저주가 너와 어둠의 왕 사이에 어떤 연결을 만들어 낸 것 같다. 여러 증거로 보아 너와 어둠의 왕은 가끔

씩 네 정신이 가장 해이해지고 취약한 상태일 때, 예를 들어 네가 잠들어 있을 때 생각이나 감정을 공유하는 것으로 보인다. 교장 선생님은 이런 일이 지속되는 게 바람직하지 않다고 생각하시지. 그래서 내가 너한테 어둠의 왕에게서 정신을 차단하는 법을 가르치기를 바라시는 거다."

해리의 심장이 다시 빠르게 뛰었다. 전혀 아귀가 맞지 않는 말이었다.

"하지만 덤블도어 교수님은 왜 그걸 막고 싶어 하시죠?" 그가 불쑥 물었다. "저도 그게 좋다는 건 아니지만, 쓸모가 있었잖아요. 아닌가요? 그러니까…… 저는 그 뱀이 위즐리 씨를 공격하는 걸 봤어요. 제가 그걸 보지 못했다면 덤블도어 교수님이 위즐리 씨를 구하지 못하셨을 텐데요? 교수님?"

스네이프는 여전히 손가락으로 입술을 더듬으며 잠시 해리를 바라보았다. 다시 천천히 입을 열었을 때 그는 단어 하나하나의 무게를 재는 듯 신중했다.

"불과 얼마 전까지만 해도 어둠의 왕은 너와 자신이 연결돼 있다는 사실을 몰랐던 것으로 보인다. 지금까지는 네가 그자의 감정을 경험하고 생각을 공유하면서도 그자에게 전혀 들키지 않았던 것 같다. 그러나 네가 크리스마스 직전에 보았던 환각은……."

"뱀과 위즐리 씨가 나온 환각요?"

"내 말을 끊지 말도록, 포터." 스네이프가 위협적인 목소리로 말했다. "말했다시피, 네가 크리스마스 직전에 본 환각은 네가 어둠의 왕의 생각 속으로 아주 강력하게 침입했다는 사실을 보여……."

"저는 그자가 아니라 뱀의 머릿속에서 그 장면을 봤어요!"

"방금 내 말을 끊지 말라고 했던 것 같은데, 포터?"

하지만 해리는 스네이프가 화를 내든 말든 상관없었다. 마침내 이 일의 진상이 밝혀지고 있는 것 같았다. 의자에서 몸을 앞으로 움직이는 바람에, 그는 자기도 모르는 사이 의자 모서리에 걸터앉아 있었다. 마치 싸울 것처럼 긴장한 상태였다.

"그런데 어떻게 뱀의 눈을 통해서 볼 수가 있죠? 제가 볼드모트의 생각을 공유하고 있는 거라면요."

"*어둠의 왕의 이름을 말하지 마라!*" 스네이프가 큰 소리로 내뱉었다.

불편한 침묵이 흘렀다. 그들은 펜시브를 사이에 두고 서로를 노려보았다.

"덤블도어 교수님도 그자의 이름을 말씀하시는데요." 해리가 조용히 말했다.

"덤블도어 교수님은 더할 나위 없이 강력한 마법사다." 스네이프가 중얼거렸다. "그분이야 마음 놓고 그 이름을 말씀하시겠지만…… 다른 사람들은……." 그는 왼쪽 팔꿈치 아래를 문질렀다.

분명 무의식적인 행동이었다. 해리는 그곳에 어둠의 징표가 새겨져 있음을 알고 있었다.

"전 그냥 알고 싶었을 뿐이에요." 해리가 공손하게 말하려고 애쓰면서 다시 입을 열었다. "어째서……."

"네가 뱀의 머릿속에 들어간 건, 바로 그 순간에 어둠의 왕이 뱀 안에 들어가 있었기 때문이라고 추측된다." 스네이프가 사납게 말했다. "그 시점에 어둠의 왕이 뱀을 지배하고 있었기 때문에 너도 뱀 안에 들어가 있는 꿈을 꾼 거지."

"그럼 볼…… 그자는 제가 거기에 있었던 걸 알아챘나요?"

"그랬을 거다." 스네이프가 차갑게 말했다.

"그걸 어떻게 알아요?" 해리가 다급히 입을 열었다. "덤블도어 교수님이 그냥 추측하시는 건가요, 아니면……."

"말했을 텐데." 스네이프가 의자에 꼿꼿이 앉아 눈을 가늘게 뜨고 말했다. "'교수님'을 붙이라고."

"네, 교수님." 해리가 조바심을 내며 말했다. "하지만 어떻게 아셨……?"

"그걸 아는 것만으로도 충분하다." 스네이프가 더 이상의 물음을 저지하듯 말했다. "중요한 것은 이제 어둠의 왕이 네가 자기 생각과 감정에 접근할 수 있다는 사실을 안다는 거다. 그자는 또 그 과정이 반대 방향으로 작동할 가능성이 높다는 사실도 추론해 냈다. 다시 말해 그자가 거꾸로 네 생각과 감정에 접근할 수도 있다는 사실을 깨달았다는 거지."

"그럼 그자가 저를 마음대로 조종하게 될 수도 있나요?" 해리가 묻고는 *"교수님?"* 하고 얼른 덧붙였다.

"그럴 수도 있겠지." 스네이프가 전혀 개의치 않는다는 투로 싸늘하게 말했다. "그래서 오클루먼시를 배워야 한다는 거다."

스네이프는 로브 안주머니에서 마법 지팡이를 꺼냈다. 의자에 앉아 있던 해리는 긴장했지만, 스네이프는 그저 마법 지팡이를 자신의 관자놀이까지 들어 올리더니 그 끝을 기름진 머리카락 밑에 갖다 댈 뿐이었다. 그가 마법 지팡이를 떼자 웬 은색 물질이 따라 나왔다. 흡사 두꺼운 거미줄이 관자놀이에서 마법 지팡이까지 늘어져 있는 것처럼 보였다. 스네이프가 마법 지팡이를 치우자 거미줄은 끊어져서 가만히 펜시브 속으로 떨어졌다. 그것은 그 안에서 기체도 액체도 아닌 상태의 은백색으로 소용돌이쳤다. 스네이프는 두 차례 더 마법 지팡이를 관자놀이로 들어 올려 뽑아낸 은색 물질을 돌 대야에 떨어뜨렸고, 그런 다음에는 자신의 행동에 대해 설명 한 마디 하지 않은 채 펜시브를 조심스럽게 들어 선반 위로 치웠다. 그러고는 마법 지팡이를 치켜든 채 다시 해리를 마주 보았다.

"일어나서 마법 지팡이를 꺼내라, 포터."

해리는 조마조마한 마음으로 일어섰다. 그들은 책상을 사이에 두고 마주 보았다.

"마법 지팡이로 나를 무장해제시켜도 되고, 네가 생각할 수 있는 그 어떤 방법으로든 너 자신을 방어하면 된다." 스네이프가 말했다.

"뭘 하실 건데요?" 해리가 스네이프의 마법 지팡이를 불안하게 눈여겨보며 물었다.

"나는 네 정신에 침입하려고 시도할 거다." 스네이프가 작은 소리로 말했다. "네가 어떻게 저항하는지 보게 되겠지. 네가 임페리우스 저주에 저항하는 데 재능을 보인 적이 있다고 들었다. 여기에도 그와 비슷한 능력이 필요하다는 것을 알게 될 거다……. 자, 마음의 준비를 해라. *레질리먼스!*"

스네이프는 해리가 미처 준비하기도 전에, 그가 저항할 힘을 끌어낼 시도조차 하기 전에 그를 공격했다. 눈앞에서 연구실이 빙빙 돌다가 사라졌다. 마치 필름이 깜빡거리듯 이미지들이 연달아 그의 머릿속을 빠르게 휙휙 지나갔다. 그 이미지들이 어찌나 선명한지 주위가 보이지 않을 정도였다.

그는 다섯 살이었다. 새로 산 빨간 자전거를 탄 더들리를 바라보고 있었다. 질투심으로 가슴이 터질 것 같았다……. 아홉 살, 그는 불도그 리퍼에게 쫓겨 나무 위로 올라갔고 더즐리 가족은 잔디밭에 서서 웃고 있었다……. 그는 기숙사 배정 모자를 쓰고 앉아 있었다. 모자는 그가 슬리데린에서도 잘해 나갈 것이라고 말했다……. 헤르미온느가 얼굴이 검은 털로 빽빽하게 뒤덮인 채 병동에 누워 있었다……. 100명에 달하는 디멘터들이 어두운 호숫가에 있는 그를 향해 다가오고 있었다……. 초 챙이 겨우살이 아래에서 다가오고…….

안 돼. 초와 관련한 기억이 차츰 떠오르자 해리의 머릿속에서 어떤 목소리가 말했다. 이건 보면 안 돼, 이건 보지 마, 이건 개인적인…….

그는 무릎에 날카로운 통증을 느꼈다. 눈앞에 스네이프의 연구실이 돌아와 있었다. 해리는 자신이 바닥에 쓰러졌다는 것을 깨달았다. 한쪽 무릎을 스네이프의 책상 다리에 세게 부딪힌 뒤였다. 그는 고개를 들어 스네이프를 바라보았다. 스네이프는 마법 지팡이를 내린 채 손목을 문지르고 있었다. 마치 불에 덴 것처럼 손목에 빨갛게 부어오른 자국이 남아 있었다.

"찌르기 마법을 걸려고 한 거냐?" 스네이프가 싸늘하게 물었다.

"아뇨." 해리가 바닥에서 일어서며 씁쓸하게 말했다.

"아닐 줄 알았다." 스네이프가 경멸 어린 어조로 말했다. "너는 내가 너무 깊은 곳까지 들어가게 놔뒀어. 통제력을 잃은 거다."

"제가 본 걸 전부 보셨어요?" 해리가 물었다. 그러면서도 대답을 듣고 싶은 건지 확신하진 못했다.

"잠깐." 스네이프가 입가를 말아 올리며 물었다. "그건 누구 개였지?"

"마지 고모요." 해리는 새삼 스네이프를 향한 증오심을 느끼며 웅얼거렸다.

"뭐, 첫 번째 시도치고는 예상만큼 형편없지는 않았다." 스네이프가 또 한 번 마법 지팡이를 들어 올리며 말했다. "결국 나를 간신히 막긴 했으니까. 하지만 소리나 지르는 데 시간과 힘을 낭비했어. 집중력을 유지해야 한다. 머리를 써서 나를 몰아내면 마법 지팡이에 의지할 필요가 없을 거다."

"노력하고 있어요." 해리가 화를 내며 말했다. "하지만 방법을 안 알려 주시잖아요!"

"예의를 갖춰라, 포터." 스네이프가 위협적으로 말했다. "자, 눈을 감도록."

해리는 심술궂은 눈길로 쏘아본 뒤에야 시키는 대로 했다. 마법 지팡이를 든 스네이프가 앞에 있는데 가만히 눈을 감고 서 있는 것이 영 마음에 들지 않았다.

"마음을 비워라, 포터." 스네이프의 차가운 목소리가 들렸다. "모든 감정을 내려놓아라……."

하지만 여전히 스네이프에 대한 분노가 독극물처럼 그의 혈관을 타고 울컥울컥 치밀었다. 분노를 내려놓으라고? 차라리 다리를 떼어 내는 게 쉬울 것 같았다…….

"안 되나 보군, 포터……. 이것보다 더 많은 절제력이 필요하다……. 자, 집중해……."

해리는 마음을 비우고 아무것도 생각하지 않으려고 애썼다. 기억하지도, 느끼지도…….

"다시 해 보자……. 셋을 세겠다…… 하나, 둘, 셋, 레질리먼스!"

그의 눈앞에서 거대한 검은 용이 몸을 일으키고 있었다……. 마법에 걸린 거울 속에서 아버지와 어머니가 그에게 손을 흔들었다……. 세드릭 디고리가 멍한 눈으로 그를 바라보며 땅바닥에 쓰러져 있었다…….

"안 돼애애애애애애!"

해리는 다시 무릎을 꿇고 양손에 얼굴을 파묻었다. 누군가가 두개골에서 뇌를 끄집어내려는 것처럼 머리가 아팠다.

"일어나!" 스네이프가 날카롭게 소리쳤다. "일어나라! 넌 노력하지 않고 있다. 시도조차 안 하고 있어. 네가 두려워하는 기억들에 접근하도록 날 내버려 두면서 내게 무기를 쥐여 주고 있단 말이다!"

해리는 다시 일어섰다. 묘지에서 죽은 세드릭을 지금 막 실제로 본 것처럼 심장이 거세게 뛰었다. 스네이프는 평소보다 더 창백하고 더 화가 난 것처럼 보였다. 물론 해리가 화난 것에 비할 수는 없었지만.

"노력······하고······ 있어요." 그가 이를 악물고 말했다.

"감정을 비우라고 했다!"

"그래요? 근데, 지금은 좀 어려운데요." 해리가 으르렁거리듯 말했다.

"그렇다면 어둠의 왕의 손쉬운 먹잇감이 될 뿐이지!" 스네이프가 잔혹하게 말했다. "자기 마음을 숨김없이 내보이고 다니는 바보들, 자기 감정도 다스리지 못하는 바보들, 슬픈 기억에 젖어 쉬운 도발에 스스로를 방치하는 바보들, 한마디로 나약한 인간들. 그런 인간들은 결코 그자의 힘에 맞설 수 없어! 포터, 그자는 우스꽝스러울 정도로 쉽게 네 마음을 꿰뚫어 볼 거다!"

"전 나약하지 않아요." 해리가 나직한 목소리로 말했다. 이제는 분노가 울컥울컥 치밀어 당장에라도 스네이프를 공격할 수 있을 것 같았다.

"그렇다면 증명해 봐라! 너 자신을 다스리란 말이다!" 스네이프가 내뱉었다. "분노를 통제하고, 정신을 가다듬어! 다시 해 본다! 자, 준비! 레질리먼스!"

그는 버넌 이모부가 우편함에 망치질하는 모습을 지켜보고 있었······. 100명에 달하는 디멘터들이 교정의 호수를 가로질러 그에게 날아왔다……. 그는 위즐리 씨와 함께 창문 없는 복도를 달리고 있었다……. 그들은 복도 끝에 있는 아무 장식 없는 검은 문에 점점 다가갔다……. 해리는 그 문을 지나갈 거라고 생각했다……. 하지만 위즐리 씨가 그를 왼쪽 돌계단 아래로 이끌었다…….

"알겠다! 이제 알겠어!"

그는 또다시 스네이프의 연구실 바닥에 팔과 무릎을 대고 엎드려 있었다. 흉터가 기분 나쁘게 욱신거렸지만, 방금 그의 입에서 나온 목소리는 승리감으로 가득 차 있었다. 해리는 바닥을 짚고 다시 일어났다. 스네이프는 마법 지팡이를 들어 올린 채 해리를 응시하고 있었다. 이번에는 해리가 저항을 시작하기도 전에 스네이프가 먼저 주문을 해제한 것 같았다.

"그다음에 무슨 일이 일어났지, 포터?" 그가 해리를 뚫어지게 바라보며 물었다.

"봤어요, 기억났어요." 해리가 헐떡였다. "방금 깨달았어요……."

"뭘 깨달았다는 거냐?" 스네이프가 날카롭게 물었다.

해리는 바로 대답하지 않았다. 그는 여전히 이마를 문지르면서, 눈이 멀 것 같은 깨달음의 순간을 맛보고 있었다…….

그는 그곳이 실제로 존재하는 장소라는 것을 한순간도 깨닫지 못한 채, 몇 달 동안 잠긴 문으로 끝나는 창문 없는 복도가 나오는 꿈을 꿔 왔다. 이제 그 기억을 다시 떠올려 본 그는 꿈속의 그 복도가 8월 12일에 위즐리 씨와 함께 허겁지겁 달려가던 곳이라는 사실을 알았다. 바로 미스터리부로 이어지는 복도였다. 위즐리 씨는 볼드모트의 뱀에게 공격당한 날 밤 그곳에 있었던 것이다.

그는 고개를 들고 스네이프를 바라보았다.

"미스터리부에는 뭐가 있죠?"

"뭐라고?" 스네이프가 조용히 되물었다. 해리는 스네이프가 동요하는 모습을 보고 깊은 만족감을 느꼈다.

"미스터리부에는 뭐가 있느냐고 물었습니다, 교수님." 해리가 말했다.

스네이프가 느릿느릿 말했다. "왜 그런 걸 묻지?"

"왜냐하면" 하고, 해리는 스네이프의 반응을 유심히 살피며 입을 열었다. "제가 방금 본 그 복도가…… 그곳이 몇 달 동안이나 꿈에 나왔는데, 방금 깨달았거든요. 그 복도는 미스터리부로 향하는 곳이었어요. 제 생각엔 볼드모트가 거기에 있는 뭔가를 원하는……."

"어둠의 왕의 이름을 말하지 말라고 했다!"

그들은 서로를 노려보았다. 이마의 흉터가 다시 타는 듯 아팠지만 해리는 신경 쓰지 않았다. 스네이프는 불안해하는 표정이었지만 다시 입을 열었을 때는 냉정하고 무심한 모습을 보이려는 기색이 역력했다.

"미스터리부에는 많은 게 있다, 포터. 그중 대부분이 네가 이해할 수 없는 것들이고, 너와 관계있는 것은 아무것도 없어. 내 말 알아듣겠나?"

"네." 해리가 여전히 쿡쿡 쑤시는 흉터를 문지르며 대답했다. 통증은 점점 더 심해지고 있었다.

"수요일 같은 시간에 다시 오도록. 그때 수업을 이어 가겠다."

"알겠습니다." 해리가 말했다. 한시라도 빨리 스네이프의 연구실을 나가 론과 헤르미온느를 찾고 싶은 마음이 간절했다.

"매일 밤 잠들기 전에 모든 감정을 제거해야 한다. 마음을 텅 비우고 한 점 동요 없이 평온한 상태로 만들어라. 알았나?"

"네." 해리는 거의 듣지도 않고 대답했다.

"그리고 경고하는데, 포터……. 난 네가 연습을 했는지 안 했는지 알 수 있다……."

"알았어요." 해리가 웅얼거렸다. 그는 가방을 들어 어깨에 걸친 뒤 서둘러 연구실 문으로 향했다. 문을 열면서 스네이프를 힐끗 돌아보니, 그는 해리를 등진 채 마법 지팡이 끝으로 펜시브 안에서 자신의 생각을 건져 올려 조심스럽게 머릿속에 다시 집어넣고 있었다. 해리는 아무 말 없이 연구실을 나가서 조심스럽게 문을 닫았다. 흉터는 아직도 고통스럽게 욱신거렸다.

해리는 도서관에서 론과 헤르미온느를 찾았다. 그들은 엄브리지가 최근에 내준 산더미 같은 숙제를 하고 있었다. 도서관에 있는 학생들은 대부분 5학년들이었는데, 다들 등불이 밝혀진 책상에 앉아 책에 코를 박고 깃펜으로 열심히 뭔가를 끼적이고 있었다. 그러는 사이 창밖의 하늘은 점점 어두워졌다. 그 밖에 들리는 소리라고는 사서인 핀스 선생이 소중한 책들에 손을 대려는 학생들을 바짝 붙어 감시하면서 통로를 어슬렁거리며 신발을 찍찍 끄는 소리뿐이었다.

해리는 부르르 몸을 떨었다. 이마의 통증은 여전했다. 거의 열이 나는 기분이었다. 그는 론, 헤르미온느와 마주 앉았다. 맞은편 창문에 비친 자신의 모습이 보였다. 얼굴이 하얗게 질려 있었고, 흉터는 평소보다 더 선명하게 도드라져 보였다.

"어떻게 됐어?" 헤르미온느가 속삭이더니, 이어서 걱정스러운 표정을 지어 보였다. "괜찮아, 해리?"

"응…… 괜찮아. ……잘 모르겠어." 해리가 또다시 흉터를 꿰뚫는 통증에 얼굴을 찡그리며 초조하게 말했다. "저기…… 내가 방금 뭔가를 깨달았는데……."

그는 자신이 방금 보고 추측한 것을 그들에게 이야기해 주었다.

"그러니까…… 그러니까 네 말은……." 핀스 선생이 신발을 살짝 끽끽거리며 빠르게 지나가자 론이 속삭였다. "그 무기, 그러니까 '그 사람'이 찾고 있는 물건이 마법 정부 안에 있다는 거야?"

"미스터리부에. 그럴 거야." 해리가 속삭였다. "청문회 날 너희 아빠가 날 법정으로 데려다주셨을 때 그 문을 봤거든. 뱀이 아저씨를 물었을 때 아저씨가 지키고 있던 문도 바로 그 문이었어."

헤르미온느가 길고 느린 한숨을 내쉬었다.

"당연히 그렇겠지." 그녀가 목소리를 낮추고 말했다.

"뭐가?" 론이 조금 조바심을 내며 물었다.

"론, 생각해 봐……. 스터지스 포드모어는 마법 정부에 있는 어떤 문으로 들어가려고 했잖아……. 그것도 분명 그 문이었을 거야. 우연이라기엔 너무 이상해!"

"스터지스는 우리 편인데 왜 침입하려 한 거지?" 론이 물었다.

"뭐, 그건 나도 모르겠어." 헤르미온느가 인정했다. "좀 이상하긴 하네……."

"그런데 미스터리부 안에 뭐가 있는 거야?" 해리가 론에게 물었다. "너희 아빠가 거기에 대해서 뭔가 말씀하신 적 없어?"

"거기서 일하는 사람들을 '입에 담지 말아야 할 자들'이라고 부르는 건 알고 있어." 론이 얼굴을 찌푸리며 말했다. "그 사람들이 뭘 하는지 정말로 아는 사람은 없는 것 같거든. 무기를 두기에는 이상한 장소지."

"전혀 이상하지 않아. 완벽하게 말이 돼." 헤르미온느가 말했다. "아마 정부가 개발 중인 일급비밀에 해당하는 무기일 거야. ……해리, 너 괜찮은 거 맞아?"

해리가 방금 이마를 다림질하려는 듯 양손을 대고 꾹 눌렀기 때문에 한 말이었다.

"응...... 괜찮아......." 그가 떨리는 손을 내리며 말했다. "그냥 기분이 좀...... 난 오클루먼시가 별로 마음에 안 들어."

"정신을 계속 공격당하면 누구라도 불안할 거야." 헤르미온느가 이해한다는 듯 말했다. "우리 휴게실로 돌아가자. 거기 가면 좀 편안해질 거야."

하지만 휴게실은 사람들로 붐볐고 왁자지껄한 웃음소리와 흥분으로 가득했다. 프레드와 조지가 장난감 가게의 최신 상품들을 선보이고 있었다.

"머리가 없어지는 모자야!" 조지가 소리쳤다. 프레드는 구경하는 학생들 앞에 솜털 같은 분홍색 깃털이 장식된 뾰족 모자를 흔들었다. "한 개에 2갈레온! 자, 프레드를 봐!"

프레드가 활짝 웃으며 머리에 모자를 썼다. 잠깐 동안은 단지 좀 멍청해 보일 뿐이었지만 다음 순간 모자와 머리가 모두 사라졌다.

여학생 몇몇이 비명을 질렀지만 다른 사람들은 모두 웃음을 터뜨렸다.

"다시 벗는다!" 조지가 소리치자, 프레드의 손이 잠깐 어깨 위의 허공을 더듬는가 싶더니 분홍색 깃털 모자를 홱 벗었다. 그의 머리가 다시 나타났다.

"그런데, 저 모자들은 어떻게 작동하는 거지?" 헤르미온느가 숙제를 하다 말고 어딘가 정신이 팔리는 듯하더니 프레드와 조지 쪽을 바라보며 물었다. "분명 투명 마법의 일종일 텐데, 투명성의 영역을 마법이 걸린 물건 바깥으로까지 확장하다니 꽤 영리한 걸……. 마법 지속 시간이 별로 길 것 같지는 않지만."

해리는 대꾸하지 않았다. 몸이 좋지 않았다.

"이건 내일 해야겠다." 그는 방금 꺼낸 책들을 다시 가방에 넣으며 중얼거렸다.

"음, 그럼 숙제 알림장에 적어!" 헤르미온느가 격려하듯 말했다. "그래야 안 잊어버리지!"

해리와 론은 서로 눈빛을 주고받았다. 해리는 가방으로 손을 뻗어 알림장을 꺼낸 뒤 머뭇머뭇 펼쳤다.

"나중으로 미루지 마, 이 2류 인간아!" 해리가 엄브리지의 숙제를 적어 넣자 알림장이 꾸짖었다. 헤르미온느는 그것을 보며 활짝 웃었다.

"가서 자야겠어." 해리는 숙제 알림장을 다시 가방에 쑤셔 넣으면서 기회가 생기는 대로 벽난로에 던져 버려야겠다고 마음속으로 다짐했다.

그는 머리가 없어지는 모자를 씌우려는 조지를 피하면서 휴게실을 가로질러 마침내 남학생 기숙사로 향하는 평화롭고 차분한 돌계단에 도달했다. 뱀의 환각을 보았던 그날 밤처럼 다시 구역질이 났지만 잠깐만 누워 있으면 괜찮아질 것 같았다.

침실 문을 열고 한 발짝 들여놓은 순간, 누군가가 정수리를 칼로 벤 것만 같은 격렬한 통증이 밀려왔다. 해리는 자기가 지금 어디에 있는지, 서 있는지 누워 있는지조차 알 수 없었다. 심지어 그 자신의 이름마저 떠오르지 않았다.

광기 어린 웃음소리가 그의 귓가에 메아리쳤다……. 이렇게 기분이 좋은 건 오랜만이었다……. 의기양양하고, 황홀하고, 승리감이 가득 차올랐다……. 기막힐 정도로 멋진 일이 일어났다…….

"해리? **해리!**"

누군가가 그의 얼굴을 철썩철썩 때렸다. 광기 어린 웃음소리가 고통의 비명으로 끊겼다. 행복한 기분은 사라지고 있었지만 웃음소리는 계속 이어졌다…….

그는 눈을 뜨면서 그 거친 웃음소리가 자신의 입에서 나오고 있다는 사실을 알아차렸다. 그것을 깨달은 순간 웃음이 사그라졌다. 해리는 바닥에 누운 채 헐떡이며 천장을 올려다보고 있었다. 이마의 흉터가 견딜 수 없이 욱신거렸다. 론이 아주 걱정스러운 표정으로 그를 내려다보고 있었다.

"왜 그래?" 론이 물었다.

"난…… 모르겠어…….." 해리가 몸을 바로 세워 앉으며 헐떡거렸다. "그자가 정말 즐거워하고 있어……. 정말로 기뻐하고 있어……."

"'그 사람'이?"

"뭔가 좋은 일이 일어난 거야." 해리가 중얼거렸다. 그는 뱀이 위즐리 씨를 공격하는 장면을 봤을 때처럼 심하게 몸을 떨고 있었다. 당장에라도 토할 것 같았다. "그자가 바라던 일이."

퀴디치 경기장 탈의실에서 그랬던 것처럼 그 말은 마치 낯선 이가 해리의 입을 통해 말하는 것처럼 들렸다. 하지만 해리는 그것이 사실임을 알고 있었다. 그는 심호흡을 하며 론에게 죄다 토해 놓지 않으려고 무진 애를 썼다. 이번에는 딘과 셰이머스가 보고 있지 않아서 정말 다행이었다.

"헤르미온느가 가서 널 살펴보라고 하더라." 론이 해리가 일어나도록 도와주면서 나직하게 말했다. "스네이프가 네 정신을 갖고 장난친 뒤라 방어력이 약해졌을 거라고……. 그래도 장기적으로는 도움이 되겠지?"

론은 해리를 침대로 부축해 가면서 의심스러운 눈으로 그를 바라보았다. 해리는 아무 확신도 없이 고개를 끄덕이고는 다시 베개로 푹 고꾸라졌다. 그날 저녁 바닥에 너무 자주 쓰러진 탓에 온몸이 아팠다. 이마의 흉터는 여전히 고통스럽게 쿡쿡 쑤셨다. 처음 시도해 본 오클루먼시가 정신의 저항력을 강화시키기는커녕 오히려 약화시켰다는 느낌이 드는 것도 어쩔 수 없었다. 그는 엄청난 두려움을 느끼며, 14년 만에 볼드모트 경을 가장 행복하게 만든 것이 과연 무엇일지 생각했다.

25장
궁지에 몰린 딱정벌레

해리의 의문에 대한 답은 바로 다음 날 아침에 돌아왔다. 《예언자일보》가 도착하자 헤르미온느는 신문을 쫙 펼치고 잠시 1면을 뚫어지게 보더니 꺅 소리를 질렀다. 그 바람에 근처에 있던 모두가 그녀를 바라보았다.

"왜 그래?" 해리와 론이 동시에 물었다.

그녀는 대답 대신 신문을 식탁에 펼쳐 놓고, 1면을 가득 채운 열 장의 흑백사진을 가리켰다. 그중 아홉은 각각 한 명씩의 남자 마법사를 보여 주었고, 열 번째 사진에는 한 여자 마법사의 얼굴이 실려 있었다. 몇몇은 조용히 비웃고, 몇몇은 거만한 표정으로 사진 가장자리를 손가락으로 두드려 댔다. 각각의 사진에는 이름과 함께, 그들을 아즈카반으로 가게 만든 죄목이 적혀 있었다.

'안토닌 돌로호프.' 해리를 올려다보며 기분 나쁘게 웃는 길고 창백하고 일그러진 얼굴의 남자 마법사 사진 아래 '기디언과 페이비언 프루잇을 잔혹하게 살해하여 수감됨'이라고 적혀 있었다.

'오거스터스 룩우드.' 기름진 머리카락에 얼굴이 얽은 남자가 사진 구석에 기댄 채 따분한 표정을 짓고 있었다. 그 아래 적혀 있는 설명은 이랬다. '마법 정부 기밀을 '그 사람'에게 누설한 죄로 수감됨.'

하지만 해리의 시선은 여자 마법사의 사진에 이끌렸다. 지면을 본 순간 그녀의 얼굴이 눈에 확 들어왔다. 해리는 그녀의 머리카락이 매끄럽고 풍성하고 윤이 나던 모습을 본 적이 있었지만, 사진 속 그녀는 헝클어지고 제멋대로 자란 것처럼 보이는 길고 검은 머리카락을 가지고 있었다. 그녀가 두꺼운 눈꺼풀을 들어 그를 노려보았다. 가느다란 입술 주위에 거만하고 경멸에 찬 미소가 맴돌고 있었다. 시리우스와 마찬가지로 그녀 또한 무척 뛰어난 용모의 흔적을 간직하고 있었지만, 뭔가가(아마도 아즈카반이) 그녀의 아름다움을 대부분 앗아 가 버린 듯했다.

벨라트릭스 레스트레인지. 프랭크와 앨리스 롱보텀을 고문하고 영구적 상해를 남긴 죄로 수감됨.

헤르미온느가 해리의 옆구리를 쿡 찌르더니 사진들 위의 헤드라인을 가리켰다. 해리는 벨라트릭스에게 정신이 팔려서 아직 그 헤드라인을 읽지 못한 터였다.

아즈카반 집단 탈옥
마법 정부, 죽음을 먹는 자들이
블랙을 중심으로 '결집'할까 우려

"블랙이라고?" 해리가 큰 소리로 말했다. "설마……?"
"쉿!" 헤르미온느가 다급히 속삭였다. "그렇게 큰 소리를 내면 안 돼. 그냥 읽기만 해!"

어젯밤 늦은 시각, 마법 정부는 아즈카반에서 집단 탈옥 사건이 발생했다고 발표했다.
마법 정부 총리 코닐리어스 퍼지는 개인 집무실에서 기자회견을 열어, 특별 감시 대상 재소자 10인이 어제 이른 저녁 탈옥했으며 이 인물들의 위험성에 관해 이미 머글 총리에게 통지했음을 밝혔다.
"굉장히 유감스럽게도 우리는 2년 6개월 전 살인자 시리우스 블랙이 탈출했을 때와 같은 상황을 맞이하게 됐습니다." 어젯밤 퍼지가 전했다. "우리는 두 탈옥 사건이 서로 무관하다고 생각하지 않습니다. 이런 집단 탈옥은 외부에 조력자가 있음을 암시합니다. 사상 최초로 아즈카반을 탈출한 블랙이 다른 재소자들의 탈옥을 도울 수 있는 유리한 위치에 있었다는 사실을 반드시 기억해야 합니다. 정부는 블랙의 사촌인 벨라트릭스 레스트레인지를 포함한 탈옥수들이 블랙을 지도자로 삼아 그의 주위에 모여들었을 가능성이 높다고 봅니다. 정부에서 범죄자 검거에 최선의 노력을 기울이고 있으니, 마법 사회 전체가 경각심을 갖고 주의해 주시기를 당부 드립니다. 어떤 경우에도 이 인물들에게 접근해서는 안 됩니다."

"이거네, 해리." 론이 경악한 표정으로 말했다. "그래서 어젯밤에 그자가 기뻐했던 거야."

"믿기지 않아." 해리가 사납게 중얼거렸다. "퍼지는 지금 탈옥 사건이 일어난 게 *시리우스* 탓이라는 거야?"

"다른 선택이 뭐 있겠어?" 헤르미온느가 씁쓸하게 말했다. "'여러분, 죄송합니다. 실은 덤블도어가 저한테 이런 일이 일어날지도 모른다고 경고했었어요. 아즈카반의 간수들이 볼드모트 경에게……' 훌쩍거리지 좀 마, 론. '볼드모트 경에게 가담했습니다. 그리고 이제 볼드모트의 추종자들 중 가장 위험한 자들도 탈옥했습니다'라고 말하기는 어렵겠지. 6개월 내내 너랑 덤블도어 교수님이 거짓말쟁이라고 떠들고 다녔잖아."

헤르미온느는 신문을 쫙 펼치더니 기사를 읽기 시작했다. 해리는 대연회장을 둘러보았다. 왜 겁먹은 표정을 짓거나, 적어도 1면에 실린 끔찍한 소식에 대해 이야기하는 학생들이 없는지 이해할 수 없었다. 하지만 헤르미온느처럼 매일 신문을 받아 보는 학생들은 아주 드물었다. 그들은 다들 숙제나 퀴디치, 누가 알까 싶은 온갖 헛소리를 떠들어 대고 있었다. 이 성벽 바깥에서 죽음을 먹는 자들이 열 명이나 더 볼드모트에게 가담한 상황에서.

그는 교직원 식탁을 힐끔 올려다보았다. 그곳은 분위기가 달랐다. 덤블도어와 맥고나걸 교수는 둘 다 아주 심각한 표정으로 깊은 대화를 나누고 있었다. 스프라우트 교수는 《예언자일보》를 케첩 병에 기대 놓고 1면을 너무 집중해서 읽느라, 들고 있던 숟가락에서 달걀노른자가 무릎으로 뚝뚝 떨어지는 것도 눈치 못 채고 있었다. 한편, 식탁 저 끝에서는 엄브리지 교수가 포리지 그릇에 고개를 처박고 있었다. 이번만큼은 그녀의 두꺼비처럼 튀어나온 눈도 행실이 불량한 학생들을 찾아 대연회장을 훑고 있지 않았다. 그녀는 음식을 꿀꺽 삼키면서 눈을 부릅떴고, 시시때때로 덤블도어와 맥고나걸이 이야기에 열중하고 있는 식탁 저쪽을 향해 심술궂은 눈길을 던졌다.

"아, 세상에……." 여전히 신문을 보던 헤르미온느가 탄식을 내뱉었다.

"이번엔 뭐야?" 해리가 재빨리 물었다. 가슴이 조마조마했다.
"너무…… 끔찍해." 헤르미온느가 충격받은 표정으로 말했다. 그녀는 신문 10면이 보이도록 접어 해리와 론에게 내밀었다.

마법 정부 직원의 비극적인 죽음

마법 정부 직원인 브로더릭 보드(49)가 자신의 침대에서 화분 식물에 교살당한 채 발견된 사건에 대하여, 어젯밤 세인트 멍고 병원은 진상 조사를 실시하겠다고 약속했다. 사건 현장에 호출된 치유사들도 사망 몇 주 전 직장에서 일어난 사고로 부상을 입은 보드 씨를 살릴 수는 없었다.

사건 당시 보드 씨가 입원해 있는 병동 담당이었던 치유사 미리엄 스트라우트는 무급 정직을 당해 어제는 어떤 언급도 할 수 없는 상황이었으며, 사건에 대해서는 병원 대변인이 성명서를 발표했다.

"세인트 멍고는 이번의 비극적 사고 전까지 병세가 꾸준히 호전되고 있던 보드 씨가 사망한 점에 대해 깊은 유감을 표합니다. 우리 세인트 멍고는 병동에 반입되는 장식품에 관해 엄격한 규정을 갖추고 있지만 크리스마스 기간 동안 바빴던 스트라우트 치유사가 보드 씨의 침대 옆에 놓여 있던 식물의 위험성을 간과한 것으로 보입니다. 보드 씨의 언어 및 운동 능력이 향상되자 스트라우트 치유사는 문제의 식물이 무해한 펄럭초가 아니라 악마의 덫에서 잘라 낸 가지 일부라는 사실을 모른 채 보드 씨에게 그것을 돌보도록 독려했으며, 이 식물은 회복 중이던 보드 씨의 손길이 닿자마자 그를 목 졸라 살해했습니다. 본 병원은 이 식물이 병실에 놓이게 된 경위를 아직 파악하지 못한 상황이며, 이와 관련하여 정보를 가지고 있는 마법사들의 제보를 부탁드립니다."

"보드……." 론이 입을 열었다. "보드. 들어 본 적 있는 것 같은데……."
"우리 그 사람을 본 적 있어." 헤르미온느가 속삭였다. "세인트 멍고에서. 기억 안 나? 록하트 교수님 맞은편 침대에 있었잖아. 누워서 천장만 바라보고 있었어. 악마의 덫이 도착하는 것도 봤고. 그 사람, 그 치유사가 크리스마스 선물이라고 했잖아."
해리는 기사를 다시 읽어 보았다. 공포감이 목구멍에 담즙처럼 차올랐다.
"어떻게 우리가 악마의 덫을 못 알아볼 수 있지? 전에 본 적 있잖아……. 우리가 막을 수도 있었을 텐데."
"악마의 덫이 화분에 담겨서 병원에 들어올 거라고 누가 생각하겠냐?" 론이 날카롭게 말했다. "우리 잘못이 아냐. 누군지는 몰라도 보낸 놈을 탓해야지! 멍청이 같으니라고. 왜 선물을 사면서 뭔지 확인도 안 한 거야?"

"아, 진짜, 론!" 헤르미온느가 떨리는 목소리로 소리쳤다. "악마의 덫이 손대는 사람은 누구든 죽이려 한다는 것도 모르고 그걸 사서 화분에 심는 사람이 어디 있겠니? 이건…… 이건 살인이야. 그것도 교묘한 살인……. 익명으로 식물을 보냈다면 누구 소행인지 어떻게 알겠어?"

해리는 악마의 덫이 아닌, 청문회가 있던 날 엘리베이터를 타고 정부 9층으로 내려갔던 일과 중앙 홀에서 엘리베이터를 탔던 누르스름한 얼굴의 남자를 떠올리고 있었다.

"난 보드를 만난 적 있어." 그가 천천히 말했다. "너희 아빠랑 같이 정부에 갔을 때 봤어."

론의 입이 쩍 벌어졌다.

"아빠가 집에서 그 사람 얘기를 하는 걸 들은 적이 있어! 그 사람은 입에 담지 말아야 할 자였어……. 미스터리부 소속이었다고!"

그들은 잠시 서로를 바라보았다. 헤르미온느가 다시 신문을 끌어당기더니 잠깐 동안 1면에 실린, 탈옥한 열 명의 죽음을 먹는 자들의 사진을 노려보다가 자리에서 벌떡 일어났다.

"어디 가려고?" 론이 깜짝 놀라 물었다.

"편지 쓰러." 헤르미온느가 어깨에 휙 가방을 둘러메며 말했다. "뭐…… 잘 모르겠지만…… 한번 해 볼 가치는 있어……. 할 수 있는 사람은 나밖에 없고."

"난 쟤가 저럴 때가 제일 싫더라." 론이 구시렁거렸다. 그와 해리는 식탁에서 일어나 천천히 대연회장을 나섰다. "뭘 하려는지 한 번이라도 말해 주면 큰일 나나? 겨우 10초 정도 더 걸릴 텐데. 어, 해그리드!"

해그리드가 현관홀로 나가는 문 앞에 서서, 래번클로 학생 무리가 지나가기를 기다리고 있었다. 그의 얼굴은 여전히 거인들과 만나는 임무를 마치고 돌아온 날처럼 심하게 멍들어 있었고 콧등에는 새로운 상처가 나 있었다.

"너희 둘, 잘 있었냐?" 그는 미소 지으려고 노력했지만 간신히 찡그린 것 같은 표정만 지을 수 있을 뿐이었다.

"괜찮아요, 해그리드?" 래번클로 학생들이 다 지나가자 해리가 느릿느릿 해그리드를 따라가며 물었다.

"그럼, 그럼." 해그리드가 어색하게 쾌활한 척하며 말했다. 그는 손을 내젓다가, 그 손에 맞을까 봐 기겁한 표정을 지으며 옆을 지나던 벡터 교수를 하마터면 내리칠 뻔했다. "그냥 바빴어. 뭐, 평소 하는 일 때문에. 수업 준비도 해야 하고. 샐러맨더 두어 마리가 비늘이 썩어서……. 게다가 근신 중이기도 하고." 그가 웅얼거렸다.

"근신이라고요?" 론이 너무 큰 소리로 말하는 바람에 지나가던 수많은 학생이 호기심 어린 눈길로 그들을 돌아보았다. "죄송해요. 제 말은…… 근신 중이라고요?" 그가 작은 소리로 다시 물었다.

"그래." 해그리드가 대답했다. "솔직히 예상 못 한 건 아니야. 너희도 눈치챘을지 모르지만 감사 결과가 별로 좋지는 않았거든……. 아무튼……." 그는 땅이 꺼져라 한숨을 쉬었다. "샐러맨더한테 칠리 파우더나 좀 더 발라 줘야겠다. 놔뒀다간 다음에는 꼬리가 떨어질 테니까. 나중에 보자, 해리…… 론……."

그는 터덜터덜 문을 지나 축축한 교정을 향해 돌계단을 내려갔다. 해리는 그의 뒷모습을 바라보며, 자신이 나쁜 소식들을 얼마나 더 견뎌 낼 수 있을지 궁금해졌다.

며칠이 지나자 해그리드가 근신 중이라는 소식이 학교 전체에 퍼졌다. 하지만 아무도 그 일에 대해 언짢아하지 않는 듯해서 해리는 분노가 치밀었다. 사실 어떤 아이들은, 그중에서도 특히 드레이코 말포이는 상당히 신이 난 것처럼 보였다. 미스터리부의 한 평범한 직원이 세인트 멍고에서 기괴한 죽음을 맞았다는 사실을 알고 있거나 신경 쓰는 사람은 해리, 론, 헤르미온느뿐인 듯했다. 이제 복도에서 오가는 대화 주제는 단 한 가지, 탈옥한 열 명의 죽음을 먹는 자들뿐이었다. 그 이야기가 마침내 신문을 읽은 몇 안 되는 사람들에게서 학교 전체로 퍼져 나간 것이다. 탈옥수들 중 몇몇이 호그스미드에서 목격되었으며, 그들이 악쓰는 오두막에 숨어 있고, 한때 시리우스 블랙이 그랬듯 호그와트에 침입하려 한다는 소문이 돌았다.

마법사 가족 출신 학생들은 이 죽음을 먹는 자들의 이름이 볼드모트의 이름만큼이나 큰 공포감을 싣고 언급되는 것을 들으며 자랐다. 볼드모트가 공포로 지배하던 시절 그자들이 저지른 만행은 거의 전설처럼 전해져 왔다. 호그와트 학생들 가운데에도 피해자의 친인척들이 있었다. 그들은 이제 본의 아니게 복도를 걸어 다닐 때마다 섬뜩한 반응을 일으키는 유명인이 되어 있었다. 탈옥수 한 명의 손에 삼촌과 숙모, 사촌을 모두 잃은 수전 본즈는 약초학 시간에 해리처럼 산다는 게 어떤 기분인지 이제야 잘 알겠다고 한탄했다.

"넌 이런 걸 어떻게 견디는지 모르겠다. 정말 끔찍해." 그녀가 직설적으로 말했다. 그녀가 묘목 판에 용 비료를 너무 많이 들이붓는 바람에 꽥꽥 나무 묘목들이 불편한 듯 꿈틀거리며 높은 소리로 꽥꽥댔다.

해리가 요즘 복도에서 다시 한 번 수군거림과 손가락질의 대상이 된 건 사실이었다. 하지만 수군거리는 말투에서 약간 다른 감정이 느껴지는 것 같았다. 이제는 적대적이라기보다 호기심 어린 목소리들이었다. 해리는 한두 번쯤 사람들이 지나가면서 열 명의 죽음을 먹는 자들이 어떻게, 그리고 왜 아즈카반을 탈옥했는지에 관한 《예언자일보》의 설명이 만족스럽지 않다고 이야기하는 소리를 분명히 들었다. 혼란과 두려움 속에서 이런 의심에 빠진 사람들은 이제 자신들이 납득할 수 있는 또 다른 유일한 설명, 즉 해리와 덤블도어가 작년부터 자세히 전해 온 설명을 받아들였다.

학생들의 분위기만 바뀐 게 아니었다. 복도에서 교수들이 두셋씩 모여 나직한 목소리로 다급히 속삭이다가, 다가오는 학생들을 보고 대화를 멈추는 것은 이제 무척 흔한 일이었다.

"더는 교무실에서 자유롭게 이야기할 수 없는 게 분명해." 헤르미온느가 작은 목소리로 말했다. 어느 날 그녀와 해리, 론이 일반 마법 교실 앞에 모여 있는 맥고나걸, 플리트윅, 스프라우트 교수를 지나쳤을 때였다. "엄브리지가 거기 있으니까."

"뭔가 새로운 소식을 아는 걸까?" 론이 어깨 너머로 교수 세 명을 돌아보며 말했다.

"안다고 해도 우린 못 들을 거 아니야. 안 그래?" 해리가 화를 내며 말했다. "교육 법령 때문에······. 이제 몇 조까지 생겼더라?" 아즈카반 집단 탈옥 소식이 전해진 다음 날 아침, 기숙사 게시판마다 새로운 공고문이 나붙었던 것이다.

호그와트 장학관의 지시에 따라

현 시간부로 교직원은 급여를 받고 지도하는 과목과 밀접하게 연관되지 않은 어떠한 정보도 학생들에게 전달할 수 없다.

상기 내용은 교육 법령 26조에 의거함.

서명: 장학관 덜로리스 제인 엄브리지

이 최근 법령은 학생들 사이에서 커다란 농담 거리가 되었다. 리 조던은 엄브리지에게, 새로운 규칙에 따르면 그녀가 프레드와 조지에게 교실 뒤에서 폭발하는 카드 게임을 하지 말라고 말할 권리가 없다고 지적했다.

"폭발하는 카드 게임은 어둠의 마법 방어법하고 아무 상관 없는데요, 교수님! 그건 교수님 과목하고 연관된 정보가 아니잖아요!"

이후 리를 만났을 때 보니 그의 손등에서 피가 철철 흐르고 있었다. 해리는 머틀랩 진액을 추천해 주었다.

해리는 아즈카반 탈옥 사건으로 엄브리지가 약간은 기가 죽었을지도 모른다고, 존경하는 퍼지의 코앞에서 일어난 대재앙에 겸연쩍어할지도 모른다고 생각했다. 하지만 그 일은 호그와트의 모든 일상생활을 직접 통제하겠다는 그녀의 격렬한 욕망만 부추겼을 뿐인 듯했다. 엄브리지는 얼마 안 가 적어도 한 사람은 해고시키고 말 태세였다. 유일한 의문은 트릴로니 교수와 해그리드 둘

중 누가 먼저 쫓겨나느냐 하는 것이었다.

이제 점술과 마법 생명체 돌보기 수업은 매번 필기판을 든 엄브리지가 참관하는 가운데 진행되었다. 그녀는 향수 냄새가 진동하는 탑 속 교실 벽난로 곁에 도사리고 앉아, 점점 더 신경질적으로 변해 가는 트릴로니 교수의 말을 새점과 칠숫자점에 관한 어려운 질문들로 끊고, 학생들이 답하기 전에 그들의 답을 예측해 보라고 우기고, 수정구슬과 찻잎과 룬문자에 관련된 기술을 차례로 증명해 보라고 요구했다. 해리는 트릴로니 교수가 머잖아 스트레스로 무너질 것 같다고 생각했다. 그는 몇 번인가 복도에서 트릴로니 교수를 마주쳤다. 그녀가 보통 탑 속 자기 방에 머문다는 점을 생각하면 그 자체로 아주 특이한 일이었다. 그녀는 미친 듯이 혼잣말을 중얼거리면서 손을 비틀고 겁에 질린 눈길로 어깨 너머를 돌아보았다. 그런 그녀에게서 요리용 셰리주 냄새가 풀풀 풍겼다. 해그리드에 대한 걱정이 그렇게 심하지만 않았더라면 해리도 그녀를 안타깝게 여겼을 것이다. 하지만 둘 중 하나가 직장에서 쫓겨나야 한다면, 해리에게는 누가 남아야 할지 선택의 여지가 없는 일이었다.

안타깝게도 해그리드가 트릴로니보다 더 나은 모습을 보여 줬다고 말할 수는 없었다. 크리스마스 이후로 그는 헤르미온느의 조언에 따라 크럽(꼬리가 갈라졌다는 것 말고는 잭 러셀 테리어와 구분되지 않는 생물이었다)보다 무서운 건 전혀 보여 주지 않는 것 같았다. 그 역시 용기를 잃은 듯했다. 그는 수업 도중 이상하게 딴 데 정신이 팔려 있고 안절부절못했으며, 학생들에게 무슨 말을 하고 있었는지 잊어먹거나 질문에 엉뚱한 답을 내놓고, 불안한 눈으로 엄브리지를 힐끔거렸다. 그리고 어느 때보다 해리, 론, 헤르미온느와 거리를 두었다. 심지어 날이 저문 뒤에는 자기를 찾아오지 말라고 분명히 못 박기도 했다.

"너희가 그 여자 눈에 띄었다간 우리 모두 목이 날아갈지도 몰라." 해그리드는 단호하게 말했다. 그들은 해그리드의 일자리를 이 이상 위험에 빠뜨릴 일은 아무것도 하고 싶지 않았기에 저녁 시간에 그의 오두막으로 가는 일을 삼갔다.

해리가 느끼기에 호그와트 생활을 즐겁게 만들어 주는 모든 것을 엄브리지가 차츰차츰 빼앗아 가는 것만 같았다. 해그리드를 찾아가는 일, 시리우스의 편지, 파이어볼트와 퀴디치. 그는 자신이 할 수 있는 유일한 방법으로 복수했다. 바로 D.A.에 기울이는 노력을 두 배로 늘리는 것이었다.

해리는 죽음을 먹는 자들이 열 명이나 탈출했다는 소식을 듣고 모두가, 심지어 재커라이어스 스미스마저 자극을 받고 더욱 열심히 노력하는 모습을 보자 기뻤다. 하지만 네빌만큼 실력이 눈에 띄게 향상된 사람은 아무도 없었다. 부모님을 공격한 자들의 탈옥 소식은 네빌에게 조금 놀랍다고도 할 수 있는 이상한 변화를 일으켰다. 그는 세인트 멍고 폐쇄 병동에서 해리, 론, 헤르미온느를 만난 일을 단 한 번도 입에 올리지 않았고, 그런 그를 본받아 세 사람도 입을 다물었다. 마찬가지로 그는 벨라트릭스와 그녀의 고문 동료들의 탈옥 소식에 대해서도 아무 말 하지 않았다. 사실 네빌은 D.A. 모임 내내 더 이상 아무 말 없이 해리가 가르쳐 주는 온갖 새로운 저주와 반격 마법 연습에 매달렸다. 그의 통통한 얼굴은 집중하느라 잔뜩 구겨져 있었다. 다치는 것도, 사고를 당하는 것도 개의치 않는 게 분명했다. 네빌은 모임에 나온 누구보다도 열심히 노력했다. 실력이 너무 급격히 향상되고 있어 불안할 정도였다. 해리가 방패 마법(상대가 날려 보낸 소규모 저주들을 되돌려 보낼 수 있다)을 가르쳐 줬을 때 네빌보다 그 마법을 빠르게 익힌 사람은 헤르미온느뿐이었다.

네빌이 D.A. 모임에서 보인 것 같은 진전을 오클루먼시에서 보일 수만 있다면 해리는 많은 것을 기꺼이 내놓았을 것이다. 스네이프와의 수업은, 시작할 때도 순조롭지 않았지만 시간이 가면서 나아지지도 않았다. 오히려 매번 수업을 받을 때마다 실력이 점점 형편없어지는 것 같았다.

오클루먼시 수업을 시작하기 전에는 흉터가 그렇게 자주 아프지 않았다. 보통은 밤에, 혹은 이따금 볼드모트의 생각이나 기분이 번뜩 느껴진 직후에 쿡쿡 쑤시곤 했다. 그러나 요즘엔 흉터가 욱신거리지 않을 때가 거의 없었다. 당장 벌어지고 있는 일과는 상관없이 짜증이나 즐거움이 울컥 치미는 경우가 잦았고 그럴 때마다 유독 심하게 찌릿찌릿한 아픔이 느껴졌다. 해리는 자기가 서서히 볼드모트의 사소한 기분 변화에도 반응하도록 조율된 안테나 비슷한 것으로 변해 가고 있다는 끔찍한 기분을 느꼈다. 이토록 민감해지기 시작한 건 분명 스네이프와의 첫 수업 이후부터였다. 게다가 이제는 거의 매일 밤 미스터리부 출입구가 있는 복도를 걸어가는 꿈을 꾸었다. 그 꿈은 늘 그가 아무 장식 없는 검은색 문 앞에 뭔가 열망하는 마음으로 서 있는 장면에서 끝이 났다.

"어쩌면 병에 걸린 거랑 좀 비슷한 건지도 몰라." 해리가 헤르미온느와 론에게 이 사실을 털어놨을 때 헤르미온느가 걱정스러운 표정을 지으며 말했다. "열병 같은 것 말이야. 낫기 전에 일단 심해지잖아."

"스네이프의 수업 때문에 심해지는 거야." 해리가 단호하게 말했다. "흉터가 아픈 것도 넌더리가 나고, 매일 밤 그 복도를 걷는 것도 질렸어." 그는 화를 내며 이마를 문질렀다. "그냥 그 문이 열렸으면 좋겠어. 그걸 쳐다보고 있는 것도 이제 지겨워."

"바보 같은 소리 하지 마." 헤르미온느가 날카롭게 말했다. "덤블도어 교수님은 네가 그 복도 꿈을 꾸기를 조금도 바라지 않으셔. 그랬다면 스네이프더러 너한테 오클루먼시를 가르쳐 주라고 하지 않으셨겠지. 그냥 좀 더 열심히 하면 돼."

"열심히 하고 있어!" 해리가 성을 내며 말했다. "너도 언제 해 보지 그래? 스네이프가 네 머릿속에 들어가려고 하는데…… 그건 전혀 웃을 만한 일이 아니라고!"

"어쩌면……." 론이 천천히 입을 열었다.

"어쩌면 뭐?" 헤르미온느가 쏘아붙이듯 물었다.

"어쩌면 마음을 차단하지 못하는 건 해리 잘못이 아닐 수도 있어." 론이 음침하게 말했다.

"무슨 뜻이야?" 헤르미온느가 물었다.

"뭐, 스네이프가 진심으로 해리를 도우려 하지 않는 건지도 모르지……."

해리와 헤르미온느가 그를 뚫어지게 쳐다보았다. 론은 음산하고 의미심장한 눈으로 두 사람을 번갈아 바라보았다.

"어쩌면" 하고, 그가 더 나직한 목소리로 다시 말했다. "스네이프는 사실 해리의 마음을 더 활짝 열려고 하는 건지도 몰라. '그 사람'이 더 쉽게……."

"집어치워, 론." 헤르미온느가 화를 냈다. "대체 얼마나 더 스네이프를 의심해야 직성이 풀리겠니? 그런 의심이 한 번이라도 맞은 적 있어? 덤블도어 교수님은 스네이프를 믿어. 스네이프는 기사단을 위해 일하고 있고. 그 정도면 충분하잖아."

"예전에 죽음을 먹는 자였잖아." 론이 고집스럽게 말했다. "진짜 우리 편으로 돌아섰다는 증거도 없고."

"덤블도어 교수님은 스네이프를 믿고 계셔." 헤르미온느가 되풀이했다. "우리가 덤블도어 교수님을 못 믿으면 누굴 믿겠어."

걱정할 일도 많고 할 일도 너무 많아서(5학년들이 흔히 자정이 넘어서까지 매달리곤 하는 엄청난 양의 숙제, 비밀 D.A. 수업, 1주일에 한 번씩 스네이프와 함께하는 수업 등등) 1월은 깜짝 놀랄 만큼 순식간에 지나가는 듯했다. 정신을 차릴 새도 없이 더 촉촉하고 따뜻해진 날씨, 그리고 이번 학년 들어 두 번째 호그스미드 방문 예정일과 함께 2월이 찾아왔다. 해리는 같이 마을을 방문하기로 약속한 뒤로는 초와 거의 대화를 나누지 못했는데도 그녀와 밸런타인데이를 종일 함께 보내야 한다는 사실을 문득 깨달았다.

14일 아침, 그는 유독 신경 써서 옷을 차려입었다. 그와 론이 아침 식사를 하러 갔을 때 마침 우편 부엉이들이 도착했다. 기대하지도 않았지만 헤드위그는 보이지 않았다. 한편, 두 사람이 자리에 앉을 때 헤르미온느는 낯선 솔부엉이의 부리에서 편지를 빼내고 있었다.

"이제야 왔네! 오늘도 안 왔으면……." 그녀는 기대감에 차서 봉투를 뜯고 작은 양피지 조각을 꺼냈다. 편지를 읽어 내려가는 그녀의 눈이 좌우로 빠르게 움직였다. 그녀의 얼굴에 오싹한 기쁨이 번졌다.

"잘 들어, 해리." 그녀가 눈을 들어 그를 바라보며 말했다. "정말 중요한 일이야. 정오 무렵에 스리 브룸스틱스에서 나랑 만날 수 있어?"

"글쎄…… 잘 모르겠어." 해리가 머뭇거리며 말했다. "초는 나랑 하루 종일 같이 보내길 기대하고 있을지도 몰라. 같이 뭘 할지는 아직 얘기 안 했지만."

"뭐, 그럼 그 애도 데려와." 헤르미온느가 다급히 말했다. "근데 올 거야?"

"뭐…… 알겠어. 근데 왜?"

"지금은 말해 줄 시간이 없어. 빨리 답장을 보내야 하거든."

그녀는 한 손에 편지를 쥐고 다른 손에는 토스트를 든 채 서둘러 대연회장을 떠났다.

"너도 올 거야?" 해리가 론에게 물었지만 그는 침울한 표정으로 고개를 저었다.

"난 아예 호그스미드에 못 가. 앤젤리나가 하루 종일 훈련하재. 그런다고 좋아질지는 모르겠지만. 우린 내가 본 팀 중 최악이야. 너도 슬로퍼랑 커크를 한번 봐야 하는데. 정말 한심하거든. 나보다도 못해." 그는 깊은 한숨을 내쉬었다. "앤젤리나가 왜 날 그냥 그만두게 내버려 두지 않는지 모르겠어."

"그야 컨디션이 좋을 때는 잘하니까 그렇지." 해리가 짜증을 내며 말했다.

그는 론의 문제에 공감하기가 매우 힘들었다. 그라면, 다가오는 후플푸프와의 경기에 나갈 수만 있다면 모든 걸 내놔도 아깝지 않았을 것이다. 아침 식사 내내 퀴디치 얘기를 다시 꺼내지 않는 걸 보니 론도 해리의 말투를 눈치챈 모양이었다. 잠시 후 서로에게 잘 가라고 인사하는 그들의 목소리에는 약간의 냉기가 서려 있었다. 론은 퀴디치 경기장으로 떠났고, 해리는 티스푼 뒤에 비친 자기 모습을 바라보며 머리를 눌러 보려고 애쓰다가 초를 만나러 혼자 현관홀로 향했다. 아주 불안한 기분이 들었고, 둘이서 대체 무슨 이야기를 해야 할지 고민도 되었다.

그녀는 오크나무 정문 근처에서 그를 기다리고 있었다. 머리를 하나로 묶어 뒤로 길게 늘어뜨린 모습이 아주 예뻤다. 그녀에게로 걸어가던 해리는 자신의 발이 몸에 비해 너무 큰 것처럼 느껴졌다. 문득 팔이 양옆에서 흔들리는 모습이 얼마나 멍청해 보일지가 끔찍하게 의식됐다.

"안녕." 초가 약간 숨찬 목소리로 말했다.

"안녕." 해리가 답했다.

그들은 잠시 서로를 바라보았다. 해리가 말했다. "뭐, 어……
그럼 갈까?"

"아, 그래……."

그들은 필치에게 확인받고 떠나는 학생들의 줄에 끼었다. 가끔씩 눈을 마주치고 어색한 듯 씩 웃었지만 대화를 주고받지는 않았다. 밖으로 나가 신선한 공기를 쐬자 안도감이 느껴졌다. 해리는 그냥 어색한 표정으로 서 있기보다는 말없이 걷는 편이 쉽다는 것을 깨달았다. 산들바람이 부는 상쾌한 날이었다. 퀴디치 경기장을 지나면서 해리는 론과 지니가 관중석 위를 스치고 날아가는 모습을 힐끗 보았다. 저기에서 저들과 함께하지 못한다는 사실이 그의 마음을 아프게 찔렀다.

"정말 그리운가 보구나?" 초가 말했다.

해리는 고개를 돌려 자신을 쳐다보는 그녀를 바라봤다.

"응." 해리가 한숨을 쉬었다. "그래."

"우리가 시합에서 처음 맞붙었을 때 기억해?" 그녀가 물었다.

"응." 해리가 씩 웃으며 대답했다. "네가 계속 날 막았잖아."

"그리고 우드가 너한테 신사처럼 굴지 말라고, 다른 방법이 없으면 날 빗자루에서 떨어뜨리라고 했었어." 초가 추억에 잠긴 채 미소 지으며 말했다. "우드는 프라이드 오브 포트리에 들어갔다고 들었는데, 맞아?"

"아냐, 퍼들미어 유나이티드에 들어갔어. 지난번 월드컵에서 봤어."

"아, 나도 거기서 너 봤는데, 기억나? 우리 같은 야영장에 있었잖아. 정말 좋았어. 그치?"

교문을 나설 때까지 퀴디치 월드컵이라는 주제가 계속 이어졌다. 초와 대화하는 것이 이렇게 쉬웠다니 해리는 믿을 수 없을 지경이었다. 솔직히 론이나 헤르미온느와 이야기할 때보다 더 어려울 것도 없었다. 자신감과 함께 즐거움이 느껴지기 시작할 무렵, 팬지 파킨슨을 비롯한 슬리데린 여학생 패거리가 우르르 그들을 지나쳐 갔다.

"포터랑 챙이네!" 팬지가 날카롭게 소리치자 여학생들은 일제히 조롱하듯 깔깔거렸다. "으엑, 챙, 너 취향 참 별로다……. 디고리는 적어도 잘생기기라도 했지!"

여학생들은 과장된 동작으로 해리와 초를 돌아보고 날카롭게 말하거나 소리 지르면서 걸음의 속도를 높였다. 그들이 지나간 뒤에는 어색한 침묵만 남았다. 해리는 퀴디치에 대해서 할 말을 떠올릴 수 없었고, 초는 얼굴을 살짝 붉힌 채 자기 발을 내려다보고 있었다.

"그럼…… 가고 싶은 데 있어?" 호그스미드에 들어서면서 해리가 물었다. 큰길은 가게 창문을 들여다보거나 보도에서 서로 얽히며

느릿느릿 걸어 다니는 학생들로 가득했다.

"아…… 난 상관없어." 초가 어깨를 으쓱했다. "음…… 가게나 좀 둘러볼까?"

그들은 이리저리 헤매다가 더비시 앤 뱅스로 향했다. 가게 창문에 커다란 포스터가 붙어 있고 호그스미드 주민 몇몇이 그것을 들여다보고 있었다. 해리와 초가 다가가자 그들은 옆으로 비켜 주었다. 해리는 탈옥한 열 명의 죽음을 먹는 자의 사진을 다시 들여다보았다. 포스터에는 "마법 정부의 지시에 따라" 사진 속 범죄자들의 재검거로 이어질 정보를 제공하는 마법사들에게 1,000갈레온의 보상금을 준다고 적혀 있었다.

"진짜 이상하지 않아?" 초가 죽음을 먹는 자들의 사진을 올려다보며 조용히 말했다. "시리우스 블랙이 탈옥했을 때를 생각해 봐. 그때는 호그스미드 곳곳에서 디멘터들이 블랙을 찾으러 다녔잖아. 그런데 죽음을 먹는 자들이 열 명이나 탈옥한 지금은 어디에서도 디멘터들을 찾아볼 수가 없어……."

"그러게." 해리가 벨라트릭스 레스트레인지의 얼굴에서 억지로 눈길을 돌려 큰길 이곳저곳을 훑어보며 말했다. "그래, 정말 이상하다."

근처에 디멘터가 없는 게 아쉽게 느껴지지는 않았지만, 생각해 보니 디멘터가 없는 건 아주 의미심장한 일이었다. 디멘터들은 죽음을 먹는 자들이 도망치도록 내버려 두었을 뿐 아니라, 굳이 그들을 찾으려 들지도 않았다……. 이제는 정말로 정부의 통제를 벗어난 것처럼 보였다.

그와 초가 지나는 가게마다, 탈옥한 열 명의 죽음을 먹는 자가 창문 안쪽에 붙어서 바깥을 뚫어지게 응시하고 있었다. 스크리븐샤프트의 깃펜 가게를 지날 때 비가 내리기 시작했다. 차갑고 묵직한 빗방울이 끊임없이 해리의 얼굴과 목덜미를 때렸다.

"음…… 커피 마시러 갈래?" 비가 더욱 세차게 내리기 시작하자 초가 머뭇거리며 물었다.

"그래, 좋아." 해리가 주위를 둘러보며 말했다. "어디로 갈까?"

"아, 이쪽으로 조금만 가면 정말 괜찮은 데가 있어. 푸디풋 부인의 찻집인데, 가 본 적 있니?" 그녀는 밝은 목소리로 말하면서 해리를 옆길로 이끌더니 그가 처음 보는 작은 찻집으로 들어갔다. 비좁고 김이 자욱한 작은 공간에 있는 모든 것이 주름 장식과 리본으로 꾸며져 있는 것 같았다. 해리는 불쾌하게도 엄브리지의 연구실이 생각났다.

"귀엽지?" 초가 기쁜 듯 물었다.

"어…… 응." 해리는 솔직하지 못한 대답을 했다.

"봐, 밸런타인데이 장식을 해 놨어!" 초가 작고 동그란 탁자들 위에서 맴돌고 있는 수많은 황금색 아기 천사를 가리키며 말했다.

천사들은 가끔씩 탁자에 앉은 사람들에게 분홍 색종이 조각을 뿌려 댔다.

"아아……."

그들은 김 서린 창문 옆 마지막 남은 자리에 앉았다. 50센티미터쯤 떨어진 곳에 래번클로 퀴디치 주장인 로저 데이비스가 예쁜 금발 여학생과 손을 꼭 붙잡고 앉아 있었다. 그 모습이 해리를 불편하게 만들었다. 찻집을 둘러보고 그곳이 손을 맞잡은 커플들로만 가득 차 있다는 사실을 알아차렸을 때는 더욱 그랬다. 어쩌면 초는 그가 그녀의 손을 잡아 주기를 기대하는 건지도 몰랐다.

"뭘 줄까, 얘들아?" 윤기 나는 검은 머리를 말아 올린 아주 땅딸막한 몸집의 푸디풋 부인이 그들과 로저 데이비스의 탁자 사이를 간신히 비집고 들어오며 물었다.

"커피 두 잔 주세요." 초가 말했다.

커피를 기다리고 있는데, 로저 데이비스와 그의 여자 친구가 설탕 그릇을 사이에 두고 입을 맞추기 시작했다. 해리는 그들이 그러지 말았으면 싶었다. 해리가 느끼기에 데이비스는 어떤 기준을 세우고 있었고 머잖아 해리 자신이 그에 뒤지지 않는 행동을 해야 할 것 같았기 때문이었다. 해리는 뜨겁게 달아오른 얼굴을 돌려 창밖을 내다보려 했지만 유리창에 김이 너무 심하게 서려 있어 바깥 거리가 보이지 않았다. 그는 초를 봐야만 하는 순간을 미루기 위해 페인트칠을 살펴보려는 듯 천장을 올려다봤다가, 탁자 위를 맴돌던 천사가 던진 색종이 한 줌에 얼굴을 정통으로 얻어맞았다.

고통스러운 몇 분이 더 흐른 뒤 초가 엄브리지 이야기를 꺼냈다. 해리는 안도하며 그 화제를 붙들었다. 그들은 엄브리지를 욕하며 잠깐 행복한 시간을 즐겼지만, 그것은 이미 D.A. 모임에서 너무도 철저하게 논의된 주제였기 때문에 그리 오래 이어지지 않았다. 다시 침묵이 내려앉았다. 해리는 옆 탁자에서 들려오는 쪽쪽대는 소리가 무척 의식되어, 다른 이야깃거리를 찾아 미친 듯이 주위를 둘러보았다.

"어…… 저기, 점심시간에 나랑 같이 스리 브룸스틱스에 안 갈래? 거기서 헤르미온느 그레인저를 만나기로 했거든."

초가 눈썹을 치켜올렸다.

"헤르미온느 그레인저를 만난다고? 오늘?"

"응. 뭐, 걔가 와 달라고 해서 그래야 할 것 같아. 같이 갈래? 네가 같이 와도 상관없대."

"아…… 음…… 참 친절한 애네."

하지만 초의 목소리는 전혀 친절하다고 생각하지 않는 듯했다. 오히려 차가운 말투였다. 갑자기 그녀는 기분이 상당히 나빠 보였다.

완전한 침묵 속에 몇 분이 더 흘렀다. 해리는 커피를 너무 빨리 마시고 있어서 곧 또 한 잔을 주문해야 할 상황이었다. 옆에 있는 로저 데이비스와 그의 여자 친구는 서로의 입술을 풀로 붙여 놓은 것처럼 보였다.

초의 손이 그녀의 커피 잔 옆에 놓여 있고, 해리는 그 손을 잡아야 한다는 압박감을 느끼고 있었다. '그냥 잡아.' 그는 스스로를 독려했다. 가슴속에서 당황스러움과 흥분이 뒤섞여 솟구쳤다. '그냥 손을 뻗어서 잡으라고.' 공중에서 빠르게 날아가는 스니치를 잡아채는 것보다, 팔을 30센티미터 뻗어 그녀의 손을 잡는 것이 더 어렵다니 놀라울 지경이었다.

하지만 그가 손을 뻗는 순간, 초는 탁자에서 손을 내렸다. 이제 그녀는 로저 데이비스가 여자 친구에게 입 맞추는 광경을 약간 흥미로운 얼굴로 지켜보고 있었다.

"쟤가 나한테 데이트 신청을 했었어." 그녀가 조용한 목소리로 입을 열었다. "2주 정도 전에. 로저 말이야. 근데 거절했어."

해리는 탁자 위로 쭉 뻗었던 손이 멋쩍어 대신 설탕 그릇을 꽉 움켜잡았다. 그녀가 왜 그런 말을 하는지 알 수 없었다. 로저 데이비스에게 열렬한 입맞춤을 받으며 옆 탁자에 앉아 있고 싶다면 왜 자신과 데이트를 하기로 했단 말인가?

그는 아무 말도 하지 않았다. 천사가 다시 색종이를 한 줌 뿌렸다. 해리가 막 마시려던 조금 남은 식은 커피 위로 색종이 몇 조각이 내려앉았다.

"작년에는 세드릭하고 같이 여기에 왔었어." 초가 말했다.

해리가 그녀의 말을 이해하기까지는 조금 시간이 걸렸다. 해리의 가슴이 싸늘하게 얼어붙었다. 입 맞추는 커플들에 둘러싸이고 아기 천사가 머리 위를 날아다니는 이런 순간에 세드릭 얘기를 하고 싶어 하다니 도저히 믿을 수가 없었다.

다시 입을 열었을 때 초의 목소리는 꽤 높아져 있었다.

"오래전부터 너한테 물어보고 싶었어……. 세드릭이, 그 애가…… 죽기 전에 내 얘기를 조, 조금이라도 했니?"

이거야말로 해리가 무슨 일이 있어도 꺼내고 싶지 않았던 주제였다. 적어도 초와 있을 때는.

"음, 아니." 그가 조용히 말했다. "그땐…… 그땐 세드릭이 뭐라고 말할 틈도 없었어. 음…… 그래서…… 넌…… 넌 방학 때 퀴디치 보러 자주 가? 토네이도스 응원한다고 했지?"

그의 목소리는 가식적으로 밝고 쾌활하게 들렸다. 끔찍하게도, 그녀의 눈에서 또다시 눈물이 흘러내렸다. 크리스마스 전 마지막 D.A. 모임에서 그랬던 것처럼.

"저기……." 그는 누구도 듣지 못하도록 몸을 숙이고 절박하게 말했다. "지금은 세드릭 얘기 하지 말자……. 다른 얘기 하자……."

하지만 이건 분명 무척 바람직하지 않은 말이었던 모양이다.

"난 말이야." 그녀가 눈물을 탁자에 뚝뚝 떨어뜨리며 말했.

"난 *너라면* 이, 이, 이해할 줄 알았어! 나는 그 얘기를 *해야만* 해! 너도 당연히 그 얘기를 해, 해야 할 거고! 그러니까, 넌 그 일이 일어나는 걸 봤잖아. 아, 아니야?"

모든 것이 악몽처럼 변해 버렸다. 로저 데이비스의 여자 친구는 딱 붙어 있던 입술을 떼어 내기까지 하면서 고개를 돌려 울고 있는 초를 쳐다보았다.

"그게, 난 이미 그 얘기를 했어." 해리가 속삭였다. "론이랑 헤르미온느한테. 근데……."

"아, 넌 헤르미온느 그레인저랑 얘기하겠다는 거구나!" 그녀가 날카롭게 말했다. 이제는 얼굴이 눈물로 번들거렸다. 입을 맞추던 몇몇 커플이 서로 떨어져서 그들을 바라보았다. "하지만 나랑은 안 하겠다는 거고! 어, 어쩌면 그냥…… 그냥 차, 차 값을 내고 헤르미온느 그, 그레인저를 만나러 가는 게 좋을지도 모르겠다. 넌 확실히 그러고 싶은 것 같으니까!"

해리는 완전히 당황해서 그녀를 뚫어지게 바라보았다. 그녀는 주름 장식이 달린 냅킨을 휙 집어 들더니 눈물로 범벅된 얼굴을 꾹꾹 눌렀다.

"초?" 그가 조심스럽게 그녀를 불렀다. 그는 로저가 다시 여자 친구를 붙들고 입 맞추기를 바랐다. 그러면 그녀가 더 이상 눈을 휘둥그렇게 뜨고 해리와 초를 바라보지 않을 테니까.

"됐어, 가!" 그녀가 이제 냅킨에 대고 울면서 말했다. "나를 만난 직후에 다른 여자애들이랑 만날 약속을 할 거였으면 애초에 왜 나한테 데이트하자고 했는지 모르겠어. 헤르미온느 다음에 또 몇 명이나 만나니?"

"그런 거 아냐!" 해리가 말했다. 그는 마침내 그녀가 왜 짜증을 냈는지 이해가 되고 마음이 놓인 나머지 웃음을 터뜨렸다. 그러자마자 또다시 실수했다는 사실을 깨달았지만 너무 늦었다.

초가 벌떡 일어났다. 찻집에 있는 사람 모두가 숨을 죽인 채 그들을 바라보고 있었다.

"나중에 보자, 해리." 그녀는 비극의 주인공이라도 된 듯 말하더니, 살짝 딸꾹질을 하면서 문으로 달려갔다. 그런 다음 손잡이를 홱 비틀어 열고 쏟아지는 빗속으로 달려 나갔다.

"초!" 해리가 소리쳤지만 문은 이미 듣기 좋은 딸랑거리는 소리를 내며 닫힌 뒤였다.

찻집 안에는 완전한 침묵이 흘렀다. 모두의 눈이 해리에게 향했다. 그는 갈레온 한 닢을 탁자에 던져 놓고 머리에 붙은 분홍 색종이를 털어 낸 뒤 초를 쫓아 문밖으로 나갔다.

이제는 비가 세차게 쏟아지고 있었다. 그녀의 모습은 어디에서도 보이지 않았다. 해리는 방금 무슨 일이 벌어졌는지 도저히 이해할 수가 없었다. 30분 전까지만 해도 화기애애했는데.

"여자들이란!" 그는 화가 나서 중얼거리며 손을 주머니에 넣은 채 비에 젖은 거리를 철벅철벅 걸어갔다. "대체 세드릭 얘기는 왜 하고 싶어 하는 거야? 왜 항상 인간 수도꼭지처럼 되게 만드는 주제를 꺼내려는 거냐고?"

그는 오른쪽으로 방향을 틀고 첨벙첨벙 물을 튀기면서 달리기 시작했다. 몇 분도 지나지 않아 그는 스리 브룸스틱스의 문으로 들어서고 있었다. 헤르미온느와 만나기로 한 시간보다 너무 이르다는 건 알았지만, 여기 오면 남는 시간을 함께 보낼 누군가가 있을 거라고 생각했던 것이다. 그는 고개를 흔들어 젖은 머리카락을 눈에서 떼어 내고 주위를 둘러보았다. 해그리드가 시무룩한 얼굴로 구석에 혼자 앉아 있었다.

"안녕하세요, 해그리드!" 해리가 붐비는 탁자들 사이로 비집고 들어가 해그리드 옆 의자를 당겨 앉으며 말했다.

해그리드는 화들짝 놀라더니, 거의 알아보지 못하는 듯한 표정으로 해리를 내려다보았다. 그의 얼굴에는 새로운 상처가 두 군데 나 있었고, 새로운 멍 자국도 여러 개 있었다.

"아, 너였구나, 해리." 해그리드가 말했다. "잘 있었냐?"

"네, 그럼요." 해리는 거짓말을 했다. 하지만 상처투성이가 되어 침울한 표정을 짓고 있는 해그리드 옆에 있으려니, 사실 불평할 일 따위는 별로 없다는 생각이 들었다. "어…… 아저씨는 괜찮으세요?"

"나?" 해그리드가 말했다. "아 그럼, 난 괜찮다, 해리. 아주 좋아."

그는 커다란 양동이 크기의 백랍 맥주잔을 들여다보더니 한숨을 쉬었다. 해리는 무슨 말을 해야 할지 알 수 없었다. 그들은 잠깐 아무 말도 않고 나란히 앉아 있기만 했다. 잠시 후 해그리드가 혀 꼬부라진 소리로 불쑥 말했다. "너랑 나랑은 같은 배를 탄 거야. 안 그러냐, 해리?"

"어……." 해리가 입을 열었다.

"그래…… 내가 전에 말했지……. 우리 둘 다 외부인이라고 말이야." 해그리드가 다 안다는 듯이 고개를 끄덕이며 말했다. "둘 다 고아고. 그래…… 둘 다 고아야."

그는 맥주잔을 들어 크게 한 모금 들이켰다.

"차이가 있어. 괜찮은 가족이 있는 사람과는." 그가 말했다. "우리 아빠는 괜찮은 사람이었는데. 너희 엄마 아빠도 괜찮은 사람이었고. 그분들이 살아 계셨다면 인생이 달라졌을 거야. 그렇지?"

"네…… 그렇겠죠." 해리가 조심스럽게 말했다. 해그리드는 아주 이상한 감정에 휩싸여 있는 것처럼 보였다.

"가족이란" 하고, 해그리드가 우울하게 말을 이었다. "누가 뭐라 해도 핏줄은 중요해……."

그는 가늘게 흐르는 눈물을 쓱 닦았다.

"해그리드." 해리가 참지 못하겠는지 물었다. "이 상처들은 다 어쩌다 난 거예요?"

"응?" 해그리드가 깜짝 놀란 표정으로 되물었다. "무슨 상처?"

"이 상처들 말이에요!" 해리가 해그리드의 얼굴을 가리키며 말했다.

"아…… 이건 그냥 평범한 혹이랑 멍이야, 해리." 해그리드가 일축했다. "난 거친 일을 하잖냐."

그는 맥주잔을 쭉 비우고 탁자에 내려놓더니 일어섰다.

"나중에 보자, 해리……. 몸조심하고."

그는 비참한 몰골로 느릿느릿 술집을 나선 뒤 양동이로 들이붓는 것 같은 빗속으로 사라졌다. 해리는 비참한 심정으로 그의 뒷모습을 지켜보았다. 해그리드는 불행해했으며 뭔가를 숨기고 있지만 도움을 받지 않을 작정인 듯했다. 무슨 일이 있는 걸까? 하지만 그 문제를 좀 더 생각해 볼 겨를도 없이 그의 이름을 부르는 목소리가 들렸다.

"해리! 해리, 여기야!"

헤르미온느가 건너편에서 손을 흔들고 있었다. 그는 자리에서 일어나 북적거리는 술집을 가로질러 그녀에게 향했다. 헤르미온느 혼자가 아니라는 사실을 알아차린 건 아직 탁자 몇 개가 떨어진 곳에 이르렀을 때였다. 헤르미온느는 해리가 생각조차 못 했던 뜻밖의 술친구 한 쌍과 같은 탁자에 앉아 있었다. 한 사람은 루나 러브굿, 또 한 사람은 다름 아닌 전직 《예언자일보》 기자이자 헤르미온느가 세상에서 가장 싫어하는 사람 중 한 명인 리타 스키터였다.

"일찍 왔네!" 헤르미온느가 몸을 움직여 그에게 앉을 자리를 내주며 말했다. "초랑 같이 있는 줄 알았는데. 한 시간은 더 있다 올 거라고 생각했어!"

"초?" 리타 스키터가 대번에 앉은 자리에서 몸을 비틀어 해리를 탐욕스럽게 바라보며 물었다. "여자니?"

그녀가 악어가죽 핸드백을 잡아채더니 그 안을 뒤적거렸다.

"해리가 여자 100명을 사귀더라도 그건 당신이 상관할 일이 아니에요." 헤르미온느가 싸늘한 목소리로 그녀에게 말했다. "그러니까 그건 지금 당장 치우는 게 좋을 거예요."

리타 스키터는 막 가방에서 형광 녹색 깃펜을 꺼내려던 참이었다. 그녀는 누가 억지로 악취 수액을 삼키게 한 것 같은 표정을 지으며 가방을 도로 탁 닫았다.

"너 뭘 꾸미는 거야?" 해리는 자리에 앉아 리타 스키터와 루나와 헤르미온느를 번갈아 보며 물었다.

"안 그래도 네가 도착했을 때 귀여운 반장님께서 막 설명하려던 참이었어." 리타 스키터가 음료를 크게 한 모금 마시며 말했다.

"얘랑 말은 해도 되는 거니?" 그녀가 헤르미온느에게 쏘아붙였다.

"네, 아마도." 헤르미온느가 차갑게 대꾸했다.

실직 생활은 리타 스키터에게 잘 맞지 않는 것 같았다. 한때 공 들여 말았던 머리카락은 이제 부스스하니 그녀의 얼굴에 축 늘어 뜨려져 있었다. 5센티미터는 되는 손톱에 칠한 진홍색 매니큐어 는 벗겨져 있었고, 날개 달린 안경에서는 가짜 보석 알이 두어 개 빠져 있었다. 그녀는 음료를 또 한 번 크게 들이켜더니 입술 한쪽 만 움직여 물었다. "예쁜 애겠지, 해리?"

"해리의 연애에 대해서 한 마디만 더 하면 거래는 종료라는 걸 확실히 말씀드리죠." 헤르미온느가 짜증을 내며 말했다.

"무슨 거래?" 리타 스키터가 손등으로 입을 쓱 닦으며 말했다. "아직 거래 얘기는 꺼내지도 않았어, 깍쟁이 아가씨. 그냥 여기 오라고만 했잖아. 아, 조만간……." 그녀가 부르르 떨면서 숨을 깊이 들이마셨다.

"네, 네. 조만간 해리랑 나에 대한 끔찍한 기사들을 더 많이 쓰 겠죠." 헤르미온느가 냉담하게 말했다. "누가 그런 일에 관심이나 있대요?"

"이젠 내가 아니어도 해리에 대한 끔찍한 기사가 잘만 실리던 데." 리타 스키터가 안경 너머로 곁눈질하듯 해리를 살짝 쏘아보 며 거칠게 중얼거렸다. "그래서 어떤 기분을 느꼈니, 해리? 배신감? 심란함? 억울함?"

"화가 나죠, 당연히." 헤르미온느가 딱딱하고 분명한 어조로 말했다. "해리는 마법 정부에 사실을 말했는데, 멍청한 정부는 해리를 믿지 않으니까요."

"그러니까 너는 정말 그 입장을 고수하는 거니? 이름을 말해서는 안 되는 그 사람이 돌아왔다는 얘기 말이야." 리타 스키터가 안경을 내리고 꿰뚫을 듯한 눈으로 해리를 바라보며 말했다. 그녀의 손가락이 열망하듯 악어가죽 핸드백 걸쇠로 향했다. "덤블도어가 모두에게 '그 사람'이 돌아왔고 네가 그 유일한 목격자라고 주장하던데 너도 그 헛소리를 지지한다는 거지?"

"저만 목격한 게 아니었어요." 해리가 화를 내며 말했다. "거기에는 죽음을 먹는 자들도 열 명쯤 있었어요. 이름을 댈까요?"

"그러면 너무 좋지." 리타 스키터가 다시 한 번 가방을 뒤지면서 숨죽여 말했다. 그녀는 이렇게 아름다운 존재는 여태껏 본 적이 없다는 듯한 눈으로 해리를 바라보고 있었다. "크고 굵은 글씨로 헤드라인을 박는 거야. '포터의 고발'……. 부제는 '해리 포터가 아직 우리 가운데 남아 있는 죽음을 먹는 자들을 지목하다.' 그다음 네 멋진 사진을 큼직하게 싣고 그 밑에 "그 사람'의 공격에서 살아남은, 정신적 장애를 가진 소년 해리 포터(15)가 어제 마법사 사회의 존경을 받는 저명인사들이 죽음을 먹는 자들이라고 고발

해 공분을 샀다'……."

그녀는 실제로 속기 깃펜을 손에 들고 입으로 반쯤 가져가고 있었다. 다음 순간 그녀의 얼굴에서 황홀해하는 표정이 사라졌다.

"하지만 물론……." 그녀가 깃펜을 내리고 헤르미온느를 노려보며 말을 이었다. "우리 반장 아가씨는 그 얘기를 기사로 내는 걸 바라지 않으시겠지?"

"솔직히 말해서" 하고, 헤르미온느가 상냥하게 입을 열었다. "그게 바로 우리 반장 아가씨가 *바라는* 일이에요."

리타 스키터는 그녀를 빤히 바라보았다. 해리도 그랬다. 반면 루나는 작은 소리로 '위즐리는 우리의 왕'을 부르면서 칵테일 양파가 꽂힌 막대로 음료수를 젓고 있었다.

"해리가 이름을 말해서는 안 되는 그 사람에 대해 하는 말을 기사로 쓰길 *바란다고*?" 리타 스키터가 목소리를 잔뜩 낮추고 헤르미온느에게 물었다.

"네, 맞아요." 헤르미온느가 말했다. "진짜 이야기, 사실만 담은 기사를요. 해리가 이야기하는 그대로 정확하게요. 해리가 자세한 내용을 다 말해 줄 거예요. 그곳에서 본, 아직 정체가 탄로 나지 않은 죽음을 먹는 자들의 이름을 말해 줄 거고, 지금 볼드모트가 어떤 모습을 하고 있는지도 말해 줄 거예요. 아, 정신 차려요." 헤르미온느가 탁자 맞은편으로 냅킨을 던지면서 한심하다는 듯 덧붙였다. 볼드모트라는 이름을 듣는 순간 리타 스키터가 화들짝 놀라며 자기 몸에다 잔에 남아 있던 파이어위스키 절반을 엎어 버린 것이다.

리타 스키터는 여전히 헤르미온느를 뚫어지게 바라보며 지저분한 레인코트 앞자락을 닦았다. 그녀가 거두절미하고 말했다. "《예언자일보》에서 실어 주지 않을 거야. 네가 눈치채지 못했을까 봐 하는 말인데, 아무도 저 아이의 엉터리 얘기를 믿지 않아. 다들 저 애가 과대망상에 사로잡혀 있다고 생각하지. 자, 그런 관점에서 기사를 쓸 수 있게 해 주면……."

"해리가 미쳤다는 기사는 더 이상 필요 없어요!" 헤르미온느가 화를 내며 말했다. "그런 건 이미 충분하니까 사양할게요! 난 해리한테 진실을 말할 기회가 주어지기를 바라는 거라고요!"

"그런 기사는 팔리지 않아." 리타 스키터가 차갑게 말했다.

"퍼지가 막아서 《예언자일보》에 못 싣는다는 뜻이겠죠." 헤르미온느가 짜증스러운 듯 말했다.

리타 스키터는 굳은 눈길로 오랫동안 헤르미온느를 쳐다보더니 탁자 건너에서 몸을 숙이며 사무적인 어조로 말했다. "그래, 퍼지는 《예언자일보》에 압력을 넣고 있어. 하지만 결론은 같아. 그쪽에서는 해리를 좋게 비춰 주는 기사는 싣지 않을 거야. 그런 걸 읽고 싶어 하는 사람도 없고. 그건 대중의 정서에 역행하는 일이야.

최근의 아즈카반 탈옥만으로도 사람들은 충분히 불안해하고 있어. 사람들은 그저 '그 사람'이 돌아왔다는 것을 믿고 싶어 하지 않는 거야."

"그러니까 《예언자일보》는 사람들이 듣고 싶어 하는 얘기를 들려주려고 존재한다는 거네요?" 헤르미온느가 신랄하게 말했다.

리타 스키터는 다시 허리를 곧게 펴고 앉아 눈썹을 치켜올리며 파이어위스키 잔을 비웠다.

"《예언자일보》는 판매를 위해서 존재하는 거야, 멍청한 계집애 같으니." 그녀가 차갑게 말했다.

"우리 아빠는 《예언자일보》가 형편없는 신문이라고 생각해요." 뜻밖에도 루나가 대화에 끼어들었다. 그녀는 칵테일 양파를 빨아 먹으며, 약간 정신이 나간 듯 보이는 툭 튀어나온 큼직한 눈으로 리타 스키터를 응시했다. "우리 아빠는 대중이 알아야 한다고 생각하는 중요한 기사들을 펴내시거든요. 돈 같은 건 상관하지 않으세요."

리타 스키터는 깔보듯 루나를 바라보았다.

"무슨 멍청한 동네 소식지라도 만드시나 보지?" 그녀가 말했다. "'머글과 함께 사는 25가지 방법'이라든가, 다음번 비행 바자회 날짜 같은 거?"

"아뇨." 루나가 아가미수에 다시 양파를 담그며 말했다. "아빠는 《이러쿵저러쿵》의 편집장이세요."

리타 스키터가 너무 크게 코웃음을 치는 바람에 근처 탁자에 있는 사람들이 놀라서 돌아보았다.

"'대중이 알아야 한다고 생각하는 중요한 이야기'?" 그녀가 상대를 기죽이려는 듯 말했다. "그 걸레 조각에 담긴 내용은 우리 집 정원 비료로나 쓸 수 있을 거다."

"뭐, 이번 기회에 당신이 《이러쿵저러쿵》의 격을 높여 주면 되잖아요. 안 그래요?" 헤르미온느가 유쾌하게 말했다. "루나 말로는, 아버지께서 무척 흔쾌하게 해리의 인터뷰를 실어 주실 거래요. 그분이 기사를 실어 주실 거예요."

리타 스키터는 잠깐 둘 모두를 바라보더니 큰 소리로 한바탕 웃음을 터뜨렸다.

"《이러쿵저러쿵》이라니!" 그녀가 깔깔 웃으며 말했다. "저 애 얘기를 《이러쿵저러쿵》에 실으면 사람들이 그걸 진지하게 받아들일 것 같아?"

"아닌 사람도 있겠죠." 헤르미온느가 침착한 목소리로 말했다. "하지만 아즈카반 탈옥 사건에 대한 《예언자일보》의 기사에는 몇 가지 큰 구멍이 있어요. 내 생각에는 아주 많은 사람들이 실제로 벌어진 일에 대해 더 그럴듯한 설명은 없는지 궁금해하고 있을 거예요. 그리고 선택할 수 있는 다른 설명이 있다면, 그게 설령……." 그녀는 루나를 살짝 곁눈질했다. "뭐, 평범하지 않은 잡지에 실린다 하더라도 기꺼이 읽을 거라고 생각해요."

리타 스키터는 잠시 아무 말도 하지 않고 고개를 살짝 기울인 채 빈틈없는 눈으로 헤르미온느를 바라보았다.

"좋아, 일단 내가 쓴다고 치자." 그녀가 불쑥 말했다. "내가 받을 보수는?"

"아빠가 잡지에 글을 주는 사람들에게 딱히 돈을 주시는 것 같진 않아요." 루나가 몽롱하게 말했다. "사람들은 글을 싣는 걸 명예롭게 생각하거든요. 물론, 자기 이름이 인쇄된 걸 보고 싶어서이기도 하고요."

헤르미온느를 돌아본 리타 스키터는 또다시 악취 수액을 들이켠 표정이었다.

"나더러 이걸 공짜로 하라는 거야?"

"뭐, 네." 헤르미온느가 음료를 한 모금 마시며 차분하게 말했다. "당신도 잘 알겠지만, 그러지 않으면 내가 정부에 당신이 미등록 애니마구스라는 사실을 알릴 테니까요. 물론, 《예언자일보》는 아즈카반에서의 삶을 직접 경험해 본 사람의 르포를 비싼 값에 사 주겠죠."

리타 스키터는 헤르미온느의 음료에 꽂혀 있는 종이 우산을 그녀의 코에 쑤셔 넣으면 더 바랄 게 없다는 듯한 얼굴이었다.

"선택의 여지가 없는 것 같은데?" 리타 스키터가 살짝 떨리는 목소리로 말했다. 그녀는 다시 한 번 악어가죽 가방을 열고 양피지를 꺼내더니 속기 깃펜을 들어 올렸다.

"아빠가 기뻐하실 거예요." 루나가 밝은 목소리로 말했다. 리타 스키터의 턱이 씰룩거렸다.

"괜찮지, 해리?" 헤르미온느가 해리를 돌아보며 물었다. "사람들한테 진실을 알릴 준비, 됐어?"

"그런 것 같아." 해리는 리타 스키터가 그들 사이에 놓인 양피지 위에서 속기 깃펜의 균형을 잡는 모습을 지켜보며 말했다.

"그럼 질문해요, 리타." 헤르미온느가 유리잔 바닥에서 체리 하나를 건져 올리며 침착하게 말했다.

26장
본 것과
미리 보지 못한 것

 루나는 리타 스키터의 해리 인터뷰 기사가 얼마나 빨리 《이러쿵저러쿵》에 실릴지 모르겠다고 모호하게 말했다. 자기 아버지는 최근 굽은뿔 스노캑의 목격담과 관련한 훌륭한 장문의 기사를 기다리고 있다는 것이었다. "물론 그건 아주 중요한 기사가 될 거야. 그래서 해리의 기사는 다음 호까지 기다려야 할지도 몰라." 루나가 말했다.
 볼드모트가 돌아온 날 밤에 관해 이야기하는 것은 쉬운 일이 아니었다. 리타 스키터는 온갖 세세한 사항을 캐물었고 그는 머릿속에 떠오르는 모든 것을 그녀에게 들려주었다. 그는 이것이 세상에 진실을 알릴 절호의 기회라는 것을 알고 있었다. 사람들이 자신의 이야기에 어떻게 반응할지 궁금하기도 했다. 해리는 그 기사를 본 수많은 사람이 그가 완전히 미쳤다는 생각을 더욱 굳히게 될 거라고 예상했다. 그 기사가 굽은뿔 스노색에 관한 순전한 헛소리와 나란히 실린다면 더욱 그럴 것이다. 하지만 벨라트릭스 레스트레인지와 그녀의 동료인 죽음을 먹는 자들의 탈옥 사건은 해리로 하여금 뭐라도 해야겠다는 열망에 타오르게 했다. 통하든, 아니든……..

"네가 공개적으로 인터뷰한 걸 알면 엄브리지가 어떻게 나올까? 엄청 궁금한데." 월요일 밤 저녁 식사 시간에 딘이 경탄 어린 목소리로 말했다. 해리는 셰이머스가 딘 맞은편에서 엄청난 양의 치킨 햄 파이를 게걸스럽게 먹어 대면서도 귀를 기울이고 있다는 것을 알았다.

"옳은 일을 한 거야, 해리." 맞은편에 앉아 있던 네빌이 말했다. 그는 얼굴빛이 조금 창백했지만 나직한 목소리로 말을 이었다. "틀림없이…… 힘들었을 거야……. 그 얘기를 하는 것 말이야……. 그치?"

"응." 해리가 중얼거렸다. "하지만 사람들도 볼드모트가 무슨 짓을 할 수 있는지 알아야 하잖아."

"맞아." 네빌이 고개를 끄덕이며 말했다. "죽음을 먹는 자들도 그렇고……. 다들 알아야……."

네빌은 말을 끝맺지 않고 흐리더니 구운 감자로 시선을 돌렸다.

셰이머스가 고개를 들었다가 해리와 눈이 마주치자 다시 재빨리 자기 접시를 내려다보았다. 잠시 후 딘과 셰이머스, 네빌은 휴게실로 향했고 해리와 헤르미온느는 식탁에 남아 퀴디치 훈련 때문에 아직 저녁 식사를 하지 못한 론을 기다렸다.

초 챙이 친구 매리에타와 함께 대연회장으로 들어왔다. 해리는 가슴이 불쾌하게 쿵 내려앉는 것을 느꼈지만, 그녀는 그리핀도르 식탁 쪽은 건너다보지 않은 채 등을 돌리고 앉았다.

"아, 물어본다는 걸 깜빡했네." 헤르미온느가 래번클로 식탁 쪽을 흘낏 쳐다보며 밝게 말했다. "초랑 데이트는 어땠어? 왜 그렇게 일찍 온 거야?"

"어…… 그게……." 해리는 두 접시째의 루바브 크럼블을 끌어당겨 먹으며 말했다. "완전히 망했어. 말이 나왔으니까 하는 얘기지만."

그는 푸디풋 부인의 찻집에서 일어난 일을 들려주었다.

"……그런 다음" 하고, 그는 몇 분 뒤 마지막 크럼블 조각이 사라질 무렵 말을 마쳤다. "초가 벌떡 일어나서 '나중에 보자, 해리' 뭐, 이렇게 말하더니 거기서 뛰쳐나가 버렸어!" 그는 숟가락을 내려놓고 헤르미온느를 바라보았다. "그게 대체 뭐지? 대체 무슨 일이 있었던 거야?"

헤르미온느는 초의 뒤통수를 힐끗 쳐다보더니 한숨을 내쉬었다.

"아, 해리." 그녀가 애석하다는 듯 말했다. "음, 미안한데 너 좀 눈치 없었어."

"내가? 눈치가 없었다고?" 해리가 분개하며 말했다. "조금 전까지 잘 있다가 다음 순간 로저 데이비스가 자기한테 데이트를 신청했다는 둥, 그 멍청한 찻집에서 세드릭이랑 진한 키스를 나눴다는 둥, 내 기분이 어땠을 것 같아?"

"음, 그게 말이야." 헤르미온느는 지나치게 흥분한 아기에게 1 더하기 1은 2라고 설명해 줄 때와 같은 인내심을 갖고 입을 열었다. "너는 데이트를 하던 도중 날 만나러 간다고 하지 말았어야 했어."

"하지만, 하지만……." 해리가 더듬거렸다. "하지만, 네가 12시에 만나자고 했잖아. 그 애를 데려오라고도 했고. 그런 말을 안 하면 어떻게 약속을 지킬 수 있었겠어?"

"다른 방식으로 말했어야지." 헤르미온느가 말했다. 여전히 미치도록 침착한 태도였다. "너한테는 정말 짜증 나는 일인데 내가 억지로 스리 브룸스틱스에서 만나자는 약속을 하게 만들었다고 말했어야지. 너는 정말로 가기 싫은데, 하루 종일 초랑 함께 있고 싶은데 유감스럽게도 나를 꼭 만나야 할 것 같으니 제발, 제발 같이 가 달라고, 이 일을 빨리 해치워 버렸으면 좋겠다고 말했어야 한다고. 네 생각에 내가 얼마나 못생겼는지도 얘기했다면 좋았을 거야." 헤르미온느가 문득 생각난 듯 덧붙였다.

"하지만 난 네가 못생겼다고 생각 안 하는데." 해리가 어리벙벙해져서 말했다.

헤르미온느가 웃었다.

"해리, 너 론보다 심각하다……. 음, 아니, 그 정도는 아닌가." 그녀가 한숨을 쉬었다. 마침 론이 진흙투성이가 된 채 시무룩한 얼굴로 터벅터벅 대연회장으로 걸어 들어왔다. "봐 봐, 너는 날 만나러 간다고 말해서 초의 기분을 상하게 한 거야. 그래서 그 애는 네가 질투하게 만들려 한 거고. 그런 식으로 네가 자기를 얼마나 좋아하는지 알아보려고 했던 거야."

"그런 거야?" 해리가 말했다. 그때 론이 맞은편 의자에 털썩 주저앉아 팔 닿는 범위 안에 있는 접시를 모두 끌어당겼다. "그럼 그냥 내가 너보다 그 애를 더 좋아하는지 물어보는 게 쉽지 않았을까?"

"여자애들은 보통 그런 질문을 하지 않아." 헤르미온느가 말했다.

"그럼 하면 되겠네!" 해리가 발끈하며 외쳤다. "그랬으면 나는 걔를 좋아한다고 말해 줄 수 있었을 거고, 걔는 세드릭이 죽는 얘기를 하면서 또 흥분할 필요가 없었을 테니까!"

"초의 행동이 이성적이었다는 뜻은 아니야." 헤르미온느가 말했다. 그때 지니가 그들이 있는 곳으로 다가왔다. 그녀 역시 론만큼 진흙투성이였고, 마찬가지로 언짢은 표정이었다. "난 그냥 초가 그때 어떤 기분이었을지 네가 이해하도록 해 주려는 것뿐이야."

"너 책 써야겠다." 론이 감자를 자르면서 헤르미온느에게 말했다. "여자애들이 하는 이상한 행동을 남자애들이 이해할 수 있도록 해석해 주는 책 말이야."

"그래." 해리가 래번클로 식탁 쪽을 바라보며 열심히 동조했다. 방금 자리에서 일어난 초는 여전히 그를 쳐다보지도 않고 대연회장을 나갔다. 그는 아주 우울한 마음으로 론과 지니 쪽으로 고개를 돌렸다. "그래서, 퀴디치 훈련은 어땠어?"

"악몽이었어." 론이 시무룩한 목소리로 말했다.

"아, 그러지 마." 헤르미온느가 지니를 바라보았다. "분명 그렇게까진……."

"아니, 악몽 맞아." 지니가 말했다. "토 나올 정도였어. 끝날 때쯤 되니까 앤젤리나가 거의 울려고 하더라."

론과 지니는 저녁 식사를 마친 뒤 목욕을 하러 갔다. 해리와 헤르미온느는 북적거리는 그리핀도르 휴게실로 돌아갔다. 평소처럼 숙제가 잔뜩 쌓여 있었다. 해리가 30분 정도 천문학 숙제인 새 별자리표와 씨름하고 있을 때 프레드와 조지가 나타났다.

"론이랑 지니는 여기 없어?" 프레드가 의자를 끌어당기면서 주위를 둘러보고 물었다. 해리가 고개를 끄덕이자 그가 말했다. "잘됐네. 걔들이 훈련하는 걸 지켜봤거든. 시합에서 완전히 박살 날 거야. 우리가 없으니까 완전히 쓰레기야."

"왜 이래, 지니는 그렇게 나쁘지 않아." 조지가 프레드 옆에 앉으며 객관적인 평가를 내렸다. "사실, 난 지니가 어떻게 그렇게 잘하는지 모르겠어. 우리가 퀴디치를 할 때 한 번도 끼워 준 적이 없다는 걸 생각해 보면 말이야."

"지니는 여섯 살 때부터 정원에 있는 빗자루 창고에 몰래 들어가서, 너희가 안 보고 있을 때 너희 빗자루를 번갈아 가면서 타 보곤 했어." 헤르미온느가 위태롭게 쌓인 고대 룬문자 책 더미 뒤에서 말했다.

"아." 조지가 약간 감명받은 표정을 지어 보였다. "뭐, 그럼 설명이 되네."

"론은 아직 한 골도 못 막았어?" 헤르미온느가 《마법 상형문자와 기호》 너머를 바라보며 물었다.

"뭐, 아무도 자기를 보고 있지 않다고 생각하면 막을 수 있어." 프레드가 눈알을 굴리며 말했다. "그러니까 관중한테, 토요일 시합에서 퀘플이 론 쪽으로 갈 때마다 등을 돌리고 너희끼리 떠들어 달라고 부탁만 하면 돼."

그는 자리에서 일어나더니 초조한 듯 창가로 가서 어두운 교정을 내다보았다.

"퀴디치는 이곳에 머물 가치가 있는 유일한 일이었어."

헤르미온느가 엄격한 눈초리로 그를 바라보았다.

"곧 시험이야!"

"이미 말했잖아. 우리는 N.E.W.T.로 요란 떨 생각 없다고." 프레드가 말했다. "꾀병 과자 세트는 준비가 끝났어. 물집을 제거할 방법을 찾아냈거든. 그냥 머틀랩 진액 두 방울만 넣으면 되더라. 리가 알려 줬어."

조지는 크게 하품하더니 암담한 눈으로 구름 낀 밤하늘을 바라보았다.

"이번 경기를 보고 싶은지조차 모르겠어. 재커라이어스 스미스한테 지면 자살할지도 몰라."

"아니, 그 자식을 죽여야지." 프레드가 단호하게 말했다.

"그게 바로 퀴디치의 문제야." 헤르미온느가 다시 한 번 룬문자 번역문 위로 몸을 숙이며 건성으로 말했다. "그것 때문에 기숙사들 사이에 온갖 악감정과 긴장이 생기는 거라고."

그녀는 《스펠먼의 룬문자 읽기》를 찾으려고 고개를 들었다가 프레드와 조지, 해리가 혐오스러움과 믿을 수 없다는 마음이 뒤섞인 표정으로 자신을 뚫어지게 바라보는 것을 보았다.

"뭐, 사실이잖아!" 그녀가 못 참겠다는 듯 말했다. "그냥 운동경기일 뿐인데. 안 그래?"

"헤르미온느." 해리가 고개를 저으며 입을 열었다. "넌 사람의 감정이나 뭐 그런 건 잘 알지 몰라도 퀴디치에 대해선 아예 이해를 못 하는구나."

"그럴지도 모르지." 그녀가 번역문으로 고개를 돌리며 험악하게 말했다. "하지만 적어도 내 행복은 론의 골대 수비 능력에 좌우되지 않아."

헤르미온느 앞에서 그 사실을 인정하느니 차라리 천문탑에서 뛰어내리고 싶은 마음이었지만, 토요일이 되어 경기를 지켜보고 있자니 해리 역시 퀴디치에 아무 신경도 쓰지 않을 수 있다면 갈레온을 모조리 내줘도 아깝지 않을 것 같았다.

그 경기의 가장 좋았던 점은, 빨리 끝났다는 것이었다. 그리핀도르 관중은 겨우 22분 동안만 고통을 견디면 됐다. 무엇이 가장 마음에 안 들었는지는 말하기 어려웠다. 해리는 론이 열네 번째로 공을 막지 못한 것과 슬로퍼가 방망이로 블러저 대신 앤젤리나의 입을 후려친 것, 그리고 재커라이어스 스미스가 쿼플을 들고 날아오자 커크가 비명을 지르며 빗자루에서 뒤로 떨어진 것 모두 막상 막하로 최악이었다는 생각이 들었다. 그리핀도르가 겨우 10점 차로 진 건 기적이었다. 지니가 후플푸프 수색꾼 서머비의 코앞에서 스니치를 잡아낸 덕분에 최종 점수는 240 대 230이었다.

"멋지게 잡았네." 휴게실에 돌아왔을 때 해리가 지니에게 말했다. 휴게실은 유난히 우울한 장례식 같은 분위기였다.

"운이 좋았어." 그녀가 어깨를 으쓱했다. "스니치가 그렇게 빠르지도 않았고 서머비가 감기에 걸려서 하필 그 순간에 재채기를 하는 바람에 눈을 감았거든. 아무튼, 네가 팀에 돌아오기만 하면…….”

"지니, 나는 평생 금지당했어.”

"엄브리지가 학교에 있을 동안에만 금지당한 거지.” 지니가 그의 말을 정정해 주었다. "엄연히 달라. 아무튼, 네가 돌아오면 나는 추격꾼 선발전에 나갈 거야. 앤젤리나랑 얼리샤 둘 다 졸업할 테고, 어쨌거나 나는 수색보다는 득점이 좋으니까.”

해리는 론 쪽을 바라보았다. 그는 버터맥주 한 병을 쥔 채 구석에 웅크리고 앉아 자기 무릎을 바라보고 있었다.

"앤젤리나가 여전히 그만두지 못하게 해.” 지니가 해리의 마음을 읽은 듯 말했다. "론한테 재능이 있다는 걸 안대.”

해리는 앤젤리나가 론에 대한 믿음을 보여 줘서 좋았지만, 동시에 론이 팀을 떠나게 해 주는 게 사실은 더 친절한 일일 거라고 생각했다. 론이 경기장을 나설 때 슬리데린 학생들은 또 한 번 엄청난 열정으로 '위즐리는 우리의 왕'을 우렁차게 합창하고 있었다. 이제는 슬리데린이 퀴디치 컵의 유력한 우승 후보였다.

프레드와 조지가 어슬렁거리며 다가왔다.

"놀려 줄 마음도 안 든다.” 프레드가 쭈그러든 론의 모습을 바라보며 말했다. "분명히 말하는데…… 저 녀석이 열네 번째 골을 놓쳤을 때는 말이야…….”

그는 선 채로 개헤엄을 치듯 팔을 마구 휘둘렀다.

"뭐, 이건 파티 때까지 아껴 놔야겠다. 그치?"

잠시 후 론이 발을 질질 끌면서 침실로 올라갔다. 그의 마음을 헤아리는 뜻에서 해리는 잠깐 기다렸다가 침실로 올라갔다. 론이 그러고 싶다면 자는 척할 수 있도록. 아니나 다를까, 마침내 해리가 침실에 들어갔을 때 론은 그럴듯하다고 말하기에는 조금 지나칠 만큼 시끄럽게 코를 골고 있었다.

해리는 시합 생각을 하면서 잠자리에 들었다. 출전을 못 하고 지켜보려니 굉장히 답답했다. 지니의 실력이 상당히 인상적이기는 했지만, 그가 출전했더라면 분명 스니치를 더 일찍 잡을 수 있었을 것이다……. 스니치가 커크의 발목 근처에서 파닥거린 순간이 있었다. 지니가 망설이지 않았더라면 그리핀도르가 승리를 거둘 수 있었을 텐데.

엄브리지는 해리와 헤르미온느 몇 줄 아래에 앉아 있었다. 그녀는 좌석에 도사리고 앉은 채 한두 번 고개만 돌려 그를 바라봤고, 그때마다 두꺼비처럼 넓적한 입이 고소하다는 듯 벌어졌다. 그 모습이 떠오르자 해리는 어둠 속에 누운 채 분노로 몸이 달아오르는 것을 느꼈다. 그러나 잠시 후 그는 오클루먼시 수업이 끝날 때마다 스네이프가 계속 강조한 대로 잠들기 전에 마음속에서 감정을 싹 비워 내기로 한 것을 떠올렸다.

그는 잠시 감정을 비우려고 시도해 봤지만 엄브리지에 스네이프까지 떠오르자 오히려 더욱 분노가 끓어올랐다. 그는 자기도 모르게 그 둘을 얼마나 증오하는지에 초점을 맞추고 있었다. 론의 코 고는 소리가 서서히 줄어들면서 깊고 느린 숨소리로 바뀌었다. 해리가 잠들 때까지는 훨씬 오랜 시간이 걸렸다. 몸은 피곤했지만 머리가 일을 마칠 때까지 오래 걸렸던 것이다.

그는 필요의 방에서 네빌과 스프라우트 교수가 왈츠를 추고 맥고나걸 교수가 백파이프를 연주하는 꿈을 꾸었다. 해리는 잠시 행복한 기분으로 그들을 바라보다가, 다른 D.A. 회원들을 찾으러 가야겠다고 결심했다.

하지만 방을 나선 그는 어느새 바보 같은 바너버스의 태피스트리가 아닌 돌벽에 걸려 타오르는 횃불을 마주하고 있었다. 그는 왼쪽으로 천천히 고개를 돌렸다. 그곳, 창문 없는 복도 저 끝에 밋밋한 검은 문이 있었다.

그는 가슴이 두근거리는 것을 느끼며 그 문으로 걸어갔다. 이번에야말로 마침내 운 좋게 저 문을 열 방법을 찾게 될 거라는 아주 이상한 기분이 들었다……. 문까지는 불과 30센티미터 남아 있었다. 흥분이 솟구쳤다. 오른쪽 아래에서 푸른빛 한 줄기가 희미하게 흘러나오는 것이 보였다……. 문이 열려 있었다……. 그는 문을 밀어젖히려고 손을 뻗었다…….

론이 귀에 거슬릴 정도로 요란하게 진짜 코 고는 소리를 냈다. 해리는 수백 킬로미터 떨어진 곳에 있는 문을 열려고 어둠 속에서 손을 뻗은 채 퍼뜩 깨어났다. 그는 실망감과 죄책감이 뒤섞인 감정을 느끼며 손을 떨어뜨렸다. 그 문을 봐서는 안 된다는 사실을 알고 있었지만, 동시에 그 뒤에 있는 것에 대한 호기심에 사로잡힌 나머지 어쩔 수 없이 론을 향한 짜증이 솟구쳤다. 그가 조금만 늦게 코를 골았더라면…….

월요일 아침, 그들은 우편 부엉이들이 도착하는 바로 그 시간에 아침을 먹으러 대연회장에 들어갔다. 《예언자일보》를 열렬히 기다리는 사람은 헤르미온느만이 아니었다. 대부분의 학생들이 탈옥한 죽음을 먹는 자들에 관해 더 많은 소식을 기다리고 있었다. 목격담은 많이 실렸지만 그들은 아직 잡히지 않은 상태였다. 헤르미온느가 신문을 배달한 올빼미에게 1크넛을 주고 기대감에 찬 얼굴로 신문을 펼치는 사이 해리는 오렌지 주스를 마시고 있었다. 그는 학년 내내 쪽지 한 장밖에 받지 못했기에, 부엉이 한 마리가 처음 자기 앞에 내려앉았을 때는 녀석이 실수를 한 거라고 확신했다.

"누구한테 온 거야?" 해리는 귀찮다는 듯 부엉이의 부리 밑에서 오렌지 주스를 치우고, 받는 사람의 주소와 이름을 보려고 몸을 숙였다.

호그와트 대연회장
해리 포터

 그는 얼굴을 찌푸리며 부엉이에게서 편지를 받아 들려고 했지만 그럴 겨를도 없이 셋, 넷, 다섯, 더 많은 부엉이며 올빼미가 퍼덕거리며 녀석의 옆으로 내려오더니 버터를 밟고 소금을 뒤엎으면서 서로 먼저 편지를 전하려고 자리다툼을 벌였다.
 "이게 무슨 일이지?" 론이 놀라서 물었다. 또 다른 부엉이와 올빼미 일곱 마리가 날카롭게 부엉부엉 울면서 먼저 온 새들 사이에 퍼덕퍼덕 내려앉았다. 그리핀도르 식탁에 앉은 모두가 그 광경을 보기 위해 몸을 앞으로 기울였다.
 "해리!" 헤르미온느가 깃털 무리 사이로 손을 쑥 집어넣어 긴 원통형의 소포를 들고 있는 가면올빼미를 꺼내며 숨 가쁘게 외쳤다. "나, 이거 무슨 상황인지 알 것 같아. 이것부터 열어 봐!"
 해리는 갈색 포장지를 뜯었다. 돌돌 말린 《이러쿵저러쿵》 3월호가 굴러 나왔다. 해리는 그것을 펴 들고 표지에 실린 자기 얼굴이 쑥스럽게 미소 짓는 모습을 보았다. 사진 위에는 빨간색 글자로 큼직하게 이렇게 적혀 있었다.

해리 포터, 이제는 말할 수 있다:
이름을 말해서는 안 되는 그 사람과
그가 돌아온 날 밤의 진실

"잘 나왔지?" 루나가 말했다. 어느새 그리핀도르 식탁으로 다가온 그녀는 프레드와 론 사이를 비집고 앉아 있었다. "어제 나왔어. 내가 아빠더러 너한테는 공짜로 한 권 보내 달라고 했어. 아마 이것들은 다······." 그녀는 여전히 해리 앞 식탁 위를 허둥거리며 돌아다니는 부엉이와 올빼미 무리를 가리켰다. "독자들이 보낸 편지일 거야."

"내 생각도 그래." 헤르미온느가 기대에 차서 말했다. "해리, 같이 봐도 돼?"

"마음대로 해." 해리가 약간 멍해져서 말했다.

론과 헤르미온느가 봉투를 뜯기 시작했다.

"이건 네가 돌았다고 생각하는 어떤 자식이 보낸 거야." 론이 손에 든 편지를 힐끗 내려다보며 말했다. "아, 뭐······."

"이 여자는 너한테 세인트 멍고의 충격 치료 마법을 제대로 한 번 받아 보라고 권하네." 헤르미온느가 실망한 표정으로 두 번째 편지를 구기며 말했다.

"그래도 이건 괜찮아 보인다." 해리가 페이즐리에 사는 여자 마법사가 보낸 긴 편지를 천천히 훑어보며 말했다. "야, 이분은 날 믿는대!"

"이 사람은 갈피를 못 잡고 있어." 신이 나서 편지 뜯기에 동참한 프레드가 말했다. "네가 미친 것처럼 보이진 않지만 '그 사람'이 돌아왔다고 진심으로 믿고 싶지는 않아서 이제 어떻게 생각해야 할지 모르겠다는데. 제기랄, 웬 양피지 낭비람."

"너한테 설득된 사람이 한 명 더 있어, 해리!" 헤르미온느가 흥분해서 말했다. "'당신의 입장에서 쓴 기사를 읽고 《예언자일보》가 당신을 아주 부당하게 대했다는 결론에 이를 수밖에 없었습니다……. 이름을 말해서는 안 되는 그 사람이 돌아왔다고는 결코 생각하고 싶지 않지만 어쩔 수 없이 당신이 진실을 말하고 있다는 사실을 받아들여야겠군요…….' 와, 멋진걸!"

"네가 개소리를 한다고 생각하는 또 다른 편지야." 론이 구긴 편지를 어깨 뒤로 던지며 말했다. "……하지만 이 사람은 네 덕분에 생각을 바꿨고 이제는 네가 진짜 영웅이라고 생각한다네. 자기 사진도 넣어 줬어. 와!"

"무슨 일이죠?" 상냥한 척하는 소녀 같은 목소리가 들려왔다.

해리는 양손 가득 편지봉투를 든 채 고개를 들었다. 엄브리지 교수가 프레드와 루나 뒤에 서 있었다. 두꺼비처럼 툭 튀어나온 눈이 해리 앞 식탁에 난장판을 벌인 부엉이와 편지 들을 훑어보았다. 그녀의 뒤에서 수많은 학생이 호기심 넘치는 눈길로 그들을 바라보고 있었다.

"이 편지들은 다 뭐죠, 포터 군?" 그녀가 천천히 물었다.

"이젠 그게 잘못인가요?" 프레드가 큰 소리로 말했다. "편지 받는 것?"

"조심해요, 위즐리 군. 그렇지 않으면 방과 후 징계를 줄 겁니다." 엄브리지가 말했다. "자, 포터 군?"

해리는 망설였지만 자신이 저지른 일을 비밀에 부칠 방법이 생각나지 않았다. 《이러쿵저러쿵》이 엄브리지의 관심을 끄는 건 시간 문제였다.

"제가 잡지 인터뷰를 해서 사람들이 편지를 보낸 거예요." 해리가 말했다. "작년 6월에 저한테 벌어진 일에 대해서요."

어떤 이유에서인지 그는 그 말을 하면서 교직원 식탁을 힐끗 쳐다보았다. 덤블도어가 방금 전까지 그를 바라보고 있었던 것 같은 이상한 기분이 들었지만, 교장 쪽을 보니 그는 플리트윅 교수와의 대화에 열중하고 있는 듯 보였다.

"인터뷰?" 엄브리지가 어느 때보다도 가늘고 높은 목소리로 되풀이했다. "그게 무슨 뜻이죠?"

"기자가 저한테 질문을 던지고 제가 대답을 했다는 뜻인데요." 해리가 말했다. "여기요……."

그는 《이러쿵저러쿵》을 그녀에게 휙 내밀었다. 그녀는 잡지를 들고 표지를 내려다보았다. 그녀의 창백하고 해쓱한 얼굴이 추하고 얼룩덜룩한 연보라색으로 변했다.

"언제 이런 짓을 한 거죠?" 그녀가 살짝 떨리는 목소리로 물었다.

"지난번 호그스미드 방문일에요." 해리가 말했다.

엄브리지가 눈을 들어 그를 바라보았다. 분노로 달아오른 그녀의 짤막한 손가락이 잡지를 움켜쥔 채 부들부들 떨렸다.

"포터 군은 앞으로 호그스미드 방문 금지입니다." 그녀가 속삭였다. "어떻게 감히…… 어떻게…….." 그녀는 심호흡을 했다. "나는 포터 군에게 거짓말을 하지 말라고 몇 번이고 가르치려고 노력했어요. 분명 그 교훈이 아직 새겨지지 않은 것 같군요. 그리핀도르 50점 감점, 그리고 방과 후 징계를 1주일 더 주겠어요."

그녀는 《이러쿵저러쿵》을 가슴 앞에 꽉 쥔 채 성큼성큼 걸어갔다. 수많은 학생이 눈으로 그녀를 좇았다.

오전 중에 커다란 공고문이 학교 전체에 나붙었다. 기숙사 게시판뿐만 아니라 복도와 교실에도 붙었다.

호그와트 장학관의 지시에 따라

《이러쿵저러쿵》을 소지하고 있다가 발각된 학생은

누구든 퇴학 조치 된다.

상기 내용은 교육 법령 27조에 의거함.

서명: 장학관 덜로리스 제인 엄브리지

무슨 이유 때문인지 헤르미온느는 이 공고문을 볼 때마다 기뻐하며 환하게 웃었다.

"정확히 뭐가 그렇게 기쁜 거야?" 해리가 그녀에게 물었다.

"아, 해리, 모르겠어?" 헤르미온느가 숨을 죽이고 말했다. "이 학교 학생 모두가 네 인터뷰를 반드시 읽도록 만들기 위해 엄브리지가 할 수 있는 일이 단 하나 있다면, 바로 그걸 금지하는 거야!"

헤르미온느가 옳았던 모양이다. 학교 어디에서도 《이러쿵저러쿵》의 '이'자도 보이지 않았지만, 날이 저물 무렵에는 학생 전체가 인터뷰 내용을 서로에게 전달하고 있는 것 같았다. 해리는 학생들이 교실 앞에 줄을 서서 수군거리거나, 점심시간이나 교실 뒤에서도 그 얘기를 떠드는 소리를 들었다. 헤르미온느는 고대 룬문자 수업에 들어가기 전에 여자 화장실을 잠깐 들렀는데 모든 칸에서 다들 그 얘기를 하고 있더라고 전해 주었다.

"그때 그 애들이 날 봤어. 걔들은 내가 너랑 아는 사이라는 걸 알거든. 그래서 나한테 질문을 퍼붓더라고." 헤르미온느가 눈을 반짝이며 해리에게 말했다. "그리고 해리, 내 생각에 걔들은 네 말을 믿는 것 같아. 정말이야. 네가 마침내 그 애들을 설득한 거야!"

한편, 엄브리지 교수는 학교를 활보하고 다니며 무작위로 학생들을 불러 세우고 책과 주머니를 검사했다. 해리는 그녀가 《이러쿵저러쿵》을 찾고 있다는 것을 알았지만, 학생들은 그녀보다 몇 발짝 앞서 있었다. 해리의 인터뷰가 실린 페이지는 다른 사람이 읽을 경우 교과서에서 발췌한 내용으로 보이도록 하는 마법이 걸려 있거나, 다시 읽고 싶어질 때까지 마법으로 싹 지워지기도 했다. 머잖아 학교 안의 모든 사람이 그 인터뷰를 읽은 듯했다.

교수들은 물론 교육 법령 26조에 따라 그 인터뷰에 관해 이야기하지 못하도록 되어 있었지만, 그래도 자신의 기분을 표현할 방법들을 찾아냈다. 스프라우트 교수는 해리가 물뿌리개를 건네주자 그리핀도르에 20점을 주었다. 플리트윅 교수는 일반 마법 수업이 끝날 때 활짝 웃는 얼굴로 찍찍거리는 설탕 생쥐 한 상자를 해리에게 쥐여 주더니 "쉿!" 하고 서둘러 가 버렸다. 트릴로니 교수는 점술 수업 도중 불쑥불쑥 신경질적으로 흐느꼈다. 그리고 해리는 결국 때 이른 죽음을 겪지 않을 것이며, 오래오래 살면서 마법 정부 총리가 되고 아이도 열두 명이나 낳을 거라고 선언함으로써 학생들을 놀라게 하고 엄브리지를 아주 못마땅하게 만들었다.

하지만 해리를 가장 기쁘게 한 건 다음 날 변환 마법 교실로 서둘러 가던 도중 초가 그를 쫓아온 일이었다. 무슨 일이 일어났는지 알아차리기도 전에 그녀는 그의 손을 잡고 귀에다 속삭였다.

"진짜 진짜 미안해. 그 인터뷰는 정말 용감했어……. 나, 그거 읽고 울었어."

인터뷰 때문에 또 눈물을 흘렸다니 안타까웠지만, 그녀와 다시 이야기하는 사이가 되어서 무척 기뻤다. 그녀가 뺨에 살짝 입을 맞추고 황급히 돌아서서 가자 더더욱 기분이 좋아졌다. 더구나 믿을 수 없게도, 변환 마법 교실 앞에 도착하자마자 그에 맞먹을 만큼 좋은 일이 일어났다. 셰이머스가 줄에서 빠져나와 해리를 마주 보았다.

"그냥 말해 주고 싶었어." 그가 눈을 가늘게 뜨고 해리의 왼쪽 무릎에 시선을 고정한 채 웅얼거렸다. "난 네 말 믿어. 엄마한테도 잡지를 한 권 보내 드렸어."

해리의 행복을 완벽하게 만들기 위해 필요한 것이 있다면 그것은 바로 말포이와 크래브와 고일의 반응이었다. 그날 오후, 해리는 그들이 도서관에서 머리를 한데 모으고 있는 광경을 보았다. 헤르미온느가 귓속말로 시어도어 노트라고 이름을 알려 준, 비실비실해 보이는 소년과 함께였다. 해리가 부분 소멸 마법에 필요한 책을 찾아 책꽂이를 훑어보고 있을 때 그들이 그를 돌아보았다. 고일은 위협하듯 손마디를 꺾었고 말포이는 크래브에게 뭔가 악의적일 게 틀림없는 말을 수군거렸다. 해리는 그들이 왜 이런 행동을 하는지 아주 잘 알고 있었다. 해리가 그들 셋의 아버지를 죽음을 먹는 자로 지목했기 때문이었다.

그들이 도서관을 나가자 헤르미온느가 고소하다는 듯 속삭였다. "그리고 가장 좋은 건 쟤들이 네 말에 반박할 수 없다는 거야. 자기들이 그 기사를 읽었다는 걸 인정하면 안 되니까!"

이 모든 일에 더해, 루나는 저녁 식사 시간에 《이러쿵저러쿵》이 이렇게 빨리 다 팔린 적은 없다고 말해 주었다.

"아빠가 2쇄를 찍고 있어!" 그녀가 흥분해서 튀어나올 것 같은 눈으로 해리에게 말했다. "도저히 믿을 수가 없대. 사람들이 굽은 뿔 스노캑보다 이 기사에 더 관심이 많아 보인다면서!"

그날 밤 해리는 그리핀도르 휴게실의 영웅이었다. 프레드와 조지는 대담하게도 《이러쿵저러쿵》의 표지에 확대 마법을 걸어 벽에 붙여 놓고, 해리의 거대한 머리가 아래를 내려다보면서 가끔씩 우렁찬 목소리로 "**정부는 머저리다**"라든가 "**똥이나 처먹어, 엄브리지**" 같은 말을 내뱉게 만들었다. 헤르미온느는 이런 장난을 별로 재미있어하지 않았다. 그녀는 그것이 집중하는 데 방해가 된다며 결국 짜증을 내면서 일찌감치 침실로 올라갔다. 해리도 한두 시간이 지난 뒤에는 그 대형 사진이 그렇게 재미있지 않다는 걸 인정해야 했다. 말하기 주문의 효력이 다하면서 포스터가 '**똥**'이나 '**엄브리지**'같이 서로 연결되지 않는 단어들을 점점 큰 소리로, 점점 짧은 간격을 두고 외쳐 대기 시작했을 때는 특히 그랬다. 사실, 해리는 그 소리 때문에 머리가 아프고 흉터가 다시 쿡쿡 쑤시기 시작했다. 주위에 앉아서 여러 차례 인터뷰 내용을 다시 들려 달라고 조르던 아이들이 실망해서 투덜거렸지만, 그는 자기도 일찍 잠자리에 들어야겠다고 말했다.

해리가 들어가 보니 침실은 비어 있었다. 그는 잠깐 침대 옆 서늘한 유리창에 이마를 댔다. 흉터의 아픔이 진정되는 것 같았다. 그런 다음 그는 옷을 벗고, 두통이 사라지길 바라며 침대에 누웠다. 약간 구역질도 났다. 그는 옆으로 돌아누워서 눈을 감고 거의 곧바로 잠들었다…….

그는 커튼이 드리워진 어두운 방에 서 있었다. 가지 여러 개가 달린 촛대 받침에서 오직 촛불 하나만이 방을 밝히고 있었다. 그는 앞에 놓인 의자 등받이를 두 손으로 움켜잡고 있었다. 오랫동안 햇빛을 보지 못한 듯 길고 하얀 손가락들이 의자의 어두운 빛깔 벨벳에 대비되어 허여멀건 거대 거미처럼 보였다.

의자 너머에는 바닥에 드리워진 촛불 빛 속에서 검은색 로브를 입은 남자가 무릎을 꿇고 있었다.

"내가 잘못된 조언을 받아 온 것 같군." 해리는 분노가 이글거리는 높고 싸늘한 목소리로 말했다.

"주인님, 용서해 주십시오." 바닥에 무릎을 꿇고 있던 남자가 쉰 목소리로 말했다. 그자의 뒤통수가 촛불 빛을 받아 희미하게 빛났다. 그는 떨고 있는 것 같았다.

"너를 탓하는 게 아니다, 룩우드." 해리가 차갑고 잔인한 목소리로 말했다.

해리는 등받이에서 손을 놓고 의자를 돌아 나와 바닥에 웅크린 남자에게 더 가까이 다가갔다. 그는 어둠 속 평소보다 훨씬 높은 눈높이에서 바로 밑에 있는 남자를 내려다보았다.

"확신하느냐, 룩우드?" 해리가 물었다.

"네, 주인님. 그렇습니다……. 저는 그 부서에서 근무한 적이 있습니다. 그 일이, 그 모든 일이 벌어진 뒤에……."

"에이버리는 보드가 그걸 가져올 수 있을 거라고 했다."

"보드는 절대 가져올 수 없었을 겁니다, 주인님……. 보드 자신도 할 수 없다는 걸 알았을 겁니다. 그자가 루시우스 말포이의 임페리우스 저주에 그토록 심하게 저항한 것도 바로 그 때문일 게 틀림없……."

"일어나라, 룩우드." 해리가 속삭였다.

무릎을 꿇고 있던 남자는 황급히 명령에 따르려다 하마터면 넘어질 뻔했다. 그의 얼굴에는 얽은 자국이 있었다. 그 흉터가 촛불빛을 받아 두드러졌다. 그는 서 있을 때도 절을 하다 만 것처럼 약간 구부정한 자세를 유지한 채 겁에 질린 눈으로 해리의 얼굴을 힐끔 올려다보았다.

"내게 이 일을 전한 건 잘한 일이다." 해리가 말했다. "아주 잘했다……. 내가 아무 결실 없는 계획에 몇 달을 낭비한 것 같군……. 하지만 상관없다……. 이제부터 다시 시작한다. 볼드모트 경이 너에게 감사를 표한다, 룩우드……."

"주인님…… 네, 주인님." 룩우드가 숨을 헐떡였다. 안도감에 목이 쉬어 있었다.

"내겐 네 도움이 필요할 것이다. 네가 나에게 가져다줄 수 있는 모든 정보가 필요하다."

"물론입니다, 주인님. 지당한 말씀입니다…… 무엇이든……."

"좋아……. 가 봐도 좋다. 에이버리를 내게 보내라."

룩우드는 서둘러 뒤로 물러나 꾸벅 절을 하고는 문밖으로 사라졌다.

어두운 방에 혼자 남겨진 해리는 벽 쪽으로 고개를 돌렸다. 깨지고 세월의 얼룩이 진 거울이 어둠이 드리운 벽에 걸려 있었다. 해리는 거울을 향해 다가갔다. 거울에 비친 그의 모습이 어둠 속에서 점점 커지고 선명해졌다……. 해골보다도 창백한 얼굴, 동공이 길게 찢어진 빨간 눈…….

"안 돼애애애애애애!"

"왜 그래?" 가까이에서 어떤 목소리가 외쳤다.

해리는 미친 듯이 팔을 휘젓다가 커튼에 둘둘 감긴 채 침대 아래로 떨어졌다. 잠깐 동안 자신이 어디에 있는지 알 수 없었다. 그는 당장에라도 또다시 어슴푸레하게 다가오는 해골 같은 창백한 얼굴을 보게 될 거라고 확신했다. 그때 아주 가까운 곳에서 론의 목소리가 들렸다.

"그만 좀 날뛰어야 내가 널 풀어 줄 수 있을 거 아냐!"

론은 커튼을 헤집어 풀었다. 해리는 바닥에 등을 대고 누운 채 흉터가 아프게 욱신거리는 것을 느끼며, 달빛을 받고 있는 론을 올려다보았다. 론은 막 잠잘 준비를 하고 있던 듯했다. 한쪽 팔이 로브에서 빠져나와 있었다.

"누가 또 공격당했어?" 론이 해리를 거칠게 잡아 일으켜 세우며 물었다. "아빠야? 그 뱀이 그랬어?"

"아냐, 다 괜찮아." 해리는 숨을 헐떡였다. 이마가 타오르는 것 같은 느낌이었다. "뭐…… 에이버리는 안 괜찮지만……. 그자는 곤란한 상황에 처했어……. 그자가 잘못된 정보를 줬거든……. 볼드모트는 정말 화가 났어……."

해리는 신음하고 몸을 떨면서 침대에 주저앉아 흉터를 문질렀다.

"하지만 이제 룩우드가 그자를 도울 거야……. 볼드모트는 다시 방향을 제대로 잡았어……."

"무슨 소리야?" 론이 겁먹은 목소리로 물었다. "그러니까…… 방금 '그 사람'을 봤다는 거야?"

"내가 '그 사람'이었어." 해리가 말하고는 어둠 속에서 두 손을 얼굴 높이로 들어 올렸다. 더 이상 죽은 듯 창백하고 긴 손가락이 아니라는 것을 확인하기 위해서였다. "그자는 룩우드와 함께 있었어. 룩우드는 아즈카반에서 탈출한 죽음을 먹는 자들 중 하나고. 기억나? 룩우드가 방금 그자한테 보드는 그 일을 할 수 없었을 거라고 했어."

"무슨 일?"

"뭘 가져오는 일……. 보드는 자기가 그런 일을 할 수 없다는 걸 알았을 거라고 했어……. 보드는 임페리우스 저주에 걸려 있었어……. 말포이네 아빠가 보드한테 그 저주를 걸었다고 말했던 것 같아."

"보드한테 뭔가를 가져오도록 마법을 걸었단 말이야?" 론이 말했다. "하지만 해리, 그건 틀림없이……."

"무기겠지." 해리가 론을 대신해 말을 끝맺었다. "나도 알아."

침실 문이 열렸다. 딘과 셰이머스가 들어왔다. 해리는 다리를 재빨리 다시 침대로 끌어 올렸다. 셰이머스가 이제야 막 해리를 정신 나간 놈이라고 생각하지 않게 된 마당에 방금 뭔가 이상한 일이 일어난 것처럼 보이긴 싫었다.

"네 말은……." 론은 침대 옆 탁자에 놓인 물주전자에서 물을 마시려는 척하며 해리의 머리 가까이 고개를 기울이고 중얼거렸다. "네가 '그 사람'이 됐었다는 거야?"

"응." 해리가 조용히 대답했다.

론은 지나칠 만큼 요란하게 물을 꿀꺽 들이켰다. 물이 그의 턱을 따라 가슴으로 흘러내렸다.

"해리." 딘과 셰이머스가 로브를 벗고 이야기를 나누며 달그락달그락 소란스럽게 돌아다니는 틈을 타서 론이 말했다. "누구한테든 얘기해야……."

"누구한테도 얘기할 필요 없어." 해리가 딱 잘라 말했다. "오클루먼시를 할 줄 알았다면 난 그 장면을 전혀 보지 못했을 거야. 난 이런 것들을 차단하는 방법을 배워야 하잖아. 사람들이 바라는 건 그거야."

'사람들'이란 덤블도어를 뜻했다. 그는 다시 침대에 들어가 론을 등지고 옆으로 돌아누웠다. 잠시 뒤에는 론도 누웠는지 그의 매트리스가 삐걱거리는 소리가 들렸다. 흉터가 타오르듯 아프기 시작했다. 해리는 소리를 내지 않으려고 베개를 힘껏 깨물었다. 그는 어딘가에서 에이버리가 벌을 받고 있다는 것을 알았다.

해리와 론은 다음 날 아침 날이 밝을 때까지 기다렸다가 무슨 일이 있었는지 헤르미온느에게 상세하게 들려주었다. 누가 엿들을 수 없는 확실한 장소가 필요했던 그들은 늘 그렇듯 시원한 산들바람이 부는 교정 한구석으로 갔고, 해리는 꿈의 세세한 내용까지 기억나는 대로 헤르미온느에게 말해 주었다. 그가 이야기를 마치자 그녀는 잠시 아무 말도 하지 않고, 교정 저편에서 둘 다 머리가 사라진 채 망토 아래로 마법의 모자를 팔고 있는 프레드와 조지를 쏘아보았다.

"그래서 죽인 거구나." 그녀가 마침내 프레드와 조지에게서 눈길을 돌리며 조용히 말했다. "보드가 그 무기를 훔치려고 했을 때 뭔가 이상한 일이 일어난 거야. 아무도 손댈 수 없도록 무기나 그 무기 주위에 방어 마법이 걸려 있는 게 분명해. 그래서 그 사람이 세인트 멍고에 있게 된 거고. 머리가 완전히 이상해지고 말도 못 하게 돼서 말이야. 근데, 치유사가 우리한테 했던 말 기억나? 보드는 회복되고 있었어. 그자들은 그걸 두고 볼 수 없었던 것 아닐까? 내 말은, 보드가 그 무기를 만졌을 때 일어난 일의 충격 탓에 아마 임페리우스 저주에서 풀려났을 거란 얘기야. 보드가 목소리를 되찾으면 자기가 뭘 하고 있었는지 설명하지 않겠어? 그럼 보드가 그 무기를 훔치라는 지시를 받았다는 걸 모두가 알게 될 테고. 물론 루시우스 말포이는 보드한테 저주를 걸기 쉬웠을 거야. 그 사람은 늘 정부에 있잖아?"

"심지어 내 청문회가 열렸던 날에도 거기서 어정거리고 있었어." 해리가 말했다. "거기서…… 잠깐…….." 그가 천천히 말했다. "그날 그자는 미스터리부 복도에 있었어! 너희 아빠는 그자가 몰래 아래층으로 내려가서 내 청문회에서 무슨 일이 벌어지는지 알아내려는 거라고 말씀하셨지만, 만약……."

"스터지스!" 헤르미온느가 충격을 받은 표정으로 숨을 헉 들이켰다.

"뭐라고?" 론이 당황한 얼굴로 물었다.

"스터지스 포드모어 말이야." 헤르미온느가 숨 가쁘게 말했다. "웬 문을 열려다가 체포됐잖아! 루시우스 말포이가 그 사람한테도 손댄 게 틀림없어! 장담하는데, 네가 거기서 루시우스 말포이를 본 날 그런 짓을 했을 거야, 해리. 스터지스가 무디의 투명 망토를 가지고 있었잖아. 안 그래? 그러니까, 스터지스는 그 문 근처에서 모습을 감춘 채 보초를 서고 있었던 거지. 만약 말포이가 스터지스가 움직이는 소리를 들었거나, 누가 거기에 있다고 추측했거나, 아니면 그냥 지키는 사람이 있을지 모른다고 넘겨짚고 임페리우스 저주를 걸었다면? 그래서 스터지스는 다음번 기회, 아마도 다음번 보초 임무를 맡을 차례가 왔을 때 미스터리부에 들어가서 볼드모트를 위해…… 론, 조용히 좀 해. 볼드모트를 위해 무기를 훔치려고 한 거야. 하지만 결국 붙잡혀서 아즈카반으로 보내졌지……."

그녀는 해리를 뚫어지게 바라보았다.

"그리고 이제 룩우드가 볼드모트한테 무기를 손에 넣을 방법을 말해 줬다는 거지?"

"대화 전체를 들은 건 아니지만 내가 듣기엔 그랬어." 해리가 말했다. "룩우드는 전에 미스터리부에서 일한 적이 있대……. 아마 볼드모트는 룩우드를 거기로 보내서 일을 처리하겠지?"

헤르미온느가 고개를 끄덕였다. 그녀는 아직도 생각에 잠겨 있는 듯했다. 잠시 후, 그녀가 불쑥 입을 열었다. "하지만 넌 애초에 이 모든 걸 봐서는 안 됐어, 해리."

"뭐?" 그는 당황했다.

"너는 이런 것들을 머릿속에서 차단하는 법을 배우고 있었잖아." 헤르미온느가 갑자기 엄격한 말투로 말했다.

"나도 알아." 해리가 말했다. "하지만……."

"글쎄, 우린 그냥 네가 본 것들을 잊어버리려고 노력해야 한다고 봐." 헤르미온느가 단호하게 말했다. "그리고 너는 지금부터 오클루먼시에 좀 더 노력을 기울이도록 해."

한 주가 지나도록 나아지는 일은 없었다. 해리는 마법약에서 'D'를 두 개 더 받았다. 해그리드가 해고당할까 봐 여전히 불안했다. 볼드모트가 되는 꿈에서도 빠져나올 수 없었다. 물론 론과 헤르미온느에게 그 얘기를 꺼내지는 않았다. 또다시 헤르미온느의 훈계를 듣고 싶지 않았기 때문이었다. 시리우스에게 이 문제를 털어놓고 싶었지만 그건 고려할 필요도 없는 일이었다. 그래서 해리는 그 일을 애써 머리 한구석으로 치워 놓았다.

불행하게도 그의 머리 한구석은 더 이상 예전만큼 안전하지 않았다.

"일어나라, 포터."

룩우드 꿈을 꾼 지 2주쯤 지나, 해리는 다시 한 번 스네이프의 연구실 바닥에 무릎을 꿇은 채 머리를 비우려 애쓰고 있었다. 그는 아직까지 남아 있다는 것을 깨닫지도 못했던 아주 어린 시절의 기억들을 지금 막 억지로 다시 체험한 뒤였다. 그중 대부분은 초등학교 시절 더들리 패거리에게 괴롭힘을 당했던 굴욕적인 기억이었다.

"그 마지막 기억." 스네이프가 말했다. "그건 뭐였지?"

"모르겠어요." 해리가 지친 듯 바닥에서 일어서며 말했다. 스네이프가 계속 불러내는 이미지와 소리의 홍수 속에서 각각의 기억들을 분리하는 일이 점점 어려워지고 있었다. "제 사촌이 저를 변기 안에 서 있게 하려고 했던 거요?"

"아니." 스네이프가 조용히 말했다. "어두운 방 한가운데서 무릎 꿇고 있는 남자가 나오는 기억 말이다."

"그건…… 아무것도 아니에요." 해리가 말했다.

스네이프의 검은 눈이 해리의 눈을 꿰뚫을 듯 바라보았다. 해리는 레질리먼시를 할 때 눈을 마주치는 게 가장 중요하다고 했던 스네이프의 말을 떠올리고 눈을 깜빡이며 시선을 돌렸다.

"그 남자와 그 방이 어쩌다 네 머릿속에 들어오게 된 거지, 포터?" 스네이프가 물었다.

"그건……." 해리는 스네이프 쪽은 절대 바라보지 않으며 입을 열었다. "그건 그냥 제가 꾼 꿈이에요."

"꿈?" 스네이프가 반복했다.

잠깐 침묵이 흘렀다. 해리는 보라색 액체가 담긴 병에 둥둥 떠 있는 커다란 죽은 개구리를 뚫어지게 바라보았다.

"우리가 왜 여기에 있는지 알고 있을 텐데. 아닌가, 포터?" 스네이프가 낮고 위협적인 목소리로 물었다. "내가 왜 이 지겨운 일에 내 저녁 시간을 바치는지는 알고 있겠지?"

"네." 해리가 딱딱한 목소리로 대답했다.

"우리가 왜 여기에 있는지 말해 봐라, 포터."

"저한테 오클루먼시를 익히게 하려고요." 해리가 이번엔 죽은 뱀장어를 노려보며 말했다.

"정답이다, 포터. 나는 네가 아무리 아둔하다 해도……." 해리는 새삼 스네이프에 대한 증오가 끓어오르는 것을 느끼며 다시 그를 바라보았다. "두 달 넘게 수업을 했으니 조금은 진전을 보일 거라 생각했다. 어둠의 왕에 관한 꿈을 얼마나 자주 꿨지?"

"그냥 그거 하나예요." 해리는 거짓말을 했다.

"어쩌면" 하고, 스네이프가 차가운 검은 눈을 약간 가늘게 뜨며 말했다. "어쩌면 너는 사실 이런 환각을 보고 꿈을 꾸는 걸 즐기는지도 모르지, 포터. 이런 것들이 너 자신을 특별하다거나 중요한 존재라고 느끼게 만드는 건가?"

"아뇨, 아닌데요." 해리가 말했다. 턱은 딱딱하게 굳었고 손은 마법 지팡이를 꽉 움켜쥐고 있었다.

"그렇다면 다행이구나, 포터." 스네이프가 차갑게 말했다. "너는 특별하거나 중요한 존재도 아니고, 어둠의 왕이 죽음을 먹는 자들에게 무슨 말을 하는지 알아내는 건 네 일이 아니니까 말이다."

"네, 그건 교수님 일 아닌가요?" 해리가 스네이프에게 쏘아붙였다.

그런 말을 할 생각은 없었는데, 성질이 터지자 말도 함께 쏟아져 나왔다. 그들은 한참 동안 서로를 응시했다. 해리는 자기가 선을 넘었다고 확신했다. 하지만 그 말에 대꾸하는 스네이프의 얼굴에는 호기심 어린, 거의 만족스러워하는 표정이 떠올라 있었다.

"그래, 포터." 그가 눈을 번뜩이며 말했다. "그건 내 일이다. 자, 준비됐다면 다시 시작하지."

그는 마법 지팡이를 들어 올렸다. "하나, 둘, 셋, *레질리먼스!*"

100명에 달하는 디멘터들이 교정의 호수를 가로질러 해리를 향해 빠르게 다가오고 있었다……. 그는 집중하느라 얼굴을 찡그렸다……. 그들이 점점 가까워졌다……. 후드 아래 뻥 뚫린 검은

구멍들이 보였다……. 하지만 동시에 그의 얼굴에 시선을 고정하고 숨죽인 채 뭔가를 중얼거리면서 앞에 서 있는 스네이프도 보였다……. 어째서인지 스네이프는 점점 선명해졌고, 디멘터들은 점점 희미해져 갔다…….

해리는 마법 지팡이를 들어 올렸다.

"프로테고!"

스네이프가 비틀거렸다. 그의 마법 지팡이가 해리에게서 멀리 날아갔다. 갑자기 해리의 머릿속으로 그의 것이 아닌 기억들이 밀려들어 왔다. 매부리코 남자가 잔뜩 움츠린 여자에게 고함을 지르고 있었고, 한쪽에서는 검은색 머리카락의 조그만 소년이 훌쩍였다……. 기름진 머리카락의 10대 소년이 어두운 침실에 혼자 앉아 마법 지팡이를 천장에 겨누고 파리들을 쏘아 떨어뜨리고 있었다……. 비쩍 마른 한 소년이 날뛰는 빗자루에 올라타려고 애쓰자 어떤 소녀가 웃음을 터뜨렸다…….

"그만!"

해리는 누가 가슴을 세게 밀친 것 같은 느낌을 받았다. 그는 비틀거리며 몇 발짝 뒤로 물러나다가, 스네이프의 연구실 벽을 뒤덮고 있는 선반들에 부딪혔다. 뭔가 깨지는 소리가 들렸다. 스네이프는 얼굴이 하얗게 질린 채 부르르 떨고 있었다.

해리의 로브 뒤가 축축했다. 선반에 부딪혔을 때 뒤에 있는 유리병 하나가 깨진 것이다. 유리병에 들어 있던 끈적끈적한 무언가가 줄줄 새는 마법약 안에서 빙빙 돌고 있었다.

"레파로." 스네이프가 숨죽여 말하자 유리병은 곧바로 저절로 복구되었다. "자, 포터…… 방금 그건 확실한 진전이었다." 스네이프는 약간 헐떡이면서, 이번에도 수업 시작 전에 생각 몇 가지를 저장해 두었던 펜시브를 똑바로 놓았다. 마치 그 생각들이 여전히 그 안에 있는지 확인하는 듯했다. "너한테 방패 마법을 쓰라고 말한 기억은 없는데……. 하지만 효과가 있다는 데는 의심할 여지가 없군……."

해리는 아무 말도 하지 않았다. 뭐든 입을 열어 말했다간 위험할 것 같았다. 방금 전에 그는 스네이프의 기억에 침입해서 스네이프의 어린 시절 장면들을 본 것이 틀림없었다. 부모가 소리 지르는 광경을 보며 울던 조그만 소년이 엄청난 혐오가 담긴 눈을 하고 실제로 눈앞에 서 있다고 생각하자 소름이 쫙 끼쳤다.

"다시 해 볼까?" 스네이프가 말했다.

해리는 공포감에 전율을 느꼈다. 방금 벌어진 일에 대한 대가를 치를 게 뻔했다. 그들은 책상을 사이에 두고 처음 위치로 돌아갔다. 이번엔 머리를 비우기가 훨씬 어려울 것 같았다.

"그럼 셋을 세겠다." 스네이프가 다시 한 번 마법 지팡이를 들어 올리며 말했다. "하나, 둘……."

해리가 자세를 바로잡고 머리를 비우려는 시도를 할 새도 없이 스네이프가 소리쳤다. "레질리먼스!"

그는 텅 빈 돌벽과 횃불들을 지나쳐 미스터리부로 향하는 복도를 돌진하고 있었다. 아무 장식 없는 검은 문이 점점 커졌다. 너무 빠르게 달리고 있어서 문에 부딪힐 참이었다. 문까지 한 발짝 남았을 때 다시 한 번 푸른 빛줄기가 희미하게 보였다.

문이 벌컥 열렸다! 해리는 마침내 그 문을 지나, 푸른 불꽃의 촛불들로 밝혀진 둥근 방으로 들어갔다. 방은 벽도 바닥도 검은색이었다. 더 많은 문이 방을 둘러싸고 있었다. 계속 가야 했다. 하지만 어떤 문으로 가야 할지 알 수……?

"포터!"

해리는 눈을 떴다. 그는 또다시 바닥에 누워 있었다. 그렇게 되기까지의 기억은 전혀 없었다. 그는 실제로 미스터리부 복도를 쭉 달린 것처럼, 실제로 전력 질주해서 검은 문을 지나 둥근 방을 찾아낸 것처럼 헐떡거렸다.

"설명해 봐라!" 스네이프가 머리끝까지 화가 난 표정으로 해리를 내려다보며 말했다.

"전…… 무슨 일이 일어났는지 모르겠는데요." 해리는 바닥에서 몸을 일으키며 솔직하게 말했다. 바닥에 부딪힌 뒤통수에 혹이 나 있었다. 열이 나는 것 같았다. "그런 건 처음 봐요. 그러니까

제 말은, 이미 말씀드렸다시피 그 문이 나오는 꿈은 꾼 적이 있지만…… 전에는 한 번도 열린 적이 없었는데…….."

"연습을 충분히 안 했구나!"

어째서인지 스네이프는 조금 전 해리가 그의 기억을 들여다봤을 때보다도 더 화가 난 것 같았다.

"포터, 이 게으르고 어설픈 녀석. 놀랄 일도 아니지. 어둠의 왕이……."

"한 가지 말씀해 주실 수 있을까요, *교수님?*" 해리는 다시 화가 치밀어 오르는 것을 느끼며 말했다. "왜 볼드모트를 어둠의 왕이라고 부르시는 거죠? 제가 듣기로 그렇게 부르는 사람은 죽음을 먹는 자들뿐인데요."

스네이프가 으르렁거리는 듯한 소리를 냈다. 그때 연구실 바깥 어딘가에서 웬 여자의 비명 소리가 들렸다.

스네이프는 고개를 홱 젖히고 천장을 바라보았다.

"이게 무슨……?" 그가 중얼거렸다.

현관홀로 짐작되는 곳에서 먹먹한 소음이 들려왔다. 스네이프는 얼굴을 찌푸리며 그를 돌아보았다.

"여기로 내려오는 길에 뭔가 평소와 다른 걸 봤나, 포터?"

해리는 고개를 저었다. 저 위 어디선가 여자가 또다시 비명을 질렀다. 스네이프는 여전히 마법 지팡이를 준비 태세로 들고 연구실 문으로 성큼성큼 걸어가더니 밖으로 휙 사라졌다. 해리는 잠시 망설이다가 그 뒤를 따랐다.

비명 소리는 과연 현관홀에서 들려오고 있었다. 해리가 지하 감옥에서 위층으로 이어지는 돌계단을 향해 달려가는 동안 비명은 점점 커졌다. 계단을 다 올라간 그는 현관홀에 사람이 가득 차 있는 광경을 보았다. 대연회장에서 저녁 식사를 하고 있던 학생들이 무슨 일이 벌어지고 있는지 보기 위해 쏟아져 나온 것이다. 대리석 계단에도 학생들이 잔뜩 몰려 있었다. 한데 모여 선 키 큰 슬리데린 학생들을 헤치고 나아가자 구경꾼들이 커다란 원을 그리고 둘러서 있는 광경이 보였다. 그중 몇몇은 깜짝 놀란 표정이었고, 다른 몇몇은 심지어 겁에 질린 듯했다. 현관홀 저쪽 해리 바로 맞은편에 맥고나걸 교수가 서 있었다. 그녀는 눈앞의 광경에 약간 구역질 난다는 표정을 짓고 있었다.

트릴로니 교수가 한 손에는 마법 지팡이를, 다른 손에는 빈 셰리주 병을 들고 완전히 넋이 나간 모습으로 현관홀 한가운데 서 있었다. 머리카락은 삐죽삐죽 섰고, 안경은 비뚜름하게 걸려 있어서 한쪽 눈이 다른 쪽 눈보다 더 커 보였다. 수많은 숄과 스카프가 그녀의 어깨에서 아무렇게나 늘어뜨려져 그녀 자체가 한 장 한 장 분해되고 있는 것처럼 보였다. 그녀의 옆에는 커다란 짐 가방 두 개가 바닥에 놓여 있었는데, 그중 하나는 뒤집혀 있는 것이 꼭 누군가가 계단 위에서 집어던진 것처럼 보였다. 트릴로니 교수는 분명 파랗게 질린 채, 해리에게는 잘 보이지 않지만 계단 아래 서 있는 뭔가를 뚫어지게 바라보고 있었다.

"안 돼!" 트릴로니 교수가 비명을 질렀다. "**안 돼!** 이런 일이 일어날 수는 없어……. 이럴 수는…… 나는 받아들일 수 없어!"

"이런 일이 벌어질 줄 몰랐단 말인가요?" 높은 음의 소녀 같은 목소리가 냉소하며 말했다. 오른쪽으로 조금 움직인 해리는 트릴로니 교수가 겁에 질린 채 바라보고 있던 것이 다름 아닌 엄브리지 교수라는 사실을 알았다. "아무리 내일 날씨조차 예언할 능력이 없다지만, 내가 수업을 참관하는 동안 그토록 한심한 능력을 보여 줘 놓고 전혀 나아진 게 없다면 해고당하는 건 불가피한 일이라는 걸 당연히 알아야 하는 것 아닌가요?"

"당신, 이, 이럴 수는 없어!" 트릴로니 교수가 울부짖었다. 커다란 렌즈 뒤로 눈물이 줄줄 흘러내렸다. "당신은 나, 날 해고할 수 없어! 나는 여, 여기에 16년이나 있었다고! 호, 호그와트는 내, 내 지, 집이야!"

"전에는 그랬겠죠." 엄브리지 교수가 말했다. 엄브리지는 트릴로니 교수가 걷잡을 수 없이 흐느끼며 짐 가방 위에 주저앉는 모습을 보고 두꺼비 같은 얼굴 가득 즐거운 표정을 지어 보였다. 해리는 그런 그녀를 보고 역겨움을 느꼈다. "한 시간 전, 그러니까 마법 정부가 당신의 해고 명령서를 승인하기 전까지는 말이에요. 이제 부디 이 현관홀에서 나가 주세요. 당신이 우리를 난처하게 만들고 있으니까요."

하지만 그녀는 트릴로니 교수가 떨면서 신음하고 슬픔으로 발작하며 짐 가방 위에서 앞뒤로 몸을 흔드는 모습을 고소하다는 듯 서서 지켜보고 있었다. 해리의 왼쪽에서 숨죽여 흐느끼는 소리가 들렸다. 고개를 돌려 보니 라벤더와 파르바티가 서로를 끌어안은 채 조용히 울고 있었다. 그리고 발소리가 들렸다. 맥고나걸 교수가 구경꾼들을 헤치고 나와 곧장 트릴로니 교수에게 걸어가더니 단호한 손놀림으로 그녀의 등을 토닥거리며 로브 안에서 큼직한 손수건을 꺼내 들었다.

"자자, 시빌…… 진정해요……. 여기에 코 풀고……. 교수님 생각만큼 상황이 나쁘지는 않아요……. 호그와트를 떠날 필요는 없을 겁니다."

"아 그런가요, 맥고나걸 교수님?" 엄브리지가 앞으로 몇 발짝 나서며 독기 어린 목소리로 말했다. "교수님께서 그렇게 말씀하실 권한이……?"

"그 권한은 내가 가지고 있습니다." 묵직한 목소리가 말했다.

오크나무 정문이 활짝 열려 있었다. 덤블도어가 입구에 모습을 드러내자 근처에 있던 학생들이 허둥지둥 길을 비켰다. 그가 교정에서 뭘 하고 있었는지 해리는 상상도 할 수 없었지만, 문을 액자 삼아 기묘하게 안개 자욱한 어둠을 등지고 서 있는 그 모습에는 어딘가 인상적인 구석이 있었다. 그는 활짝 열린 문을 뒤로하고 빙 둘러선 구경꾼들 사이를 지나, 눈물범벅이 된 얼굴로 짐 가방 위에 앉아 부들부들 떨고 있는 트릴로니 교수를 향해 성큼성큼 다가갔다. 맥고나걸 교수가 그녀 옆에 나란히 서 있었다.

"덤블도어 교수님, 당신 권한이라고요?" 엄브리지가 몹시 불쾌한 듯 작게 웃음을 터뜨렸다. "유감이지만 교수님 입장을 모르시는 것 같네요. 자, 여기……." 그녀는 로브 안에서 양피지 두루마리를 꺼냈다. "저와 마법 정부 총리님이 서명한 해고 명령서가 있습니다. 교육 법령 23조에 따라 호그와트 장학관은 장학관 본인이 보기에, 즉 제가 보기에 마법 정부가 요구하는 기준에 맞는 실력을 보이지 못하는 교수는 누구든 근신에 처하거나 해고할 수 있는 권한을 가지고 있습니다. 저는 트릴로니 교수가 만족스럽지 않다는 판단을 내렸고, 그래서 해고했어요."

매우 놀랍게도 덤블도어는 계속 싱긋 웃고 있었다. 그는 아직도 짐 가방 위에서 목이 메는 듯 흐느끼고 있는 트릴로니 교수를 내려다보았다. 덤블도어가 말했다. "물론 맞는 말씀입니다, 엄브리지 교수님. 장학관으로서 교수님은 내가 고용한 교수들을 해고할 권한을 가지고 있지요. 하지만 그 사람들을 이 성에서 쫓아낼 권한은 없습니다. 유감스럽게도……." 그는 허리를 공손하게 살짝 숙이며 말을 이었다. "그런 일을 할 권한은 여전히 교장에게 있어요. 그리고 트릴로니 교수님이 계속 호그와트에 머무는 것이 바로 내 뜻입니다."

이 말에 트릴로니 교수는 거칠게 작은 웃음을 터뜨렸다. 그 웃음에는 언뜻 딸꾹질이 섞여 있었다.

"아뇨, 아니에요, 전 가, 갈 거예요, 덤블도어! 호, 호그와트를 떠나 다, 다른 곳에서 제 운명을 찾아야……."

"아닙니다." 덤블도어가 날카롭게 말했다. "당신이 여기 남는 게 내가 바라는 바예요, 시빌."

그는 맥고나걸 교수에게 고개를 돌렸다.

"시빌을 위층으로 좀 데려다주실 수 있겠습니까, 맥고나걸 교수님?"

"물론입니다." 맥고나걸 교수가 말했다. "일어나요, 시빌……."

스프라우트 교수가 학생들 사이에서 재빨리 튀어나와 트릴로니 교수의 다른 쪽 팔을 잡았다. 그들은 함께 트릴로니 교수를 데리고 엄브리지를 지나쳐 대리석 계단을 올라갔다. 플리트윅 교수가 마법 지팡이를 꺼내 들고 허둥지둥 그들을 따라갔다. 그가 높은 소리로 "로코모토르 짐 가방!"이라고 외치자 트릴로니 교수의 짐 가방들이 공중으로 떠오르더니 그녀를 따라서 계단을 올라갔다.

플리트윅 교수가 맨 뒤에서 쫓아갔다.

엄브리지 교수는 꼼짝도 하지 않고 덤블도어를 노려보았다. 덤블도어는 여전히 부드럽게 미소 짓고 있었다.

"그럼……." 엄브리지 교수가 속삭이는 듯하면서 현관홀 전체에 울리는 목소리로 말했다. "제가 트릴로니 교수의 숙소를 필요로 할 새 점술 교수를 임명하면 어쩌실 건가요?"

"아, 그건 문제 없습니다." 덤블도어가 유쾌하게 말했다. "이미 새 점술 교수를 구했고 그분은 1층 숙소를 선호하실 테니까요."

"이미 구하셨다고요?" 엄브리지가 날카롭게 말했다. "당신이 구했다고요? 다시 상기시켜 드려야겠군요, 덤블도어. 교육 법령 22조에 따르면……."

"정부는 적절한 후보자를 임명할 권한이 있지요. 만에 하나 교장이 그러한 사람을 구할 수 없을 경우에 말입니다." 덤블도어가 말했다. "이번 경우에는 제가 적절한 후보자를 구하는 데 성공했다는 말씀을 드릴 수 있어 기쁘군요. 소개해 드려도 될까요?"

그는 돌아서서 열린 정문을 마주 보았다. 그 문을 통해 밤안개가 흘러들어 오고 있었다. 말발굽 소리가 들렸다. 놀라서 웅성거리는 소리가 현관홀 가득 울려 퍼졌고, 문과 가장 가까운 곳에 있던 사람들은 황급히 더욱 뒤로 물러났다. 몇몇은 새로 오는 사람에게 길을 열어 주려고 허둥대다가 넘어지기도 했다.

어느 어둡고 위험했던 밤 해리가 금지된 숲에서 한 번 본 적이 있는 얼굴이 안개를 뚫고 다가왔다. 흰색에 가까운 금발에 놀랄 정도로 푸른 눈을 가진 남자의 머리와 상체가 팔로미노(갈기와 꼬리는 흰색이고 털은 크림색이나 황금색인 말—옮긴이)의 몸통에 붙어 있었다.

"이쪽은 피렌지입니다." 덤블도어가 충격을 받은 듯한 엄브리지에게 즐겁게 말했다. "교수님도 이분이 적임자라는 걸 알게 되실 겁니다."

27장
켄타우로스와
고자질쟁이

"이젠 점술을 포기한 게 후회되지, 헤르미온느?" 파르바티가 히죽 웃으며 물었다.

트릴로니 교수가 해고를 당하고 이틀 뒤 아침 식사 시간이었다. 파르바티는 마법 지팡이로 속눈썹을 말아 올리고 숟가락 뒤에 비춰 보고 있었다. 그날 오전에는 피렌지의 첫 수업이 예정되어 있었다.

"아니, 별로." 헤르미온느가 《예언자일보》를 읽으며 무관심하게 말했다. "난 말을 별로 좋아해 본 적이 없어서."

그녀는 신문을 넘기며 기사들을 훑어보았다.

"피렌지는 말이 아니야, 켄타우로스지!" 라벤더가 충격받은 목소리로 말했다.

"아주 멋있는 켄타우로스지……." 파르바티가 한숨을 쉬었다.

"어쨌든, 다리가 네 개잖아." 헤르미온느가 차갑게 말했다. "그건 그렇고, 난 트릴로니가 떠나서 너희가 속상해하는 줄 알았는데?"

"속상해!" 라벤더가 분명하게 말했다. "우리는 트릴로니 교수님을 만나러 연구실에 올라갔었어. 수선화 몇 송이를 들고……. 스프라우트 교수님이 갖고 있는 그 경적 소리 나는 수선화 말고 예쁜 수선화."

"트릴로니는 어때?" 해리가 물었다.

"별로 좋지 않으셔. 안쓰럽더라." 라벤더가 동정하듯 말했다. "울면서, 엄브리지가 있는 이곳에 머무느니 영원히 성을 떠나겠다고 말씀하셨어. 그럴 만도 하지. 엄브리지가 그분한테 지독하게 굴었잖아?"

"엄브리지한테는 겨우 시작에 불과한 것 같은데." 헤르미온느가 음울하게 말했다.

"그건 불가능해." 론이 커다란 접시에 담긴 달걀과 베이컨을 입에 밀어 넣으며 말했다. "지금까지 보여 준 것보다 더 지독하게 굴 수 있겠냐?"

"내 말 명심해. 엄브리지는 덤블도어 교수님한테 복수하고 싶어 할 거야. 자기랑 상의하지 않고 새 교수를 임명했으니까." 헤르미온느가 신문을 덮으며 말했다. "게다가 이번에도 반 인간이지. 피렌지를 봤을 때 그 여자가 어떤 표정을 지었는지 봤잖아."

아침 식사를 마친 뒤 헤르미온느는 숫자점을 들으러 갔고, 해리와 론은 점술 수업을 듣기 위해 파르바티와 라벤더를 따라 현관홀로 향했다.

"북쪽 탑으로 가는 거 아냐?" 파르바티가 대리석 계단을 빙 돌아가자 론이 어리둥절한 얼굴로 물었다.

파르바티가 고개를 돌려 경멸 어린 시선을 던졌다.

"피렌지가 그 사다리를 어떻게 올라가겠니? 이젠 11호 교실에서 수업을 할 거야. 어제 게시판에 붙어 있었어."

11호 교실은 1층 대연회장 반대편으로 현관홀 복도를 따라간 곳에 있었다. 해리는 그곳이 정기적으로 사용되는 일이 결코 없고, 따라서 벽장이나 창고처럼 살짝 방치된 느낌을 주는 교실 중 하나라는 사실을 알고 있었다. 론을 바짝 따라 교실에 들어간 해리는 어느새 숲속 공터 한가운데에 나와 있는 것을 깨닫고 잠시 굳었다.

"이게 무슨……?"

교실 바닥에 촉촉한 이끼가 잔뜩 깔려 있고 사방에는 나무들이 자라 있었다. 잎사귀가 무성하게 달린 나뭇가지들이 천장과 창문들에 드리워진 덕분에 교실은 부드럽고 알록달록한 초록색 빛줄기로 가득했다. 이미 도착한 학생들은 나무 기둥 또는 큰 바위에 등을 기댄 채 양팔로 무릎을 감싸거나 가슴 앞에서 팔짱을 끼고 흙바닥에 앉아 있었다. 모두 조금 긴장한 얼굴이었다. 나무가 없는 공터 한복판에 피렌지가 서 있었다.

"해리 포터." 해리가 들어서자 그가 손을 내밀었다.

"어…… 안녕하세요." 해리가 켄타우로스와 악수하며 말했다. 켄타우로스는 놀랄 만큼 파란 눈을 깜빡이지도 않고 그를 바라봤지만 미소를 짓지는 않았다. "어…… 만나서 반가워요."

"나도 마찬가지다." 켄타우로스가 흰빛을 띤 금발 머리를 기울이며 말했다. "우리가 다시 만나는 건 예견된 일이었다."

해리는 피렌지의 가슴에 말발굽 모양의 멍 자국이 있는 것을 눈치챘다. 바닥에 앉은 다른 학생들 틈에 끼려고 돌아서니 다들 경이감 가득한 눈으로 그를 바라보고 있었다. 그들이 보기에는 매우 위압적인 피렌지와 해리가 이야기하고 지내는 사이라는 데 깊은 감명을 받은 듯했다.

문이 닫히고 마지막으로 들어온 학생이 휴지통 옆에 있는 나무 밑동에 앉자 피렌지가 교실 안을 쭉 가리켜 보였다.

"덤블도어 교수님이 친절하게도 우리에게 이 교실을 마련해 주셨다." 모두가 자리에 앉자 피렌지가 말했다. "내 자연 서식지를 그대로 모방했지. 나는 금지된 숲에서 너희를 가르치고 싶었다. 월요일까지만 해도 내 집이었던 그곳에서……. 하지만 그건 더 이상 불가능하다."

"저, 어…… 교수님." 파르바티가 손을 들면서 숨죽여 말했다. "왜 그러면 안 되나요? 해그리드랑 같이 거기 들어가 봤는데 별로 무섭지 않았어요!"

"너희가 용감하냐 아니냐 하는 문제가 아니다." 피렌지가 말했다. "내가 처한 입장 문제지. 나는 숲으로 돌아갈 수가 없다. 우리 무리가 나를 추방했으니까."

"무리요?" 라벤더가 혼란스러운 목소리로 말하자, 해리는 그녀가 소 떼 비슷한 것을 생각하고 있음을 알아차렸다. "무슨…… 아!"

그녀의 얼굴에 이해했다는 표정이 떠올랐다. "교수님 같은 존재가 더 있다고요?" 그녀가 충격받은 얼굴로 물었다.

"해그리드가 교수님을 기른 건가요? 세스트럴처럼?" 딘이 기대감에 차서 물었다.

피렌지는 아주 천천히 얼굴을 돌려 딘을 마주 보았다. 딘은 곧바로 자신이 굉장히 무례한 말을 했다는 사실을 깨달은 것 같았다.

"저는 그게 아니라…… 제 얘기는…… 죄송해요." 그는 기어들어 가는 목소리로 말을 맺었다.

"켄타우로스는 인간의 종도, 장난감도 아니다." 피렌지가 조용히 말했다. 잠시 침묵이 흐른 뒤 파르바티가 다시 손을 들었다.

"죄송하지만, 교수님…… 왜 다른 켄타우로스들이 교수님을 추방했나요?"

"내가 덤블도어 교수님과 함께 일하기로 했기 때문이다." 피렌지가 말했다. "다른 켄타우로스들은 이것을 종족에 대한 배신으로 보지."

해리는 거의 4년 전 켄타우로스 베인이 해리를 등에 태워 안전한 곳으로 데려다준 피렌지에게 고함을 질렀던 일을 떠올렸다. 베인은 그를 '비천한 노새'라고 불렀다. 해리는 혹시 베인이 피렌지의 가슴을 걷어찬 건 아닐지 의심스러웠다.

"시작하자." 피렌지가 말했다. 그는 긴 팔로미노의 꼬리를 휙 흔들며 머리 위를 덮은 나뭇잎으로 손을 뻗더니 천천히 아래로 잡아당겼다. 그러자 교실이 어둑어둑해졌다. 이제는 해 질 녘의 숲속 공터에 앉아 있는 것 같았다. 천장에 별들이 나타났다. '우아' 하는 탄성과 숨 들이켜는 소리가 터져 나왔고 론은 다 들리게 외쳤다. "대박!"

"바닥에 누워라." 피렌지가 담담한 목소리로 말했다. "그리고 하늘을 관찰해라. 볼 수 있는 자들의 눈에 보이는 우리 종족들의 운명이 거기에 적혀 있으니."

해리는 등을 쭉 펴고 누워서 천장을 올려다보았다. 머리 위에서 반짝이는 붉은 별이 그에게 윙크했다.

"너희가 천문학 수업에서 행성과 그 행성의 위성 이름들을 배웠다는 걸 안다." 피렌지가 여전히 담담한 목소리로 말했다. "천체도에 하늘을 지나가는 별들의 경로를 그렸다는 사실도 알고 있다. 켄타우로스들은 몇 세기에 걸쳐 이러한 별들의 움직임이 가진 신비를 풀어 왔다. 우리는 머리 위에 펼쳐진 하늘에서 미래를 엿볼 수 있다는 사실을 알아냈다."

"트릴로니 교수님도 저희한테 점성술을 가르쳐 주셨어요!" 파르바티가 누운 채로 공중에 손을 번쩍 들고 흥분해서 말했다. "화성은 사고나 화상 같은 것을 일으키고, 지금처럼 토성과 직각을 이루면……." 그녀는 자기 위의 공중에다 직각을 그렸다. "사람들이 뜨거운 것들을 다룰 때 특별히 주의해야 한다는 뜻이에요."

"그건……." 피렌지가 침착하게 입을 열었다. "인간들의 헛소리다."

파르바티의 손이 공중에서 힘없이 떨어졌다.

"사소한 상처들, 너무도 작은 인간의 사고들." 피렌지가 말했다. 그의 말발굽이 이끼 깔린 바닥을 쿵쿵 굴렀다. "그런 것들은 이 넓은 우주에서 개미들이 허둥대는 것 이상의 의미도 없다. 그런 것들은 행성의 움직임에 영향을 받지 않는다."

"트릴로니 교수님은……." 파르바티가 상처받은 듯 화난 목소리로 입을 열었다.

"……인간이지." 피렌지가 간단히 말했다. "그렇기에 편협하고 너희 종족의 한계에 사로잡혀 있다."

해리는 파르바티를 보려고 살짝 고개를 돌렸다. 그녀는 몹시 모욕감을 느낀 표정을 짓고 있었다. 그녀 주위의 몇몇 아이들도 마찬가지였다.

"시빌 트릴로니가 무언가를 보았을지 나는 모른다." 피렌지가 말을 이었다. 그가 학생들 앞을 이리저리 오가면서 꼬리가 다시 휙휙 움직이는 소리가 들렸다. "하지만 그 사람은 대체로 인간들이 점술이라고 부르는 오만한 헛소리에 시간을 낭비했다. 반면 나는 켄타우로스들의 지혜를 설명하고자 여기에 와 있다. 이 지혜는 특정 개인과는 상관이 없으며 어느 쪽으로도 치우치지 않는다. 우리는 악의 거대한 흐름이나 이따금씩 드러나는 변화들을 찾아 하늘을 살핀다. 우리가 무엇을 보는지 확신하기까지 10년이 걸릴 수도 있다."

피렌지는 해리 바로 위의 붉은 별을 가리켰다.

"지난 10년 동안 암시된 것은, 마법사들이 다름 아닌 두 차례의 전쟁 사이의 짧은 평화의 시기를 살아가고 있다는 사실이었다. 전투를 부르는 화성이 우리 위에서 밝게 빛나며 분명 머잖아 다시 싸움이 일어날 것임을 암시하고 있다. 그 일이 얼마나 빠른 시일에 일어날지는 켄타우로스들이 특정한 약초와 잎사귀 들을 태워 그 연기와 불꽃을 관찰함으로써 예측해 볼 수 있을 것이다……."

해리가 지금껏 들어 본 것 중에서 가장 특이한 수업이었다. 학생들은 실제로 교실 바닥에서 샐비어와 마법 아욱을 태웠고, 피렌지는 매캐한 연기에서 특정한 모양과 상징 들을 찾아보라고 말했다. 하지만 그는 학생들 중 그가 묘사한 징표를 본 사람은 아무도 없다는 사실에 전혀 무관심한 듯 보였다. 인간들은 이런 일에 재능을 보인 적이 거의 없고, 켄타우로스들조차 능숙해지기까지는 오랜 시간이 걸린다는 것이었다. 그리고 그는 켄타우로스들도 가끔 이런 징표들을 잘못 읽을 때가 있기 때문에, 좌우지간 그런 것들에 너무 많은 믿음을 두는 건 어리석은 일이라고 말하며 수업을 마쳤다. 그는 해리가 만나 본 어떤 인간 교수와도 달랐다. 그가 우선시하는 것은 학생들에게 자신이 아는 지식을 가르치는 일이 아니라 그 어떤 것도, 심지어 켄타우로스들의 지식조차도 완벽하지 않다는 사실을 명심하게 만드는 일 같았다.

"결국 확실하게 말한 건 아무것도 없네. 그치?" 론이 마법 아욱으로 피운 불을 끄면서 나직이 말했다. "그러니까, 우리가 막 치르려는 이 전쟁에 대해서 몇 가지 자세한 내용을 좀 더 알면 좋을 거 아냐."

교실 문 바깥에서 수업 종이 울리자 모두가 깜짝 놀라 펄쩍 뛰었다. 여전히 성안에 있다는 사실을 완전히 잊고서 진짜로 숲에 와 있는 줄로 착각하고 있었던 것이다. 학생들은 약간 어리벙벙한 얼굴로 줄지어 나갔다.

해리와 론이 막 학생들을 뒤따라 나가려는데 피렌지가 소리쳤다. "해리 포터, 잠깐 얘기 좀 하자."

해리는 돌아섰다. 켄타우로스가 조금 다가왔다. 론은 머뭇거렸다.

"너도 있어도 된다." 피렌지가 그에게 말했다. "그러나 문은 닫아 다오."

론은 얼른 그의 말대로 했다.

"해리 포터, 너는 해그리드의 친구다. 그렇지 않은가?" 켄타우로스가 말했다.

"네." 해리가 대답했다.

"그렇다면 그에게 내 경고를 전해라. 그의 시도는 통하지 않는다. 그 일을 포기하는 게 더 나을 것이다."

"해그리드의 시도가 통하지 않는다고요?" 해리가 멍하니 반복했다.

"그리고 그 일을 포기하는 게 더 나을 것이다." 피렌지가 고개를 끄덕이며 말을 이었다. "내가 직접 해그리드에게 경고하고 싶지만 나는 추방당했다. 지금 내가 숲에 너무 가까이 가는 것은 현명하지 못한 일이다. 해그리드는 켄타우로스와의 싸움이 아니어도 이미 충분히 곤란한 상황이다."

"하지만…… 해그리드가 뭘 하려고 하는데요?" 해리가 초조하게 물었다.

피렌지는 무표정한 얼굴로 해리를 바라보았다.

"해그리드는 최근 내게 크나큰 도움을 주었다." 피렌지가 말했다. "게다가 나는 살아 있는 모든 생명체를 돌보는 해그리드를 오래전부터 존경해 왔다. 나는 그의 비밀을 누설하지 않을 것이다. 하지만 해그리드는 정신을 차려야 해. 그 시도는 통하지 않고 있다. 그에게 전해라, 해리 포터. 좋은 하루 보내길 바란다."

《이러쿵저러쿵》 인터뷰의 여파로 해리가 느꼈던 기쁨은 오래전에 바닥났다. 따분한 3월이 흐릿해지다가 돌풍이 부는 4월이 되면서, 그의 인생은 다시 한 번 걱정과 문제의 기나긴 연속으로 변한 것 같았다.

엄브리지가 마법 생명체 돌보기 수업 때마다 참관하고 있었으므로 해그리드에게 피렌지의 경고를 전하는 건 결코 쉬운 일이 아니었다. 마침내 해리는 어느 날 《신비한 동물 사전》을 잃어버린 척하고 수업이 끝난 뒤 되돌아가서 간신히 그 일을 해냈다. 해리가 피렌지의 메시지를 전하자 해그리드는 잔뜩 붓고 멍이 든 눈으로 잠시 그를 바라보았다. 충격을 받은 게 분명했다. 이어서 그는 애써 마음을 추스르는 것처럼 보였다.

"멋진 친구야, 피렌지는." 그가 툴툴대듯 말했다. "하지만 이 일에 대해 잘 모르고 그렇게 얘기하는 거야. 내 시도는 그럭저럭 먹히고 있어."

"해그리드, 대체 뭘 하는 거예요?" 해리가 진지하게 물었다. "조심해야 해요, 엄브리지가 벌써 트릴로니를 파면해 버렸잖아요. 제 생각에 엄브리지는 탄력을 받은 상태예요. 뭔가 해서는 안 되는 일을 하고 있다면 아저씨도……."

"세상에는 일자리를 지키는 것보다 중요한 것들이 있어." 해그리드가 말했다. 물론 그 말을 하면서 손을 살짝 떠는 바람에, 크날의 똥이 가득 들어 있는 양동이가 바닥으로 쿵 떨어지긴 했지만. "내 걱정은 마라, 해리. 어서 가 봐. 옳지."

해리는 바닥에 쏟아진 똥을 닦는 해그리드를 뒤로하고 갈 수밖에 없었지만, 터덜터덜 성으로 돌아가면서는 완전히 의기소침해졌다.

한편, 교수들과 헤르미온느가 고집스럽게 일깨워 주었듯 O.W.L.이 그 어느 때보다 가까워지고 있었다. 5학년 학생들 모두 어느 정도 스트레스를 받고 있었지만 폼프리 선생에게 진정 물약을 받은 건 해너 애벗이 처음이었다. 그녀는 약초학 시간에 자기는 시험을 보기에는 너무 멍청하고 지금 당장 학교를 떠나고 싶다며 울음을 터뜨렸다.

D.A. 모임만 아니었다면 해리는 자신이 너무나 불행했을 것 같

았다. 가끔은 필요의 방에서 보내는 몇 시간을 위해 살아가는 것처럼 느껴지기도 했다. 그 시간 동안 해리는 열심히 연습하면서 동시에 완벽하게 즐거운 시간을 보냈다. 함께하는 D.A. 회원들을 보고 그들의 실력이 얼마나 늘었는지를 알고 나면 자부심으로 가슴이 부풀어 올랐다. 사실, 해리는 가끔 D.A. 회원 모두가 어둠의 마법 방어법 O.W.L.에서 '출중함'을 받으면 엄브리지가 어떻게 반응할지 생각해 보았다.

그들은 마침내 모두가 무척 해 보고 싶어 하던 패트로누스 마법을 연습하기 시작했다. 물론 해리가 계속 일깨워 주었듯이 아무런 위협도 없고 밝은 조명이 비치는 교실 한가운데에서 패트로누스를 만들어 내는 것은 디멘터 같은 존재를 맞닥뜨렸을 때의 상황과는 많이 달랐다.

"아, 김새게 하지 마." 부활절 연휴 전 마지막 D.A. 연습 시간에 필요의 방을 날아다니는 자신의 은빛 백조 모양 패트로누스를 지켜보면서 초가 밝은 목소리로 말했다. "너무 예쁘잖아!"

"예쁘라고 있는 게 아니야. 널 지켜 주려고 있는 거지." 해리가 인내심을 갖고 말했다. "우리한테 정말로 필요한 건 보가트 같은 거야. 나는 그렇게 배웠어. 보가트가 디멘터인 척하는 동안에 패트로누스를 만들어 내야 했거든."

"하지만 그건 정말 무서울 것 같아!" 마법 지팡이 끝에서 은빛 연기를 펑펑 쏘아 내고 있던 라벤더가 말했다. "그리고 난, 아직도, 못하겠어!" 그녀가 화를 내며 덧붙였다.

네빌도 어려움을 겪고 있었다. 집중하느라 얼굴을 찌푸리고 있었지만 마법 지팡이 끝에서는 오직 희미한 은빛 연기 줄기만 나올 뿐이었다.

"뭔가 행복한 걸 생각해야 돼." 해리가 그에게 상기시켜 주었다.

"노력하고 있어." 네빌이 비참하게 말했다. 어찌나 열심히 노력하는지, 실제로 그의 동그란 얼굴이 땀으로 번들거리고 있었다.

"해리, 난 되는 것 같아!" 셰이머스가 소리쳤다. 그는 딘의 손에 이끌려 처음으로 D.A. 모임에 참석했다. "봐. 아, 없어졌네……. 하지만 분명 뭔가 털이 달린 거였어, 해리!"

헤르미온느의 패트로누스인 반짝이는 은빛 수달은 그녀의 주위를 생기 있게 뛰어다니고 있었다.

"정말 멋지긴 하다. 그치?" 그녀가 애정 어린 눈으로 패트로누스를 바라보며 말했다.

필요의 방 문이 열렸다가 닫혔다. 해리는 누가 들어왔는지 보려고 돌아섰지만 들어온 사람은 아무도 없는 것 같았다. 문 가까이에 있던 아이들이 조용해졌다는 것을 깨닫기까지는 잠깐 시간이 걸렸다. 이윽고 해리는 뭔가가 무릎 근처 로브 자락을 잡아당기는 것을 느꼈다. 아래를 내려다보자 굉장히 놀랍게도 집요정 도비가 평소처럼 털모자 여덟 개를 쓰고 그를 올려다보고 있었다.
"안녕, 도비!" 그가 말했다. "무슨 일…… 왜 그래?"
집요정은 겁에 질린 눈을 휘둥그렇게 뜬 채 떨고 있었다. 해리 근처에 있던 D.A. 회원들이 입을 다물었다. 방 안의 모두가 도비를 지켜보고 있었다. 몇몇 아이들이 간신히 만들어 낸 패트로누스들이 은빛 안개로 변해 사라지자 방 안은 조금 전보다 훨씬 어두워졌다.
"해리 포터…….." 집요정이 머리끝부터 발끝까지 부들부들 떨면서 꽥꽥거렸다. "해리 포터…… 도비는 해리 포터에게 경고하러 왔어요……. 집요정들은 말하지 말라고 주의를 받았지만……."
도비는 머리부터 벽으로 돌진했다. 스스로에게 벌을 주는 도비의 습관을 몇 번 경험해 본 해리는 그를 붙잡으려 했지만, 도비는 머리에 쓴 여덟 개의 모자가 완충 역할을 한 덕분에 그냥 돌벽에 부딪혀 튕겨 나올 뿐이었다. 헤르미온느와 몇몇 여학생이 무섭기도 하고 가엾기도 한 마음에 새된 비명을 질렀다.
"무슨 일인데, 도비?" 해리가 집요정의 조그만 팔을 잡아, 그가 스스로를 해치는 데 쓸 수도 있는 모든 것에서 떼어 놓으며 물었다.
"해리 포터…… 그 사람이…… 그 여자가……."
도비는 해리에게 잡히지 않은 손으로 자기 코를 세게 때렸다. 해리는 그 손도 붙잡았다.

"'그 여자'가 누군데, 도비?"

하지만 그는 알 것 같았다. 도비를 이토록 공포에 떨게 만들 수 있는 '그 여자'는 단 한 명뿐이었다. 집요정은 눈이 살짝 가운데로 몰린 채 그를 올려다보더니 소리 없이 입만 벙긋거렸다.

"엄브리지?" 해리는 순간 겁에 질린 채 물었다.

도비는 고개를 끄덕이더니 해리의 무릎에 자기 머리를 박으려 했다. 해리는 팔을 쭉 뻗어 그를 붙들었다.

"엄브리지가 왜? 도비, 엄브리지가 이 일에 대해 알아낸 건 아니지? 우리에 대해서, D.A.에 대해서."

그는 고통스러워하는 집요정의 얼굴에서 답을 읽었다. 도비는 두 손 모두 해리에게 꽉 붙들린 채 자신의 몸을 걷어차면서 무릎을 꿇고 주저앉았다.

"엄브리지가 오고 있어?" 해리가 조용히 물었다.

도비가 울부짖는 소리를 냈다.

"네, 해리 포터, 네!"

해리는 몸을 펴고, 겁에 질려 꼼짝 않고 서 있는 아이들을 둘러보았다. 그들은 자기 몸에 매질을 해 대는 집요정을 가만히 바라보고 있었다.

"**뭘 기다리고 있어?**" 해리가 소리쳤다. "**뛰어!**"

아이들은 즉시 출구로 돌진했다. 문 앞에서 밀치락달치락하던 아이들이 다음 순간 빠르게 뛰쳐나갔다. 그들이 복도를 따라 전력 질주하는 소리가 들렸다. 해리는 그들에게 곧장 기숙사로 달려가지 않을 만큼의 분별력이 있기를 바랐다. 지금은 겨우 9시 10분 전이었다. 기숙사보다는 가까운 도서관이나 부엉이장으로 피신한다면 좋을 텐데…….

"해리, 빨리 와!" 헤르미온느가 나가려고 몸부림치는 아이들 한가운데서 날카롭게 소리쳤다.

그는 여전히 스스로를 심각하게 벌하려고 애쓰는 도비를 들어 올려 양팔로 안고 줄 뒤쪽으로 달려갔다.

"도비, 이건 명령이야. 다른 집요정들이 있는 주방에 내려가서, 만약에 엄브리지가 나한테 경고했느냐고 묻거든 아니라고 거짓말을 해!" 해리가 말했다. "그리고 너 자신을 벌 주는 것도 금지야!" 그가 마침내 문턱을 넘어 집요정을 내려놓고 문을 쾅 닫았다.

"고마워요, 해리 포터!" 도비가 꽥꽥 소리치더니 쏜살같이 달려갔다. 해리는 좌우를 빠르게 살폈다. 다른 아이들은 어찌나 민첩하게 움직였는지 복도 양 끝에서 빠르게 달아나는 발꿈치만 언뜻 보였다가 곧 사라졌다. 해리는 오른쪽으로 달리기 시작했다. 그쪽에 남학생 화장실이 있어서, 거기에 가면 내내 그 안에 있었던 척할 수 있었다.

"아아아악!"

뭔가가 그의 발목을 붙잡았다. 그는 볼썽사납게 넘어져서 배를 깔고 2미터 정도 바닥을 미끄러진 끝에 멈췄다. 뒤에서 누가 웃고 있었다. 해리는 몸을 굴려 바닥에 등을 대고 누웠다. 보기 흉한 용 모양 꽃병 아래 숨어 있던 말포이의 모습이 보였다.

"넘어뜨리기 마법이야, 포터!" 그가 말했다. "여기요, 교수님. **교수님!** 제가 한 놈 잡았어요!"

엄브리지가 복도 저쪽에 있는 모퉁이를 허둥지둥 돌아 나왔다. 그녀는 숨을 헐떡거리면서도 기쁨에 겨운 미소를 짓고 있었다.

"이 녀석이구나!" 그녀가 바닥에 넘어진 해리의 모습을 보고 환희에 넘쳐 말했다. "훌륭하다, 드레이코. 훌륭해. 와아, 아주 좋아. 슬리데린에 50점! 여기서부터는 내가 데리고 가마. ……일어나, 포터!"

해리는 두 사람을 노려보며 바닥에서 일어났다. 엄브리지가 저토록 좋아하는 모습은 한 번도 본 적이 없었다. 그녀는 죔쇠로 조이는 듯한 힘으로 그의 팔을 꽉 움켜쥐더니 활짝 미소를 머금고 말포이에게 고개를 돌렸다.

"한 명이라도 더 붙잡을 수 있는지 가서 둘러보거라, 드레이코." 그녀가 말했다. "다른 학생들한테 도서관을 찾아보라고 하렴. 숨이 차서 헉헉대는 애들은 없는지 말이야. 화장실도 확인하고. 여자 화장실은 파킨슨 양이 확인할 수 있을 거야. 가 보렴. 그리고 너는…….." 말포이가 가 버리자 그녀는 한없이 부드럽고 위협적인 목소리로 덧붙였다. "너는 나랑 같이 교장실로 가자꾸나, 포터."

 그들은 몇 분 만에 가고일 석상 앞에 다다랐다. 해리는 다른 아이들이 몇 명이나 더 붙잡혔을지 궁금했다. 그는 론을 생각했다. 위즐리 부인이 그를 죽이려 들 것이다. 또 O.W.L. 시험을 보기도 전에 퇴학당하면 헤르미온느가 어떤 기분일지도 생각해 보았다. 게다가 셰이머스에게는 이번이 첫 모임이었다. 네빌도 아주 좋아지고 있었는데…….

 "피징 위즈비." 엄브리지가 노래하듯 말했다. 가고일 석상이 옆으로 펄쩍 뛰자 그 뒤의 벽이 갈라지면서 열렸다. 그들은 움직이는 돌계단을 올라갔다. 그들이 도착한 반들반들한 문에는 그리폰 고리가 달려 있었지만 엄브리지는 굳이 문을 두드리려 하지도 않고 여전히 해리를 꽉 붙든 채 곧장 연구실 안으로 성큼성큼 걸어 들어갔다.

 연구실은 사람들로 가득했다. 덤블도어가 평온한 얼굴로 긴 손가락 끝을 한데 모은 채 책상 뒤 의자에 앉아 있었다. 맥고나걸 교수는 한껏 긴장한 얼굴로 그의 곁에 뻣뻣하게 서 있었다. 마법 정부 총리인 코닐리어스 퍼지가 벽난로 앞에서 까치발을 든 채 끊임없이 앞뒤로 몸을 흔들고 있었다. 이런 상황에 기뻐하는 기색이 역력했다. 킹슬리 샤클볼트와, 아주 짧고 철사 같은 머리카락에

강인한 인상을 가진 처음 보는 남자 마법사가 경비원처럼 문 양옆에 서 있었다. 잔뜩 흥분한 모습의 안경잡이 주근깨투성이 퍼시 위즐리도 벽 근처를 서성거리고 있었다. 양손에 깃펜과 묵직한 양피지 두루마리를 들고 있는 모습을 보니 기록을 남길 준비를 하고 있는 게 틀림없었다.

역대 교장들의 초상화들도 오늘 밤에는 자는 척하지 않았다. 모두 눈앞에서 벌어지는 일을 지켜보면서 경계하고 있었다. 진지해 보이기도 했다. 해리가 들어서자 그들 중 몇몇이 옆 액자로 휙 들어가더니 황급히 뭔가를 속삭였다.

뒤에서 문이 닫히자 해리는 엄브리지의 손아귀에서 몸을 빼냈다. 코닐리어스 퍼지가 악랄한 만족감이 깃든 표정을 지으며 그를 노려보았다.

"이런." 그가 말했다. "이런, 이런, 이런……."

해리는 자신이 할 수 있는 한 가장 험악한 눈길로 응답했다. 심장이 몸속에서 미친 듯이 쿵쿵댔지만 머리는 이상하게 차갑고 맑았다.

"이 아이는 그리핀도르 탑으로 돌아가던 중이었어요." 엄브리지가 말했다. 목소리에는 꼴사나운 흥분이 어려 있었다. 현관홀에서 트릴로니 교수가 비참하게 무너지는 모습을 지켜보던 때와 같은 냉담한 즐거움이 느껴지는 목소리였다. "말포이 학생이 구석으로 몰았죠."

"그래요, 말포이가요?" 퍼지가 감탄하며 말했다. "기억해 뒀다가 루시우스에게 말해 줘야겠군요. 자, 포터…… 여기 왜 와 있는지는 알겠지?"

해리는 반항적으로 '네'라고 대답할 작정이었다. 입이 열리고 말이 막 튀어나오려고 할 때 그는 덤블도어의 얼굴을 힐끗 보았다. 덤블도어는 해리를 똑바로 보지 않고 해리의 어깨 너머 어딘가에 시선을 고정하고 있었다. 하지만 해리가 응시하자 그는 고개를 양쪽으로 아주 살짝 흔들었다.

해리는 말을 하다 말고 방향을 바꿨다.

"네……니오."

"뭐라고?" 퍼지가 물었다.

"모르겠는데요." 해리가 딱 잘라 말했다.

"왜 여기 와 있는지 모른다?"

"네, 모르겠습니다." 해리가 말했다.

퍼지는 믿을 수 없다는 듯 해리와 엄브리지 교수를 번갈아 보았다. 해리는 짧은 순간 관심에서 벗어난 틈을 타 또 한 번 빠르고 은밀하게 덤블도어를 살폈다. 그는 카펫을 향해 살짝 고개를 끄덕이고 미세하게 눈을 찡긋했다.

"그러니까, 전혀 모른다는 거군." 퍼지가 질질 끄는 말투로 비꼬

듯 말했다. "엄브리지 교수가 왜 너를 이 연구실로 데려왔는지 모른다는 거냐? 네가 어떤 교칙을 어겼는지 모른다고?"

"교칙요?" 해리가 말했다. "모르겠는데요."

"정부 법령도?" 퍼지가 화를 내며 다시 물었다.

"제가 아는 한은 없어요." 해리가 담백하게 답했다.

심장은 아직도 매우 **빠르게** 뛰고 있었다. 퍼지의 혈압이 솟구치는 꼴을 보니 이런 거짓말을 한 보람도 조금은 있었지만, 이 상황을 대체 어떻게 빠져나갈지는 알 수 없었다. 누군가가 엄브리지에게 D.A.에 관해 고자질했다면 모임의 주동자인 그는 당장 짐을 싼다 해도 이상할 게 없었다.

"그러니까 너한테는 새로운 소식이라는 거구나." 퍼지가 이제는 분노로 쉬어 버린 목소리로 말했다. "이 학교에서 불법 학생 조직이 발견되었다는 소식 말이야."

"네, 그래요." 해리가 설득력은 그다지 없는 순수하게 놀란 표정을 끄집어내며 말했다.

"제 생각에는 말이죠, 총리님." 퍼지 옆에 서 있던 엄브리지가 번지르르하게 말했다. "우리 쪽 제보자를 데려오면 진전이 있을지도 모르겠어요."

"그래, 그래, 그러세요." 퍼지가 고개를 끄덕이며 말했다. 엄브리지가 방을 나가자 그는 심술궂은 눈으로 덤블도어를 힐끗 바라보았다. "훌륭한 목격자만 한 건 아무것도 없지. 안 그렇소, 덤블도어?"

"물론 그렇습니다, 코닐리어스." 덤블도어가 머리를 까닥이며 진지하게 말했다.

기다리는 몇 분 동안 아무도 서로를 바라보지 않았다. 잠시 후 뒤에서 문 열리는 소리가 들렸다. 엄브리지가 방으로 들어와 해리를 지나쳐 갔다. 그녀는 초의 곱슬머리 친구 매리에타의 어깨를 잡고 있었다. 매리에타는 두 손으로 얼굴을 가린 채였다.

"겁내지 말아라, 애야. 무서워하지 마." 엄브리지 교수가 그녀의 등을 부드럽게 토닥이며 말했다. "자, 괜찮아. 너는 옳은 일을 한 거야. 총리님은 네가 한 일을 무척 기뻐하신단다. 총리님께서 직접 너희 어머니께 네가 얼마나 착한 학생인지 말씀해 주실 거야. 매리에타의 어머니는요, 총리님." 그녀가 퍼지를 올려다보며 덧붙였다. "마법 교통부의 플루 네트워크 관리과에서 일하는 에지콤 씨예요. 호그와트 벽난로를 감시하도록 도와주고 있는 그분 말이에요."

"아주 좋아요, 좋아!" 퍼지가 진심을 담아 말했다. "그 어머니에 그 딸이군요. 자, 어서, 애야. 고개 들거라. 쑥스러워할 것 없다. 네 얘길 한번 들어 보…… 이런, 가고일이 가글 할 노릇이!"

매리에타가 고개를 들자 퍼지는 화들짝 놀라 뒤로 물러나다가 하마터면 벽난로로 들어갈 뻔했다. 그는 욕설을 내뱉으면서 연기가 피어오르는 망토 자락을 발로 밟았다. 매리에타는 울부짖으면서 로브 목깃을 바로 눈 밑에까지 끌어 올렸다. 하지만 이미 모두가 빽빽하게 난 자주색 물집 때문에 흉측하게 변해 버린 그녀의 얼굴을 본 뒤였다. 그 물집들은 그녀의 코와 양 뺨을 가로지르며 '**고자질쟁이**'라는 단어를 만들어 내고 있었다.

"자, 그 물집들은 걱정하지 말거라, 애야." 엄브리지가 조바심을 내며 말했다. "당장 로브를 치우고 총리님께 말씀드리렴."

하지만 매리에타는 입을 막고 또 한 번 울부짖으며 고개를 마구 저을 뿐이었다.

"아, 그럼 좋아. 멍청한 꼬맹이 같으니라고. 내가 말씀드릴게." 엄브리지가 쏘아붙였다. 그녀는 다시금 특유의 역겨운 미소를 얼굴에 띠고 말했다. "글쎄, 총리님, 여기 있는 에지콤 양이 오늘 저녁 식사를 마치고 얼마 안 돼 제 연구실로 찾아오더니 말해 주고 싶은 게 있다고 하더라고요. 8층 필요의 방이라고도 불리는 비밀의 방에 가면 제게 도움이 되는 뭔가를 알게 될 거라고 했죠. 제가 좀 더 캐묻자 에지콤 양은 거기에서 모임 같은 것이 열릴 거라고 실토했어요. 불행하게도 그 순간에 이 마법이(그녀는 짜증 난다는 듯 매리에타의 가려진 얼굴을 가리켰다) 작동하기 시작했고, 이 아이는 거울에 비친 자기 얼굴을 보고 너무 괴로워하면서 더 이상 말을 하지 못했어요."

"자자." 퍼지는 분명 그의 상상 속에 있는 자상한 아버지 같은 눈길로 매리에타를 뚫어지게 바라보았다. "아주 용감했다, 얘야. 엄브리지 교수님에게 말하러 온 것 말이야. 너는 정확히 옳은 일을 했어. 자, 그 모임에서 무슨 일이 있었는지 말해 주겠니? 그 모임의 목적은 뭐였지? 누가 있었니?"

하지만 매리에타는 입을 열지 않으려고 했다. 그녀는 겁에 질린 눈을 휘둥그레 뜨고 재차 고개만 저을 뿐이었다.

"저주 해제 마법 없소?" 퍼지가 매리에타의 얼굴을 손짓하면서 짜증이 담긴 목소리로 엄브리지에게 물었다. "그래야 자유롭게 말을 할 것 아닙니까?"

"아직 찾지 못했어요." 엄브리지가 머뭇거리며 말했다. 해리는 헤르미온느의 저주 마법 솜씨에 솟구치는 자부심을 느꼈다. "하지만 이 아이가 말하든 말든 상관없어요. 여기서부터는 제가 이야기를 이어 나갈 수 있으니까요. 기억하시겠지만, 총리님, 제가 지난 10월에 포터가 호그스미드의 호그스 헤드에서 수많은 동료 학생을 만났다는 보고서를 보내드렸지요."

"증거가 있습니까?" 맥고나걸 교수가 끼어들었다.

"윌리 위더신즈의 증언이 있어요, 미네르바. 그자가 우연히 같은 시각 그 술집에 있었죠. 붕대를 칭칭 감고 있긴 했지만 듣는 데는 아무 문제 없었답니다." 엄브리지가 으스대면서 말했다. "위더신즈는 포터가 한 말을 다 듣고 곧바로 학교로 달려와 저한테 알려 주었어요."

"아, 그래서 그 역류하는 변기들을 설치해 놓고도 석방된 거로군요!" 맥고나걸 교수가 눈썹을 치켜올리며 말했다. "우리 사법 체계에 대해 참으로 흥미로운 통찰력을 주는 사건이네요!"

"노골적인 부패요!" 덤블도어의 책상 뒤 벽에서 빨간 코를 가진 뚱뚱한 남자 마법사가 고함을 질렀다. "내가 살아 있을 적에 정부는 잡범들과 거래 따위 하지 않았소. 그렇고말고, 그런 일은 없었어!"

"고맙습니다, 포테스큐. 그 정도면 됐어요." 덤블도어가 부드럽게 말했다.

"포터가 이 학생들을 만난 건" 하고, 엄브리지 교수가 말을 이었다. "불법 모임에 가담하라고 설득하기 위해서였어요. 그 모임의 목적은 정부가 학생들이 배우기에는 부적절하다고 판단한 주문과 저주 들을 배우는 것이었고요."

"내 생각에는 당신도 그 부분이 틀렸다는 걸 알게 될 겁니다, 덜로리스." 덤블도어가 구부러진 코 중간쯤 흘러내린 반달 안경 너머로 그녀를 보면서 조용히 말했다.

해리는 덤블도어를 뚫어지게 바라보았다. 이번에는 무슨 말로 그를 빠져나가게 해 주려는지 도저히 감을 잡을 수 없었다. 윌리 위더신즈가 실제로 그가 호그스 헤드에서 했던 말을 다 들었다면 빠져나갈 길이 없었다.

"아하!" 퍼지가 통통거리며 또다시 발꿈치를 들었다 놓았다 하면서 말했다. "그래, 포터를 곤경에서 구하기 위해 지어낸 최신 엉터리 이야기를 한번 들어 봅시다! 그럼 해 봐요, 덤블도어. 어서. 윌리 위더신즈가 거짓말을 한 거요? 아니면 그날 호그스 헤드에 있던 게 포터의 일란성쌍둥이였소? 아니면 시간이 뒤로 돌아간다거나 죽었던 남자가 살아 돌아온다거나 눈에 보이지 않는 디멘터 두엇이 나타난다는 등 평소처럼 간단한 설명이 있나?"

퍼시 위즐리가 큰 소리로 웃음을 터뜨렸다.

"아, 정말 재밌는데요, 총리님. 정말 재밌습니다!"

해리는 그를 걷어차고 싶었다. 놀랍게도, 덤블도어 역시 부드럽게 미소 짓고 있었다.

"코닐리어스, 나는 그날 해리가 호그스 헤드에 있었다는 사실도, 어둠의 마법 방어법 모임에 들어올 학생들을 모집하려 했다는 사실도 부정하지 않습니다. 해리도 분명 부정하지 않을 겁니다. 나는 그저 덜로리스가 그 시점에서 그러한 모임을 불법이라고 규정한 것은 잘못이라는 걸 지적했을 뿐이오. 기억할지 모르겠지만 학생 모임을 전면 금지하는 정부 법령은 해리가 호그스미드 모임을 가진 지 이틀이 지나서야 실행됐으므로, 해리는 호그스 헤드에서 어떤 법령도 어기지 않은 셈입니다."

퍼시는 아주 묵직한 뭔가로 얼굴을 얻어맞은 표정이었다. 그는 깡충거리다 말고 입을 쩍 벌린 채 꼼짝도 하지 않았다.

엄브리지가 먼저 정신을 차렸다.

"다 좋아요, 교장 선생님." 그녀가 상냥하게 미소 지으며 말했다. "하지만 지금은 교육 법령 24조를 도입한 지 거의 6개월이 지난 상황입니다. 첫 번째 모임은 불법이 아니었을지 몰라도 그 이후의 모임은 아주 당연하게도 불법이에요."

"글쎄요." 덤블도어는 한데 모은 손가락 너머로 예의 바른 흥미를 품고 그녀를 살펴보며 입을 열었다. "법령이 효력을 발생한 이후에도 모임이 *계속됐다면* 물론 불법이었을 겁니다. 그런 모임이 계속됐다는 어떤 증거라도 있습니까?"

덤블도어가 말하는 동안 해리는 등 뒤에서 부스럭거리는 소리를 듣고 킹슬리가 뭔가 속삭였다고 생각했다. 곧이어 틀림없이 바람이나 새의 날개 같은 부드러운 뭔가가 옆구리를 스치고 지나간 느낌이 확실히 들었다. 하지만 아래를 내려다보니 아무것도 보이지 않았다.

"증거요?" 엄브리지가 두꺼비 같은 끔찍한 미소를 지으며 되풀이했다. "집중해서 듣지 않으신 건가요, 덤블도어? 에지콤 양이 왜 여기에 있다고 생각하세요?"

"아, 이 아이가 6개월 동안의 모임에 대해서 이야기해 줄 수 있는 겁니까?" 덤블도어가 눈썹을 치켜들며 말했다. "저는 에지콤 양이 그저 오늘 밤 모임에 대해서만 제보하고 있는 줄 알았는데요."

"에지콤 양." 엄브리지가 즉시 입을 열었다. "이 모임이 얼마나 오랫동안 지속되고 있었는지 말해 주려무나. 그냥 고개만 끄덕이거나 저어도 돼. 그것만으로는 여드름이 심해지지 않을 거야. 그 애들이 지난 6개월 동안 정기적으로 모였니?"

해리의 가슴이 끔찍하게 쿵 내려앉았다. 이제 끝이다. 덤블도어조차도 비껴갈 수 없는 확실한 증거에 다다르고 말았다.

"그냥 고개를 끄덕이거나 저으면 된단다, 얘야." 엄브리지가 매리에타를 구슬렸다. "어서, 자, 그 정도로는 저주가 다시 발동되지 않을 거야."

방 안의 모두가 매리에타의 얼굴 윗부분을 바라보고 있었다. 눈까지 끌어 올린 로브와 곱슬곱슬한 앞머리 사이에서 보이는 것이라곤 오직 그녀의 두 눈뿐이었다. 어쩌면 벽난로 불빛 때문인지도 모르지만, 그녀의 눈은 이상하게 멍해 보였다. 그때, 무척 놀랍게도 매리에타가 고개를 저었다.

엄브리지는 재빨리 퍼지를 보더니, 다시 매리에타 쪽으로 고개를 돌렸다.

"질문을 이해하지 못한 것 같구나, 얘야. 그렇지? 나는 네가 지난 6개월 동안 이 모임에 참석해 왔는지 묻는 거란다. 그랬잖아.

아니니?"

매리에타는 다시 한 번 고개를 저었다.

"고개를 젓는 건 무슨 의미니, 얘야?" 엄브리지가 짜증 가득한 목소리로 말했다.

"에지콤 양의 뜻은 꽤 분명하게 전해진 것 같은데요." 맥고나걸 교수가 매섭게 말했다. "지난 6개월 동안 비밀 모임이 없었다는 거죠. 맞니, 에지콤 양?"

매리에타가 고개를 끄덕였다.

"하지만 오늘 밤에 모임이 있었잖아요!" 엄브리지가 불같이 화를 내며 말했다. "모임이 있었잖니, 에지콤 양. 나한테 얘기했잖아, 필요의 방에서 모임이 열린다고! 그리고 포터가 주동자라고 하지 않았니? 포터가 그 모임을 만들었다고, 포터가…… 왜 고개를 젓고 있는 거니, 얘야?"

"뭐, 사람이 고개를 저을 때는 보통……." 맥고나걸이 차갑게 말했다. "'아니다'라는 뜻이죠. 그러니까 에지콤 양이 여태껏 인류에게 알려지지 않은 형태의 몸짓언어를 사용하고 있는 게 아니라면……."

엄브리지 교수가 매리에타를 꽉 붙잡고 자기를 마주 보도록 돌려세우더니 매우 거칠게 흔들기 시작했다. 찰나의 순간, 덤블도어가 마법 지팡이를 들고 일어났다. 킹슬리가 앞으로 나섰다. 엄브리지는 불에 덴 것처럼 두 손을 허공에 허우적거리며 매리에타에게서 얼른 물러섰다.

"내 학생들을 함부로 대하는 건 용납할 수 없소, 덜로리스." 덤블도어가 말했다. 처음으로 화가 난 표정이었다.

"진정하시는 게 좋겠습니다, 엄브리지 실장님." 킹슬리가 묵직한 목소리로 천천히 말했다. "지금 문제를 일으키고 싶은 게 아니라면요."

"그래요." 엄브리지가 킹슬리의 위압적인 모습을 흘낏 올려다보며 숨을 헐떡였다. "제 말은, 그래요. 당신 말이 맞아요, 샤클볼트. 제가, 제가 제정신이 아니었네요."

매리에타는 엄브리지가 놓아준 자리에 그대로 서 있었다. 엄브리지의 갑작스러운 공격에 동요하거나, 혹은 풀려나서 안도한 것 같지도 않았다. 그녀는 끌어 올린 로브를 움켜쥔 채 여전히 묘하게 텅 빈 눈으로 앞만 똑바로 바라보고 있었다.

문득 해리의 마음속에 킹슬리의 속삭임, 그리고 해리 자신을 스치고 날아간 무언가와 연관된 의심이 솟구쳤다.

"덜로리스." 퍼지가 최종적으로 결정지으려는 듯이 말했다. "오늘 밤의 그 모임 말이오, 우리는 확실히 있었다고 알고 있는데……."

"네." 엄브리지가 자세를 가다듬으며 말했다. "네…… 뭐, 에지콤 양이 제게 귀띔해 주어서 저는 당장 믿음직스러운 학생 몇 명을 데리고 8층으로 향했어요. 모임에 참석한 학생들을 현장에서 잡으려고 말이죠. 하지만 제가 도착할 거라는 사실을 미리 알고 있었던 것 같아요. 저희가 8층에 도착했을 때 사방으로 달아나고 있었거든요. 하지만 상관없어요. 제가 그 아이들 이름을 전부 가지고 있거든요. 파킨슨 양이 저 대신 필요의 방에 들어가서 그 애들이 뭔가 남기고 간 게 없는지 살펴봤어요. 우리한테는 증거가 필요했고, 필요의 방이 그 증거를 제공했죠."

끔찍하게도 그녀는 주머니에서 필요의 방 벽에 꽂혀 있던 명단을 꺼내 퍼지에게 넘겼다.

"명단에서 포터의 이름을 본 순간 저는 이게 무슨 상황인지 알아차렸어요." 그녀가 부드럽게 말을 맺었다.

"훌륭합니다." 퍼지가 말했다. 그의 얼굴 가득 미소가 번지고 있었다. "훌륭해요, 덜로리스. 게다가…… 나 원 참……!"

그는 덤블도어를 올려다보았다. 덤블도어는 마법 지팡이를 느슨하게 쥐고 여전히 매리에타 곁에 서 있었다.

"이 아이들이 스스로 어떤 이름을 붙였는지 보시겠소?" 퍼지가 조용히 말했다. "'덤블도어의 군대'라는군."

덤블도어는 손을 뻗어 퍼지에게서 양피지 조각을 받아 들었다. 헤르미온느가 몇 달 전에 휘갈겨 쓴 글자를 뚫어지게 바라보던 그는 잠깐 할 말을 잃은 듯했다. 이윽고 그가 미소 지으며 고개를 들었다.

"뭐, 게임은 끝났군요." 그가 간단히 말했다. "서면 자백을 받고 싶은 겁니까, 코닐리어스? 아니면 이 증인들 앞에서 진술하는 것으로 충분하겠소?"

맥고나걸과 킹슬리가 서로 시선을 주고받았다. 둘의 얼굴에는 공포의 빛이 떠올라 있었다. 해리는 지금 무슨 일이 벌어지고 있는지 이해하지 못했고, 퍼지도 그런 듯했다.

"진술이라니?" 퍼지가 천천히 입을 열었다. "무슨…… 난 대체……?"

"덤블도어의 군대 말이오, 코닐리어스." 덤블도어가 여전히 미소 지은 채 퍼지의 얼굴 앞에 명단을 흔들며 말했다. "포터의 군대가 아니에요. '덤블도어의 군대'입니다."

"하지만…… 하지만……."

퍼지의 얼굴에 갑자기 깨달음이 번뜩였다. 그는 겁먹은 듯 뒤로 물러섰다가 날카로운 비명을 지르며 다시 벽난로에서 떨어져 나왔다.

"당신이?" 그는 또다시 연기가 피어오르는 망토를 짓밟으며 속삭였다.

"맞소." 덤블도어가 유쾌하게 말했다.

"당신이 이 모임을 조직했다고?"

"그렇소이다." 덤블도어가 말했다.

"당신이 이 학생들을…… 이 학생들을 모아서 당신의 군대를 결성했다고?"

"오늘 밤 첫 번째 모임이 열릴 예정이었소." 덤블도어가 고개를 끄덕이며 말했다. "그저 아이들이 나와 함께할 의향이 있는지 알아보려고 말이죠. 이제는 물론 에지콤 양을 초대한 게 실수였다는 걸 알았지만."

매리에타가 고개를 끄덕였다. 퍼지는 그녀에게서 덤블도어에게로 눈길을 돌리며 가슴을 부풀렸다.

"그렇다면 당신은 실제로 나에 대한 음모를 꾸미고 있었던 거로군!" 그가 소리쳤다.

"그렇답니다." 덤블도어가 유쾌하게 말했다.

"**아니에요!**" 해리가 소리쳤다.

킹슬리가 경고의 눈길을 쏘아 보냈고 맥고나걸은 위협적으로 눈을 부릅떴지만, 덤블도어가 무슨 짓을 하려는지 문득 깨달은 해리는 이대로 가만히 있을 수 없었다.

"안 돼요, 덤블도어 교수님……!"

"조용히 하거라, 해리. 그렇지 않으면 유감이지만 내 연구실에서 나가 주어야겠다." 덤블도어가 침착하게 말했다.

"그래. 입 다물어라, 포터!" 퍼지가 고함을 질렀다. 그는 아직도 겁에 질린 한편 기뻐하는 기색이 역력한 표정으로 덤블도어를 탐욕스럽게 노려보고 있었다. "이런, 이런, 이런. 오늘 밤에는 포터를 퇴학시킬 줄 알고 여기에 왔는데 대신……."

"대신 나를 체포하게 됐군요." 덤블도어가 미소를 머금으며 말했다. "크넛을 잃고 갈레온을 얻은 셈이지요?"

"위즐리!" 퍼지가 급기야 기쁨에 부르르 떨면서 외쳤다. "위즐리, 이 모든 걸 받아 적었겠지? 이자가 내뱉은 모든 말과 자백, 적어 두었나?"

"네, 총리님. 그런 것 같습니다, 총리님!" 퍼시가 열띤 목소리로 답했다. 너무 빠르게 받아 적느라 코에 잉크가 튀어 있었다.

"이자가 정부에 대항하는 군대를 조직하려 한 것, 나를 실각시킬 음모를 꾸몄다는 것도 적었나?"

"네, 총리님. 그것도 적었습니다, 네!" 퍼시가 기쁨에 차서 자신이 적은 것을 훑어보며 말했다.

"아주 좋아." 퍼지가 희희낙락한 얼굴로 말했다. "사본을 만들게, 위즐리. 그리고 곧바로 한 부를 《예언자일보》로 보내. 속달 부엉이로 보내면 내일 조간에는 실릴 거야!" 퍼시가 연구실에서 달려 나가며 문을 쾅 닫자, 퍼지 총리는 덤블도어에게 고개를 돌렸다. "이제 당신은 정부로 호송될 거요. 거기에서 공식 기소되고 아즈카반으로 옮겨진 다음 재판을 기다리게 되겠지!"

"아." 덤블도어가 부드럽게 입을 열었다. "그래요, 그래. 우리가 그 작은 난관에 부딪치게 될지 모른다고 생각했지."

"난관이라니?" 퍼지가 여전히 기쁨에 부르르 떨리는 목소리로 말했다. "나한테는 아무런 난관도 보이지 않소만, 덤블도어!"

"뭐" 하고, 덤블도어가 미안하다는 듯 입을 열었다. "유감스럽지만 나한테는 보이는군요."

"아, 그렇소?"

"글쎄, 그냥 당신이…… 뭐라고 해야 할까? 내가 조용히 따라갈 거라는 착각에 사로잡힌 것처럼 보인다는 거죠. 미안하지만 내가 순순히 따라가는 일은 절대 없을 거요, 코닐리어스. 나는 아즈카반으로 갈 생각이 전혀 없어요. 물론, 탈옥할 수는 있겠지만 그게 웬 시간 낭비입니까? 솔직히, 그럴 시간에 할 만한 일들이 수없이 떠오르는데 말입니다."

엄브리지의 얼굴이 점점 빨개졌다. 속에서 끓는 물이 차오르는 것 같은 모습이었다. 퍼지는 한없이 멍청한 표정으로 덤블도어를 뚫어지게 바라보았다. 마치 갑작스럽게 얻어맞고 넋이 나가서 방금 일어난 일을 도저히 믿을 수 없는 것처럼 보였다. 그는 작게 목 졸리는 소리를 내더니 킹슬리와 짧은 회색 머리카락의 남자를 돌아보았다. 이 방에 있는 사람들 중에서 지금까지 한 마디도 하지 않은 유일한 인물인 그 남자는 퍼지에게 안심하라는 듯 고개를 끄덕이더니 벽에서 떨어져 앞으로 몇 발짝 걸어 나왔다. 해리는 그의 손이 태연하게 주머니 속으로 들어가는 것을 보았다.

"어리석게 굴지 말게나, 돌리시." 덤블도어가 다정하게 말했다. "자네가 뛰어난 오러라는 건 분명히 알고 있네. 자네가 N.E.W.T. 전 과목에서 '출중함'을 받았던 게 기억나는군. 하지만 자네가, 음…… 나를 강제로 끌고 가려 한다면, 나도 자네를 다치게 만들 수밖에 없네."

돌리시라 불린 남자가 조금 멍청하게 눈을 깜빡였다. 그는 다시 퍼지를 바라봤지만, 이번에는 다음에 어떻게 할지 지시를 내려 달라는 것처럼 보였다.

"그러니까……." 퍼지가 정신을 차리고 비웃었다. "돌리시와 샤클볼트, 덜로리스, 거기에 나까지 혼자서 상대할 생각이다 이거요, 덤블도어?"

"멀린의 턱수염 같은 소리. 아닙니다." 덤블도어가 미소 지으며 말했다. "당신이 나한테 그런 일을 강요할 만큼 어리석지만 않다면 말이죠."

"교수님은 혼자가 아닐 겁니다!" 맥고나걸 교수가 큰 소리로 말하며 로브 안으로 손을 집어넣었다.

"아니, 그렇지 않아요, 미네르바!" 덤블도어가 날카롭게 소리쳤다. "호그와트에는 당신이 필요합니다!"

켄타우로스와 고자질쟁이

"헛소리는 그만하시지!" 퍼지가 자신의 마법 지팡이를 꺼내며 말했다. "돌리시! 샤클볼트! 잡아!"

은색 빛줄기가 방 안에서 번뜩였다. 총성 같은 소리가 요란하게 울리고 바닥이 흔들렸다. 웬 손이 해리의 목덜미를 잡고 억지로 바닥에 쓰러뜨린 순간 두 번째 은빛 섬광이 지나갔다. 초상화 몇몇이 고함을 질렀고 폭스가 높은 소리로 울었다. 먼지구름이 자욱하게 일었다. 그 속에서 캑캑 기침을 하던 해리는 눈앞에서 검은 형체가 쿵 쓰러지는 것을 보았다. 날카로운 비명 소리와 쾅 하는 소리가 들리더니 누군가가 "안 돼!" 하고 소리쳤다. 유리가 깨지는 소리, 미친 듯 허둥대는 발소리, 신음 소리와…… 침묵이 이어졌다.

해리는 그의 목을 반쯤 조르고 있는 사람이 누군지 보려고 애써 고개를 돌렸다. 그의 옆에 웅크린 맥고나걸 교수가 보였다. 그녀가 해리와 매리에타 모두를 안전한 곳으로 억지로 떠민 것이다. 먼지가 여전히 부드럽게 둥실둥실 그들 위로 내려앉고 있었다. 해리는 약간 헐떡이면서 키가 훌쩍 큰 형체가 다가오는 것을 보았다.

"괜찮습니까?" 덤블도어가 물었다.

"네!" 맥고나걸 교수가 일어나 해리와 매리에타를 일으키면서 말했다.

먼지가 가라앉았다. 폐허가 된 연구실이 희미하게 시야에 들어

왔다. 덤블도어의 책상은 뒤집어졌고, 다리가 가느다란 탁자들은 전부 바닥에 넘어져 있었으며, 그 위에 놓였던 은제 기구들은 산산조각 나 있었다. 퍼지와 엄브리지, 킹슬리와 돌리시는 꼼짝 없이 바닥에 드러누워 있었다. 불사조 폭스가 부드럽게 노래 부르면서 그들 위로 크게 원을 그리며 날아다녔다.

"안타깝지만 킹슬리에게도 공격 마법을 걸어야만 했습니다. 안 그랬다면 아주 의심스럽게 보였을 테니까요." 덤블도어가 낮은 목소리로 말했다. "놀랄 만큼 상황 파악이 빠르더군요. 모두가 다른 곳을 보고 있을 때 에지콤 양의 기억을 그런 식으로 수정하다니……. 나 대신 고맙다는 인사를 전해 주시겠습니까, 미네르바? 자, 다들 금방 깨어날 거예요. 우리가 대화를 나눌 시간이 있었다는 사실을 저들이 모르는 게 가장 좋습니다. 시간이 흐르지 않았다는 듯 행동하셔야 해요. 그냥 바닥으로 쓰러진 것처럼 말이에요. 저들은 기억하지 못할 겁니다."

"어디로 가시려고요, 덤블도어?" 맥고나걸 교수가 속삭였다. "그리몰드가인가요?"

"아아, 아닙니다." 덤블도어가 울적한 미소를 지으며 말했다. "숨으려고 떠나는 게 아니에요. 퍼지는 머잖아 나를 호그와트에서 몰아낸 걸 후회하게 될 겁니다. 틀림없어요."

"덤블도어 교수님……." 해리가 입을 열었다.

그는 무슨 말부터 꺼내야 할지 몰랐다. 애초에 D.A.를 시작해서 이 모든 말썽을 일으킨 것에 대해 얼마나 죄송한지 말해야 할까? 아니면 덤블도어가 그의 퇴학을 막으려고 떠나는 것에 얼마나 괴로운 마음이 드는지 말해야 할까? 하지만 덤블도어는 해리가 다른 말을 꺼낼 틈도 없이 그의 말을 잘랐다.

"내 말 잘 들어라, 해리." 그가 다급히 말했다. "너는 있는 힘을 다해서 오클루먼시를 배워야 한다. 알겠니? 스네이프 교수가 시키는 것을 빠짐없이 하고, 특히 매일 밤 잠들기 전에 연습하거라. 네가 악몽에 대항해 마음을 닫아걸 수 있도록 말이야. 그 이유는 곧 알게 되겠지만 지금은 내게 약속해야 한다."

돌리시라 불린 남자가 움찔거렸다. 덤블도어가 해리의 손목을 꽉 움켜잡았다.

"기억하거라. 마음을 닫아걸어야 한다."

하지만 덤블도어의 손가락이 살갗에 닿자 이마의 흉터에 격렬한 통증이 밀려들었다. 그는 또다시 뱀처럼 덤블도어를 공격하고, 물고, 다치게 만들고 싶은 끔찍한 열망에 사로잡혔다.

"너도 이해하게 될 거다." 덤블도어가 속삭였다.

폭스가 연구실을 빙빙 돌다가 그의 위로 낮게 날아내렸다. 덤블도어는 해리를 놓아주고, 손을 들어 불사조의 긴 황금색 꼬리를 잡았다. 불길이 확 일어나더니 둘은 사라져 버렸다.

"어디로 갔어?" 퍼지가 바닥을 짚고 일어서며 고함을 질렀다. "어디에 있냐고?"

"모르겠습니다!" 킹슬리 역시 벌떡 일어나며 소리쳤다.

"순간이동을 했을 리는 없어요!" 엄브리지가 외쳤다. "학교 안에서는 불가능하니까."

"계단입니다!" 돌리시가 소리치더니 황급히 뛰어가 문을 열고 사라졌다. 킹슬리와 엄브리지가 그 뒤를 바짝 따랐다. 퍼지는 머뭇거리다가 천천히 바닥에서 일어나 앞자락에서 먼지를 털어 냈다. 길고도 고통스러운 침묵이 이어졌다.

"글쎄요, 미네르바." 퍼지가 찢어진 셔츠 소매를 쭉 펴며 심술궂게 말했다. "유감이지만 이게 당신 친구 덤블도어의 최후요."

"그렇게 생각하십니까?" 맥고나걸 교수가 비웃듯 대꾸했다.

퍼지는 그녀의 말을 듣지 못한 듯 엉망이 된 연구실을 둘러보았다. 초상화 몇 점이 그를 보며 식식거렸다. 한두 점은 심지어 무례한 손짓을 해 보이기도 했다.

"저 둘을 침실로 데려다주는 게 좋겠소." 퍼지가 경멸하듯 해리와 매리에타에게 고갯짓을 하면서 다시 맥고나걸 교수를 바라보았다.

맥고나걸 교수는 아무 말도 하지 않고 해리와 매리에타를 데리고 문 쪽으로 향했다. 문이 등 뒤에서 확 닫힐 때 피니어스 나이젤

러스의 목소리가 들려왔다.
"그게 말이오, 총리님. 나는 덤블도어와 많은 부분에서 다른 의견을 갖고 있습니다만…… 그에게 품격이 있다는 사실은 부정할 수 없군요……."

28장
스네이프의
가장 끔찍한 기억

마법 정부의 지시에 따라

덜로리스 제인 엄브리지(장학관)가 알버스 덤블도어를
대신하여 호그와트 마법학교 교장 직무를 수행한다.

상기 내용은 교육 법령 28조에 의거함.

서명: 마법 정부 총리 코널리어스 오스월드 퍼지

밤사이 이런 공고문이 학교 전체에 나붙었다. 하지만 어떻게 성안의 모든 사람이 덤블도어가 오러 두 명과 장학관, 마법 정부 총리와 그의 부보좌관을 물리치고 탈출했다는 사실을 알게 됐는지에 대해서는 아무도 설명할 수 없었다. 성안 어디를 가든 대화의 주제는 덤블도어의 도주뿐이었다. 이야기가 전달되는 과정에서 자세한 내용 몇 가지가 왜곡되긴 했지만(해리는 어떤 2학년 여학생이 다른 여학생에게 퍼지가 지금 머리 대신 호박을 달고 세인트 멍고에 누워 있다고 확신하듯 말하는 소리를 우연히 들었다) 그 밖의 내용이 얼마나 정확한지는 놀라울 정도였다. 예컨대 모든 사람이 덤블도어의 연구실에서 그 장면을 목격한 학생은 해리와 매리에타 단둘뿐이라는 사실을 알고 있었다. 매리에타는 지금 병동에 있었기에 해리는 자기도 모르는 사이 직접 체험한 목격담을 들려 달라는 요구에 둘러싸였다.

"덤블도어 교수님은 머잖아 돌아올 거야." 어니 맥밀런이 해리의 이야기에 골똘히 귀를 기울이더니, 약초학 수업에서 돌아오는 길에 자신 있게 말했다. "우리 2학년 때도 덤블도어 교수님을 쫓아내지 못했잖아. 이번에도 그렇게는 못 할 거야. 뚱보 수도사가 말해 주셨는데……." 그가 음모라도 꾸미는 듯 목소리를 낮췄기에 해리, 론, 헤르미온느는 그의 목소리를 들으려고 바짝 몸을 숙여야만 했다. "어젯밤 엄브리지가 덤블도어 교수님을 찾으려고 호그와트 성과 교정을 샅샅이 뒤진 다음 교장 연구실로 다시 들어가려 했대. 근데 가고일을 지나갈 수 없었다는 거야. 교장실이 알아서 엄브리지를 못 들어가게 한 거지." 어니가 히죽 웃었다. "보아하니, 엄브리지가 좀 심통을 부린 것 같더라고."

"하. 그 여자는 분명 교장실에 앉아 있는 자기 모습을 상상해 봤을 거야." 헤르미온느가 가시 돋친 목소리로 말했다. 그들은 돌계단을 올라 현관홀에 들어섰다. "다른 교수님들 위에 군림하는 모습 말이야. 그 멍청하고 바람만 잔뜩 든, 권력에 미친 늙은……."

"잠깐, 너 정말로 그 문장을 끝까지 말하고 싶은 거야, 그레인저?"

드레이코 말포이가 문 뒤에서 미끄러져 나왔다. 크래브와 고일이 그 뒤를 따르고 있었다. 말포이의 허여멀겋고 갸름한 얼굴이 악의로 빛났다.

"안됐지만 그리핀도르와 후플푸프 점수를 몇 점 깎아야겠다." 그가 질질 끄는 말투로 말했다.

"같은 반장들끼리는 점수를 깎을 수 없어, 말포이." 어니가 곧바로 받아쳤다.

"반장들끼리 서로 점수를 깎을 수 없다는 건 나도 알지." 말포이가 피식 웃었다. 크래브와 고일이 낄낄댔다. "하지만 장학관 직속 선도부(Inquisitorial Squad)는……."

"무슨 부?" 헤르미온느가 날카롭게 물었다.

"장학관 직속 선도부 말이야, 그레인저." 말포이가 반장 배지 바로 아래 달려 있는 조그만 은색 'I'자를 가리키며 말했다. "엄브리지 교수님이 직접 뽑으신, 마법 정부를 지지하는 학생들의 모임이지. 아무튼 장학관 직속 선도부는 점수를 깎을 권한을 가지고 있어……. 그러니까 그레인저, 우리의 새 교장 선생님에게 무례하게 굴었으니 너한테서 5점을 깎겠어. 맥밀런, 넌 내 말에 반박했으니 5점. 넌 마음에 안 드니까 5점이야, 포터. 위즐리, 너는 셔츠를 넣어 입지 않았으니까 추가로 5점 더 깎는다. 아 맞다, 깜빡했네. 그레인저 너는 머드블러드니까 10점 감점이야."

론이 마법 지팡이를 꺼냈지만 헤르미온느가 "하지 마" 하고 속삭이며 그의 지팡이를 밀쳤다.

"현명한 행동이야, 그레인저." 말포이가 숨죽여 말했다. "새로운 교장, 새로운 시대……. 이제 착하게 굴어라, 또라이. 족제비 왕도……."

말포이는 마음껏 웃으면서 크래브와 고일을 거느리고 성큼성큼 멀어져 갔다.

"허풍 떠는 거야." 어니가 어이가 없다는 표정을 지으며 말했다. "저 녀석이 점수를 깎도록 허락해 줬을 리 없어……. 그건 말도 안 되는 일이야……. 그러면 반장 제도가 완전히 무너질걸."

하지만 해리, 론, 헤르미온느는 자기도 모르게, 등 뒤의 벽감마다 세워져 있는 거대한 모래시계들 쪽으로 돌아섰다. 그것은 기숙사 점수를 기록하는 시계였다. 그날 아침 그리핀도르와 래번클로는 막상막하로 선두를 달리고 있었다. 하지만 지금은 그들이 지켜보는 와중에도 모래시계 아래쪽에 있던 보석들이 위로 날아오르며 빠르게 줄어들고 있었다. 사실상 아무런 변화도 없어 보이는 유일한 모래시계는 에메랄드로 채워진 슬리데린 것뿐이었다.

"눈치챘구나?" 프레드의 목소리가 들렸다.

막 대리석 계단을 내려온 그와 조지가 모래시계 앞에 있는 해리, 론, 헤르미온느, 어니에게 다가왔다.

"말포이가 방금 그리핀도르 점수를 50점이나 깎았어." 해리가 격분해서 말했다. 그들은 그리핀도르 모래시계에서 보석 여러 개가 더 위쪽으로 날아가는 광경을 지켜봤다.

"그래, 몬태규도 쉬는 시간에 우리한테 그러려고 했어." 조지가 말했다.

"무슨 뜻이야, '그러려고 했다'니?" 론이 재빨리 물었다.

"말을 끝마치지 못했다는 뜻이지." 프레드가 말했다. "우리가 그 자식을 2층에 있는 사라지는 캐비닛에다 머리부터 처박아 버렸거든."

헤르미온느는 크게 충격받은 얼굴이었다.

"하지만 그랬다간 엄청 곤란해질 텐데!"

"몬태규가 다시 나타날 때까지는 아니지. 그리고 그때까지는 몇 주가 걸릴 테고. 우리가 그 녀석을 어디로 보냈는지는 알 수 없거든." 프레드가 싸늘하게 말했다. "아무튼…… 이제 곤란한 처지가 되든 말든 더 이상 신경 쓰지 않기로 했어."

"언젠 신경이나 썼어?" 헤르미온느가 물었다.

"당연하지." 조지가 말했다. "퇴학은 한 번도 안 당했잖아?"

"우린 절대 선을 넘지 않았어." 프레드가 말했다.

"가끔 그 선 너머로 발가락을 내밀었을지도 모르지만." 조지가 말했다.

"그래도 언제나 진짜 아수라장을 만들기 전에 멈췄다 이 말씀이야." 프레드가 말을 받았다.

"근데 지금은?" 론이 머뭇거리며 물었다.

"뭐, 지금은……." 조지가 입을 열었다.

"덤블도어도 떠났고……." 프레드가 말했다.

"약간의 아수라장쯤이야……." 조지가 말했다.

"그거야말로 우리의 새 교장이 받아 마땅한 거지." 프레드가 말을 맺었다.

"그러면 안 돼!" 헤르미온느가 다급히 속삭였다. "진짜 안 돼! 너희를 퇴학시킬 구실이 생기면 엄브리지가 아주 좋아할 거야!"

"이해를 못 하는구나, 헤르미온느?" 프레드가 그녀에게 미소 지으며 말했다. "우리는 이제 학교에 남는 것에 연연하지 않아. 덤블도어를 위해 우리가 해야 할 몫을 해야겠다는 결심이 없었다면 지금 당장에라도 여기서 걸어 나갔을 거라고. 아무튼, 그래서……." 그가 손목시계를 확인했다. "그 1단계가 막 시작하려는 참이야. 내가 너희라면 대연회장으로 점심을 먹으러 갈 거야. 그래야 교수들이 너희는 아무 관련 없다는 걸 알 테니까."

"뭐랑 관련이 없다는 거야?" 헤르미온느가 불안한 듯 물었다.

"보면 알아." 조지가 말했다. "빨리 가, 당장."

프레드와 조지는 몸을 돌려, 점심을 먹으러 계단을 내려오는 점점 늘어나는 학생들 사이로 사라졌다. 어니는 굉장히 당황한 표정으로 아직 변환 마법 숙제를 못 끝냈다느니 중얼거리며 허둥지둥 멀어져 갔다.

"우리 진짜로 여기서 나가야 할 것 같아." 헤르미온느가 초조하게 말했다. "혹시 모르니까……."

"그래, 맞아." 론이 말했다. 셋은 대연회장 문으로 향했다. 하지만 하얀 구름이 둥둥 떠다니는 그날의 천장이 힐끗 보이자마자 누군가가 해리의 어깨를 두드렸다. 고개를 돌리니 코앞에 건물 관리인 필치가 있었다. 그는 재빨리 뒤로 몇 걸음 물러났다. 필치는 되도록 멀리서 보는 게 가장 좋았으니까.

"교장 선생님이 보자고 하신다, 포터." 그가 음흉하게 웃었다.

"제가 안 그랬어요." 해리는 프레드와 조지가 뭔가 꾸미고 있다는 것을 떠올리고 멍청하게 그렇게 내뱉었다. 필치가 소리 없이 웃자 늘어진 턱살이 흔들렸다.

"뭔가 찔리는 게 있나 보지?" 그가 씨근대며 말했다. "따라와."

해리는 론과 헤르미온느를 흘낏 돌아보았다. 둘 다 걱정스러운 표정을 짓고 있었다. 그는 어깨를 으쓱하고, 배고픈 학생들의 행렬을 거슬러 필치를 따라 다시 현관홀로 갔다.

필치는 기분이 매우 좋아 보였다. 그는 대리석 계단을 오르면서 숨죽인 채 끽끽거리는 소리로 콧노래를 불렀다. 첫 번째 층계참에 도착했을 때 그가 말했다. "이곳에서 변화가 일어나고 있다, 포터."

"저도 알아요." 해리가 차갑게 대꾸했다.

"그래…… 나는 아주 오래전부터 덤블도어한테 얘기해 왔다. 너희 모두를 너무 무르게 대하는 것 아니냐고." 필치가 심술궂게 씩 웃으며 말했다. "나한테 너희를 살갗이 벗겨질 때까지 채찍질할 권한이 있다는 걸 알았다면 너희 못된 짐승 새끼들도 감히 악취탄을 터뜨리지 못했겠지. 안 그러냐? 내가 너희 발목을 묶어서 내 사무실에 매달아 놓을 수만 있었다면 아무도 복도에서 송곳니 원반을 던질 생각을 하지 못했을 거야. 이제 교육 법령 29조가 시행되면 그런 일들을 할 수 있게 될 거다, 포터. *게다가 교장 선생님은 총리님에게 피브스의 추방을 명령하는 서류에 서명해 달라고 요청하셨지.* 아, 그분이 책임자가 됐으니 이곳도 무척 달라질 거야……."

엄브리지가 필치를 자기편으로 끌어들이려고 무슨 수를 쓴 게 틀림없었다. 최악은 아마도 필치가 중요한 무기라는 게 증명될 거라는 사실이었다. 학교의 비밀 통로와 은신처에 대한 그의 지식은 아마 위즐리 쌍둥이에 버금갈 터였다.

"다 왔다." 그가 해리를 내려다보며 음흉하게 웃더니 엄브리지 교수의 연구실 문을 세 번 두드린 다음 열었다. "포터가 왔습니다, 교장 선생님."

여러 차례의 방과 후 징계로 아주 익숙해진 엄브리지의 연구실은 평소와 똑같았다. 단, 황금색 글자로 **교장**이라고 적힌 커다란 나무 명패가 그녀의 책상에 놓여 있을 뿐이었다. 사슬로 감긴 채 책상 뒤 벽에 달린 튼튼한 쇠말뚝에 자물쇠로 묶여 있는 그의 파이어볼트와 프레드와 조지의 클린스윕들을 보자 마음이 찌르는 듯 아팠다.

엄브리지는 책상 뒤 의자에 앉아 분홍색 양피지에다 바쁘게 뭔가를 휘갈겨 쓰고 있었다. 하지만 그들이 들어오자 그녀는 고개를 들고 활짝 미소 지었다.

"고마워요, 아거스." 그녀가 간드러지게 말했다.

"별말씀을요, 교장 선생님. 천만의 말씀입니다." 필치가 류머티즘에 걸린 몸을 최대한 구부린 다음 뒷걸음질 쳐 나갔다.

"앉아요." 엄브리지가 간결하게 말하며 의자를 가리켰다. 해리는 그곳에 앉았다. 그녀는 잠깐 동안 뭔가를 쓰던 일을 계속했다. 해리는 엄브리지의 머리 위쪽에 걸린 접시들을 이리저리 뛰어다니는 밉살스러운 새끼 고양이 몇 마리를 지켜보면서, 그녀가 또 어떤 새로운 끔찍한 일들을 준비했을지 생각했다.

"그래, 자." 그녀가 마침내 말했다. 깃펜을 내려놓는 그녀의 표정은 유난히 먹음직스러운 파리를 막 삼키려는 두꺼비 같았다. "뭐 마실 것 줄까요?"

"네?" 해리는 자기가 잘못 들었다고 확신했다.

"마실 것 말이에요, 포터 군." 그녀가 더욱 활짝 미소 지으며 말했다. "차? 커피? 호박 주스?"

그녀는 음료 이름을 하나하나 늘어놓으며 마법 지팡이를 짧게 휘둘렀다. 그럴 때마다 책상 위에 음료가 담긴 컵이나 유리잔이 나타났다.

"아뇨, 괜찮습니다." 해리가 말했다.

"나는 포터 군이 나랑 음료를 한 잔 마셨으면 좋겠는데요." 그녀가 위험하게 느껴질 만큼 간드러지는 목소리로 말했다. "하나 골라 봐요."

"알겠어요……. 그럼 차요." 해리가 어깨를 으쓱하며 말했다.

그녀는 일어나서 그를 등진 채 여봐란듯이 차에 우유를 넣더니 불길할 만큼 다정하게 미소 지으면서 부산스럽게 책상 앞으로 나왔다.

"자." 그녀가 그에게 차를 건네며 말했다. "식기 전에 마셔요.

알았죠? 자, 포터 군…… 난 우리끼리 대화를 좀 해야겠다고 생각했어요. 어젯밤의 그 고통스러운 사건들이 있었으니 말이죠."

해리는 아무 말도 하지 않았다. 그녀는 다시 자리에 앉아 잠시 기다렸다. 침묵 속에서 긴 시간이 흐른 뒤 그녀가 밝은 목소리로 말했다. "마시질 않네요!"

해리는 잔을 입술로 들어 올렸다가, 그냥 갑자기 내렸다. 엄브리지 뒤의 끔찍한 새끼 고양이 중 한 마리가 매드아이 무디의 마법 눈과 똑같은 크고 둥근 푸른 눈을 가지고 있었는데, 그 눈을 보자 공공연한 적이 제공한 것을 마셨다는 얘기를 들으면 매드아이가 뭐라고 말할지가 문득 떠올랐던 것이다.

"왜 그러죠?" 엄브리지가 여전히 그를 지켜보며 물었다. "설탕이 필요한가요?"

"아뇨." 해리가 말했다.

그는 다시 잔을 입술로 들어 올리고 한 모금 마시는 시늉을 했다. 그러나 입은 꽉 다물고 있었다. 엄브리지의 얼굴에 미소가 더욱 활짝 번졌다.

"좋아요." 그녀가 속삭였다. "아주 좋아요. 자, 그럼……." 그녀는 몸을 약간 앞으로 숙였다. "알버스 덤블도어는 어디 있지?"

"모르겠는데요." 해리가 즉시 대답했다.

"마셔요, 마셔." 그녀가 여전히 미소 지으며 말했다. "자, 포터

군. 우리 유치한 게임은 하지 말도록 해요. 포터 군은 덤블도어가 어디로 갔는지 알고 있잖아요. 포터 군과 덤블도어는 처음부터 한통속이었으니까. 포터 군 처지를 생각해 봐요…….”

"어디 계시는지 몰라요.”

해리는 다시 차를 마시는 척했다.

"그래, 좋아요.” 엄브리지가 기분 나쁜 표정을 지으며 말했다. "그렇다면, 시리우스 블랙이 어디 있는지 알려 주면 고맙겠군요.”

해리의 속이 뒤틀렸다. 찻잔을 든 손이 떨리는 바람에 잔이 받침 접시에서 달그락거렸다. 그는 입술을 꾹 다물고 잔을 입으로 기울였다. 뜨거운 액체 몇 방울이 로브 위로 뚝뚝 흘러내렸다.

"몰라요.” 대답이 너무 빨리 나온 게 아닌가 싶었다.

"포터 군.” 엄브리지가 말했다. "10월에 그리핀도르 휴게실 벽난로에서 그 범죄자 블랙을 잡을 뻔했던 사람이 나라는 걸 생각해 봐요. 난 그자가 포터 군을 만나고 있었다는 걸 분명히 안답니다. 장담하는데, 그때 어떤 증거라도 있었다면 둘 다 지금까지 체포되지 않을 수는 없었을 거예요. 다시 말하죠, 포터 군……. 시리우스 블랙은 어디 있나요?”

"몰라요.” 해리가 큰 소리로 말했다. "짐작도 못 하겠는데요.”

그들은 너무나 오랫동안 서로를 바라보았다. 해리는 눈에 눈물이 고이는 것을 느꼈다. 그때 엄브리지가 일어섰다.

"그래, 포터. 이번에는 네 말을 믿겠지만, 경고하마. 내 뒤에는 정부의 힘이 버티고 있어. 이 학교에 드나드는 모든 의사소통 통로가 감시되고 있지. 플루 네트워크 단속반이 호그와트의 모든 벽난로를 쭉 지켜보고 있고. 물론, 내 방에 있는 건 예외지만. 내 직속 선도부가 성을 드나드는 부엉이 우편을 모두 열어서 읽어 보고 있어. 필치 씨는 성으로 통하는 모든 비밀 통로를 감시하고 있고. 조그만 증거라도 발견되면…….."

쾅!

바닥이 다 흔들렸다. 엄브리지는 의자에서 미끄러질 뻔하다가 책상을 움켜쥐고 버텼다. 충격을 받은 얼굴이었다.

"무슨……?"

그녀는 문 쪽을 응시했다. 해리는 그 기회를 틈타, 말린 꽃이 꽂혀 있는 가장 가까운 꽃병에다 잔에 가득 들어 있던 차를 쏟아부었다. 저 아래에서 사람들이 정신없이 달리며 비명을 지르는 소리가 들렸다.

"점심을 먹으러 가라, 포터!" 엄브리지가 마법 지팡이를 들어 올리고 연구실에서 달려 나가며 소리쳤다. 해리는 그녀가 몇 초 앞설 때까지 기다린 뒤, 이 모든 소동의 원인이 무엇인지 보려고 얼른 뒤쫓아 나갔다.

원인은 금방 드러났다. 바로 아래층은 그야말로 아수라장이었다. 누군가가(해리는 누구 소행인지 금방 알았지만) 마법 폭죽을 커다란 상자째로 터뜨린 것이다.

몸 전체가 녹색과 금색의 불길로 이루어진 용들이 불꽃으로 가득한 요란한 폭발음을 내면서 복도를 이리저리 날아다녔다. 지름 1.5미터의 강렬한 분홍색 회전 폭죽들이 수많은 비행접시처럼 위협적으로 공중을 쌩쌩 가르고 있었다. 꼬리에 눈부신 은빛 별들을 길게 매단 로켓들이 벽에 부딪쳐 튕겨 나왔다. 반짝이 폭죽들은 제멋대로 허공에다 욕설을 쓰고 있었으며, 불꽃 폭죽들은 해리의 사방에서 지뢰처럼 폭발했다. 이 경이로운 불꽃들은 타서 사라지거나 눈앞에서 희미해지거나 치익치익 소리를 내다가 멈추는 대신, 갈수록 에너지와 가속도를 얻는 듯했다.

필치와 엄브리지는 공포에 사로잡힌 듯한 모습으로 계단을 내려오다 말고 서 있었다. 해리가 지켜보는 가운데 커다란 폭죽 하나가 움직일 공간이 더 필요한 듯 기분 나쁜 '휘이이이이' 소리를 내고 빙빙 돌면서 엄브리지와 필치를 향해 날아갔다. 둘 다 겁을 먹고 비명을 지르며 머리를 숙였고, 폭죽은 곧장 그들 뒤의 창문 밖으로 날아가 교정을 가로질렀다. 한편, 용 몇 마리와 불길하게 연기를 피우던 커다란 보라색 박쥐는 복도 끝의 열린 문을 통해 3층으로 달아났다.

"빨리요, 필치, 서둘러!" 엄브리지가 날카롭게 소리쳤다. "뭔가 조치를 취하지 않으면 저게 학교 전체를 헤집고 다닐 거예요. 스튜페파이!"

그녀의 마법 지팡이 끝에서 붉은 빛줄기가 튀어나가 로켓 중 하나를 맞혔다. 그 로켓은 공중에서 멈추는 대신 엄청난 힘으로 터지며, 초원 한가운데에서 몹시 감상적인 표정을 짓고 있는 여자 마법사 그림에 구멍을 냈다. 간신히 도망친 마법사는 잠시 뒤 옆에 있는 그림을 비집고 들어가 다시 나타났다. 그 그림 속에서 카드 게임을 하고 있던 남자 마법사 몇 명이 얼른 일어나 그녀에게 자리를 만들어 주었다.

"기절 마법은 걸지 말아요, 필치!" 엄브리지가 마치 필치가 그 마법을 걸었다는 양 화를 내며 소리쳤다.

"알겠습니다, 교장 선생님!" 필치가 씩씩대며 말했다. 스큅인 그는 차라리 폭죽을 삼키면 모를까, 애초에 기절 마법을 걸 수가 없었다. 그는 근처 벽장으로 쏜살같이 달려가 빗자루를 꺼내더니 공중에 날아다니는 폭죽을 후려치기 시작했다. 얼마 지나지 않아 빗자루에 불이 붙었다.

이만하면 충분히 봤다고 생각한 해리는 웃음을 터뜨리며 몸을 낮게 숙이고 복도를 달려갔다. 그는 조금만 가면 태피스트리 뒤에 문이 숨겨져 있다는 사실을 알고 있었다. 그 문으로 살며시 들어가니, 문 바로 뒤에 숨어 있던 프레드와 조지가 보였다. 그들은 엄브리지와 필치의 고함 소리에 귀를 기울이면서 웃음을 참느라 부들부들 떨고 있었다.

"감동적이야." 해리가 씩 웃으며 작은 소리로 말했다. "정말 감동적이야……. 형들 때문에 필리버스터 박사 폐업하겠다. 상대도 안 되겠는걸."

"건배." 조지가 웃느라 얼굴에 줄줄 흘러내리는 눈물을 닦으며 속삭였다. "아, 다음에는 저 여자가 폭죽에 소멸 마법을 걸었으면 좋겠다. ……그럴 때마다 열 배로 늘어나거든."

폭죽은 그날 오후 계속 타오르며 학교 전체로 퍼져 나갔다. 그 폭죽들이, 특히 불꽃 폭죽들이 상당한 소동을 일으켰는데도 다른 교수들은 별로 신경 쓰지 않는 것처럼 보였다.

"이런, 이런." 맥고나걸 교수가 냉소적으로 말했다. 용 한 마리가 그녀의 교실 안을 날아다니면서 시끄러운 폭발음을 내며 불꽃을 내뿜고 있을 때였다. "브라운 양, 교장 선생님에게 달려가서 우리 교실로 도망친 폭죽이 있다고 알려 주겠니?"

결국 엄브리지 교수는 다른 교수들의 부름에 응해 학교 안을 이리저리 뛰어다니며 교장이 된 첫날 오후를 다 보내야 했다. 교수들 중 누구도 엄브리지 없이는 교실에서 폭죽을 없앨 수 없는 것 같았다. 마지막 종이 울리고 다들 가방을 챙겨 그리핀도르 탑으로 돌아갈 때, 해리는 잔뜩 헝클어진 머리에 까맣게 재를 뒤집어쓴 엄브리지가 땀이 삐질삐질 흐르는 얼굴로 플리트윅 교수의 교실에서 비틀거리며 나가는 모습을 아주 흐뭇하게 바라보았다.

"정말 고맙습니다, 교수님." 플리트윅 교수가 특유의 끽끽대는 작은 목소리로 말했다. "물론 제가 직접 반짝이 폭죽들을 없앨 수도 있지만 저한테 그럴 권한이 있는지 확실하지가 않아서요."

그는 활짝 웃으며 그녀의 사나운 얼굴 앞에서 교실 문을 닫았다.

프레드와 조지는 그날 밤 그리핀도르 휴게실의 영웅이었다. 심지어 헤르미온느조차 흥분한 아이들을 뚫고 와서 그들을 칭찬했다.

"훌륭한 불꽃놀이였어." 그녀가 감탄한 듯 말했다.

"고맙다." 조지가 놀라면서도 기쁜 얼굴로 답했다. "위즐리의 윙윙대는 도깨비불이야. 단 한 가지 문제가 있다면 우리가 가진 재고를 다 썼다는 거지. 이제 맨땅에서부터 다시 시작해야 해."

"그래도 그럴 만한 가치가 있었어." 떠들썩하게 몰려든 그리핀도르 학생들에게 주문을 받고 있던 프레드가 말했다. "대기자 명단에 이름을 올리고 싶다면 말이지, 헤르미온느, 보통 불꽃 박스는 5갈레온이고 호화판 화염은 20갈레온이야."

헤르미온느는 해리와 론이 앉아 있던 탁자로 돌아왔다. 두 사람은 숙제가 알아서 뛰쳐나와 완성되기를 바라는 것처럼 책가방을 바라보고 있었다.

"음, 하루쯤 쉬지 그래?" 헤르미온느가 밝은 목소리로 말했다. 은색 꼬리가 달린 위즐리 로켓이 창밖을 쌩 지나갔다. "어쨌거나, 금요일에 부활절 연휴가 시작되잖아. 그때 시간이 충분히 생길 거야."

"너 어디 아픈 거 아냐?" 론이 믿을 수 없다는 듯 그녀를 바라보며 물었다.

"말이 나왔으니 말인데" 하고, 헤르미온느가 기분 좋게 입을 열었다. "그거 알아? 나 약간…… *반항심이 드는 것 같아*."

한 시간 뒤 론과 함께 침실로 올라갈 때도 멀찍이서 도망친 폭죽들의 폭음이 들려왔다. 옷을 갈아입을 때 보니 반짝이 폭죽이 둥실둥실 뜬 채 탑을 지나가면서 그때까지도 결연하게 '**똥**'이라는 단어를 만들고 있었다.

해리는 하품을 하며 잠자리에 들었다. 안경을 벗자 가끔씩 창밖을 지나가는 불꽃이 흐릿해지면서 반짝거리는 구름처럼 보였다. 검은 하늘을 배경으로 한 그 모습은 아름답고 신비로웠다. 그는 엄브리지가 덤블도어의 자리를 차지한 첫날을 지낸 소감이 어떨지 궁금해하면서 옆으로 돌아누웠다. 학교가 거의 온종일 한층 더 혼란한 상황에 **빠져** 있었다는 사실을 들으면 퍼지가 어떤 반응을 보일지도 궁금했다. 해리는 혼자 미소 지으며 눈을 감았다…….

교정으로 탈출한 폭죽들이 씽씽 날아다니는 소리와 폭발음이 점점 더 멀어지는 것 같았다. 아니, 아마도 그가 폭죽들에게서 **빠**르게 멀어지는 중인지도 몰랐다…….

해리는 미스터리부로 향하는 복도에 곧장 떨어졌다. 그는 아무 장식 없는 검은 문을 향해 속도를 올렸다……. '열려……. 열려라…….'
문이 열렸다. 그는 벽을 빙 둘러 문들이 늘어서 있는 둥근 방 안에 들어와 있었다……. 그가 방을 가로질러 다 똑같이 생긴 문들 중 하나에 손을 얹자 문이 안쪽으로 휙 젖혀졌다…….
이제 그는 긴 직사각형 방 안에 있었다. 그곳은 기계가 달칵거리는 듯한 기이한 소리로 가득했다. 벽에는 불빛 조각이 일렁였지만 그는 굳이 멈춰 서서 살펴보지 않았다……. 계속 움직여야만 했다…….
반대쪽 끝에 문이 하나 있었다……. 그 문도 그의 손이 닿는 순간 열렸다…….
이번에 그는 어슴푸레하게 밝혀진 방에 들어와 있었다. 교회처럼 높고 넓은, 수도 없이 늘어선 우뚝 솟은 책꽂이로만 가득 찬 곳이었다. 책꽂이마다 먼지투성이 작은 유리섬유 구체들이 가득했다……. 이제 해리의 심장은 흥분으로 빠르게 뛰고 있었다……. 그는 어디로 가야 할지 알았다……. 그는 앞으로 달려갔지만, 그 거대하고 아무도 없는 공간에서 그의 발걸음은 아무런 소리를 내지 않았다…….
이 방에는 그가 아주 간절히 원하는 무언가가 있었다…….
그가 갖고 싶어 하는…… 혹은 다른 누군가가 원하는 무언가…….

흉터에서 통증이 느껴졌다…….

쾅!

해리는 혼란스러움과 분노를 느끼며 즉시 잠에서 깨어났다. 어두운 침실은 웃음소리로 가득했다.

"죽여준다!" 셰이머스가 소리쳤다. 창문을 배경으로 그의 윤곽이 보였다. "회전 폭죽이 로켓에 맞은 것 같아. 둘이 합체한 것 같다고. 와서 봐!"

해리는 론과 딘이 그 광경을 더 잘 보려고 허둥지둥 침대 밖으로 나가는 소리를 들었다. 그는 흉터의 통증이 가라앉고 실망감이 온몸을 휩쓰는 가운데 말없이 그저 가만히 누워 있었다. 누가 결정적인 순간에 멋진 선물을 빼앗아 간 것 같은 기분이었다……. 아주 가까이 갔었는데.

반짝이는 분홍색과 은색의 날개 달린 새끼 돼지들이 그리핀도르 탑의 창문들 앞을 날아가고 있었다. 해리는 침대에 누워 아래층 침실에서 그리핀도르 학생들이 내지르는 감탄 어린 환호성에 귀를 기울였다. 다음 날 저녁에 오클루먼시 수업이 있다는 사실을 떠올리자 속이 메스꺼워졌다.

다음 날 해리는 지난밤 꿈속에서 자신이 미스터리부 더 깊숙한 곳까지 들어갔다는 걸 알면 스네이프가 뭐라고 말할지 두려워하면서 온종일을 보냈다. 죄책감이 솟구치면서 지난번 수업 이후로는 단 한 번도 오클루먼시를 연습하지 않았다는 사실도 떠올랐다. 덤블도어가 떠난 뒤로 너무 많은 일이 벌어졌기에 시도를 했더라도 마음을 비울 수 없었을 게 뻔했지만, 스네이프가 그 변명을 들어줄지 의심스러웠다.

해리는 그날 다른 수업들을 들으며 벼락치기로 오클루먼시를 조금 연습했지만 별 소용은 없었다. 그가 모든 생각과 감정을 몰아내려고 입을 다물 때마다 헤르미온느가 끊임없이 왜 그러느냐고 물었던 것이다. 하긴, 교수들이 학생들에게 시험공부에 대한 질문을 쏟아 내는 시간이 머리를 비울 최고의 순간일 수는 없었다.

그는 저녁 식사를 마친 뒤 최악의 사태를 각오하고 스네이프의 연구실로 향했다. 현관홀을 걸어가고 있을 때 초가 다급히 다가왔다.

"이쪽으로 와." 해리는 스네이프와의 만남을 미룰 이유가 생긴 것을 기뻐하면서, 커다란 모래시계들이 서 있는 현관홀 구석으로 그녀를 손짓해 불렀다. 그리핀도르의 모래시계는 이제 거의 비어 있었다. "괜찮아? 엄브리지가 D.A. 얘기를 물어보진 않았어?"

"아아, 아니야." 초가 얼른 답했다. "아냐, 그냥…… 음, 그냥 말하고 싶었어……. 해리, 나는 매리에타가 일러바칠 거라고는 꿈에도……."

"그래, 뭐." 해리가 침울하게 말했다. 그는 안 그래도 초가 친구들을 좀 더 신중하게 선택했더라면 좋았을 거라고 생각했다. 최근에 듣기로 매리에타는 아직도 병동에 있으며, 폼프리 선생은 그녀의 여드름을 조금도 나아지게 만들지 못하고 있다고 했다. 그것이 해리에게는 작은 위안이었다.

"사실 걘 좋은 애야." 초가 말했다. "그냥 실수했을 뿐이야……."

해리는 어이가 없다는 듯 그녀를 바라보았다.

"좋은 애가 실수를 한 거라고? 걔는 우리를 팔아넘겼어. 너까지 팔아넘길 거라고!"

"음…… 그래도 우리 모두 빠져나왔잖아?" 초가 달래듯 말했다. "그 애 엄마가 정부에서 일하시잖아. 걔한테는 정말 어려운……."

"론의 아빠도 정부에서 일하셔!" 해리가 화를 내며 말했다. "그리고 네가 아직 눈치 못 챘을까 봐 하는 말인데, 론은 자기 얼굴에 '고자질쟁이'라고 쓰일 행동을 하지 않……."

"헤르미온느 그레인저의 장난은 정말 끔찍했어." 초가 사납게 말했다. "그 명단에 저주를 걸었다는 얘기를 해 줬어야……."

"난 아주 기발한 생각이었다고 봐." 해리가 차갑게 말했다. 초는 얼굴을 붉혔다. 그녀의 눈이 더욱 번뜩였다.

"아 그래, 내가 잊어버렸네. 당연히 그렇겠지, 사랑하는 헤르미온느의 생각인데……."

"또 울 생각 하지 마." 해리가 경고하듯 말했다.

"울려던 거 아냐!" 그녀가 소리쳤다.

"그럼…… 뭐…… 다행이고." 그가 말했다. "난 지금 이 문제 말고도 처리할 게 너무 많단 말이야."

"그럼 가서 처리해!" 초는 화를 내고 홱 돌아 성큼성큼 가 버렸다.

해리는 머리에서 김을 뿜으며 스네이프의 지하 감옥 교실을 향해 계단을 내려갔다. 화나고 분노한 상태에서는 스네이프가 정신에 훨씬 쉽게 침투한다는 사실을 경험을 통해 알았지만, 지하 감옥 문 앞에 도착할 때까지도 초에게 매리에타 얘기를 좀 더 했어야 했다는 생각만 들었다.

"늦었군, 포터." 해리가 들어와서 문을 닫자 스네이프가 차갑게 말했다.

스네이프는 해리를 등지고 서서 평소처럼 생각 몇 가지를 끄집어내 조심스럽게 덤블도어의 펜시브에 담고 있었다. 그는 마지막 은빛 가닥을 돌 대야에 집어넣고 돌아서서 해리를 마주 보았다.

"그래서……." 그가 말했다. "연습은 했나?"

"네." 해리는 스네이프의 책상 다리 하나를 골똘히 바라보며 거짓말을 했다.

"뭐, 그건 곧 알게 되겠지." 스네이프가 능글맞게 말했다. "마법 지팡이 꺼내라, 포터."

해리는 평소의 자리로 가서 책상을 사이에 두고 스네이프를 마주 보았다. 그의 심장이 초를 향한 분노와, 스네이프가 그의 정신에서 얼마나 많은 것을 뽑아낼지에 대한 불안으로 빠르게 뛰고 있었다.

"그럼 셋을 세겠다." 스네이프가 느릿느릿 말했다. "하나, 둘……."

그때 스네이프의 연구실 문이 벌컥 열리고 드레이코 말포이가 다급히 들어왔다.

"스네이프 교수님, 아, 죄송합니다……."

말포이는 약간 놀란 눈으로 스네이프와 해리를 번갈아 보았다.

"괜찮다, 드레이코." 스네이프가 마법 지팡이를 내리며 말했다. "포터는 마법약 보충수업을 받으러 여기 와 있는 거다."

해리는 엄브리지가 해그리드의 수업을 참관했을 때 이후로 말포이가 그토록 고소해하는 표정을 짓는 것을 본 적이 없었다.

"그랬군요." 그가 해리를 향해 심술궂게 웃으며 말했다. 해리는 얼굴이 달아오르는 것을 느꼈다. 말포이에게 진실을 외칠 수만 있다면, 아니 그에게 적당한 저주를 명중시킬 수만 있다면 어떤 대가를 치러도 아깝지 않을 것 같았다.

"그래, 드레이코. 무슨 일이지?" 스네이프가 물었다.

"엄브리지 교수님 일입니다, 교수님. 교수님의 도움이 필요하다고 하시는데요." 말포이가 말했다. "몬태규가 발견됐습니다. 5층

화장실 변기에 처박힌 채로요."

"어쩌다 거기 들어간 거지?" 스네이프가 물었다.

"모르겠습니다, 교수님. 몬태규가 약간 혼란스러워해서요."

"그래, 잘 알겠다. 포터." 스네이프가 말했다. "이 수업은 내일 저녁에 다시 시작해야겠군."

그는 몸을 돌려 연구실에서 나가 버렸다. 말포이가 스네이프를 따라가기 전 그의 등 뒤에서 입 모양으로 "마법약 보충수업?"이라고 말했다.

해리는 속이 부글부글 끓는 것을 느끼며 마법 지팡이를 다시 로브 안에 집어넣고 방을 나서려 했다. 최소한 스물네 시간 동안 연습할 기회가 생긴 것이다. 그는 가까스로 빠져나온 것을 감사하게 여겨야 한다는 사실을 알고 있었다. 물론 말포이가 전교생에게 해리가 마법약 보충수업을 받아야 한다는 얘기를 떠벌리고 다닐 생각을 하면 그러기 어려웠지만.

그것이 보인 건 연구실 문 앞에 다다랐을 때였다. 문턱 위에 은은한 빛줄기가 어른거리고 있었다. 그는 멈춰 서서 그 광경을 바라보았다. 뭔가가 떠오르는가 싶더니…… 기억났다. 그것은 지난밤 꿈에서 본 불빛들과 조금 비슷했다. 그가 미스터리부로 향할 때 두 번째로 지나친 방에서 봤던 그 빛이었다.

그는 뒤로 돌아섰다. 그 빛은 스네이프의 책상에 놓인 펜시브에서 흘러나오고 있었다. 은백색 물질이 그 안에서 소용돌이쳤다. 스네이프의 생각들…… 해리가 우연히 방어를 뚫고 들어갔을 때 스네이프가 보여 주기 싫어한 것들…….

해리는 펜시브를 뚫어지게 바라보았다. 마음속에 호기심이 차올랐다……. 스네이프는 해리에게서 뭘 그렇게 감추고 싶어 했던 걸까?

벽에 은색 빛이 아른거렸다……. 해리는 열심히 머리를 굴리며 책상 쪽으로 두 걸음 다가갔다. 스네이프가 반드시 지키려던 게 혹시 미스터리부에 관한 정보인 건 아닐까?

해리는 어깨 너머를 돌아보았다. 이제는 심장이 어느 때보다도 격렬하게 뛰고 있었다. 스네이프가 몬태규를 변기에서 구해 주기까지 얼마나 걸릴까? 그 이후 스네이프는 연구실로 곧장 돌아올까, 아니면 몬태규를 데리고 병동으로 갈까? 당연히 병동으로 가겠지……. 몬태규는 슬리데린 퀴디치 팀 주장이었으니 스네이프는 그가 괜찮은지 확인하고 싶어 할 것이다.

해리는 펜시브가 있는 곳까지 마저 걸어가 그 앞에 서서 안을 들여다보았다. 그는 바깥을 향해 귀를 기울이며 잠깐 망설이다가 다시 마법 지팡이를 꺼냈다. 연구실과 그 바깥의 복도는 완전히 고요했다. 그는 마법 지팡이 끝으로 펜시브의 내용물을 살짝 찔렀다.

펜시브 안의 은빛 물질이 아주 빠르게 소용돌이치기 시작했다.

해리는 그 위로 몸을 기울이고 내용물이 점점 투명해지는 모습을 바라보았다. 그는 또다시 천장에 난 둥근 창문을 통해 어떤 방을 내려다보고 있었다……. 사실, 그가 착각한 게 아니라면 대연회장을 내려다보고 있었다.

그의 숨결이 실제로 스네이프의 생각 표면을 흐렸다. 머릿속이 이러지도 저러지도 못하는 상태에 놓여 있는 것 같았다. 그토록 강력한 유혹에 이끌리다니, 이건 미친 짓이었다……. 그는 떨고 있었다……. 스네이프가 당장에라도 돌아올 수 있었다. 하지만 초의 분노와 말포이의 비웃는 얼굴을 떠올리자 무모한 대담함이 그를 사로잡았다.

그는 숨을 크게 한 번 삼키고 스네이프의 생각 속에 얼굴을 담갔다. 그 순간 연구실 바닥이 출렁하면서 해리는 펜시브 안으로 머리부터 기울어졌다.

그는 격렬하게 빙글빙글 돌면서 싸늘한 암흑 속으로 떨어졌다. 잠시 후……

그는 대연회장 한가운데 서 있었지만, 네 개의 기숙사 식탁은 보이지 않았다. 대신 더 작은 책상이 100개가 넘게 놓여 있었다. 그것들은 모두 같은 방향을 향해 줄지어 있었고, 책상마다 학생 한 명이 앉아 고개를 바짝 숙이고 양피지 두루마리에 뭔가를 휘갈겨 쓰고 있었다. 깃펜 긁적이는 소리와 이따금씩 누군가가 양피지를 부스럭대는 소리만 들려올 뿐이었다. 시험 시간이 분명했다.

높은 창문을 통해 쏟아져 들어온 햇빛이 고개를 숙이고 있는 학생들을 비췄다. 환한 빛을 받은 학생들의 머리가 밤색과 구리색, 황금색으로 빛났다. 해리는 조심스럽게 주위를 둘러보았다. 스네이프가 이곳 어딘가에 있을 게 틀림없었다. 이건 그의 기억이니까…….

그리고 그곳, 해리 바로 뒤의 책상에 그가 있었다. 해리는 그를 뚫어지게 바라보았다. 10대 소년 스네이프는 마치 어둠 속에서 키운 식물처럼 지저분하고 창백했다. 그의 기름진 머리카락은 축 처진 채 책상에 늘어져 있었고, 매부리코는 뭔가를 적고 있는 양피지 위에서 1센티미터도 떨어져 있지 않았다. 해리는 스네이프 뒤로 돌아가 시험지 제목을 읽어 보았다. **어둠의 마법 방어법: 보통 마법사 등급.**

그러니까 스네이프는 지금의 해리와 비슷한 나이인 15세 또는 16세가 틀림없었다. 그의 손이 양피지 위를 날아다녔다. 그의 답안은 주위에 앉아 있는 학생들 것보다 적어도 30센티미터는 더 길었으며 글씨도 아주 작고 다닥다닥 붙어 있었다.

"앞으로 5분!"

그 목소리에 해리는 깜짝 놀랐다. 몸을 돌리니 플리트윅 교수의 정수리가 조금 떨어진 책상들 사이를 움직이는 것이 보였다. 그는 헝클어진 검은색 머리카락 남학생 옆을 지나고 있었다……. 심하게 헝클어진 검은 머리카락…….

해리는 홱 움직였다. 어찌나 빠르게 움직였는지, 그가 그곳에 실제로 존재했다면 책상들을 다 뒤집어엎을 뻔했다. 하지만 그는 마치 꿈속에서처럼 책상 줄 두 개를 그냥 가로질러 세 번째 줄까지 갔다. 검은 머리 남학생의 뒤통수가 점점 가까워졌다……. 소년은 이제 허리를 펴면서 깃펜을 내려놓고, 자기가 쓴 것을 다시 읽으려는 듯 양피지 두루마리를 잡아당기고 있었다…….

해리는 책상 앞에 서서 15세의 아버지를 내려다보았다.

가슴 깊숙한 곳에서 흥분이 솟구쳤다. 마치 일부러 다르게 그린 자기 자신을 바라보는 것 같았다. 제임스의 눈은 옅은 갈색이었고, 코는 해리보다 약간 길었으며, 이마에는 흉터가 없었다. 그러나 두 사람은 똑같이 홀쭉한 얼굴과 똑같이 생긴 입, 똑같이 생긴 눈썹을 가지고 있었다. 제임스의 머리카락은 해리처럼 뒤통수에 납작 달라붙어 있었고, 손도 해리의 손과 똑같았다. 제임스가 일어섰을 때, 해리는 둘의 키가 2센티미터도 차이 나지 않으리라는 것을 알았다.

제임스가 쩍 하품을 하더니 머리카락을 헝클어뜨려 더욱 어수선하게 만들었다. 이윽고 그는 플리트윅 교수를 힐끗 보고, 앉은 채로 몸을 돌려 네 자리 뒤에 앉아 있는 남학생을 향해 씩 웃었다.

해리는 또 한 번 흥분 어린 충격을 느끼며, 시리우스가 제임스에게 양쪽 엄지손가락을 들어 올리는 모습을 보았다. 시리우스는 의자 다리 두 개로만 버티고 몸을 뒤로 기울인 채 느긋하게 앉아 있었다. 그는 너무나 근사한 외모를 가지고 있었다. 검은색 머리카락은 제임스나 해리에게는 결코 불가능한 태평스러운 우아함을 풍기며 눈가로 흘러내렸다. 시리우스는 알아차리지 못하는 듯했지만, 그의 뒤에 앉아 있는 여학생이 희망에 부풀어 그에게 눈독을 들이고 있었다. 이 여학생에게서 두 자리 떨어진 곳에는(해리의 가슴이 다시 한 번 기쁨으로 두근거렸다) 리머스 루핀이 있었다. 조금 창백하고 아픈 것처럼 보이는 그는(보름이 다가오고 있었을까?) 시험에 열중해 있었다. 그는 얼굴을 살짝 찌푸린 채 깃펜 끝으로 턱을 긁으며 답안을 다시 읽어 보는 중이었다.

그렇다면 여기 어딘가에 웜테일도 있을 거라는 얘긴데…… 아니나 다를까, 해리는 몇 초 지나지 않아 그를 발견했다. 작은 몸집에 칙칙한 갈색 머리카락, 뾰족한 코를 가진 소년. 웜테일은 초조한 듯 손톱을 물어뜯고 발끝으로 바닥을 질질 끌면서 시험지를 내려다보고 있었다. 이따금씩 기대감에 찬 눈으로 옆자리 학생의 시험지를 흘끔거리기도 했다. 해리는 잠깐 동안 웜테일을 응시하다가, 이제 양피지에다 뭔가를 끼적거리고 있는 제임스에게로 다시 눈을 돌렸다. 그는 이미 스니치 하나를 그려 놓고, 지금은 'L.E.'라는 글자를 쓴 다음 그 위에 덧그리고 있었다. 무슨 뜻일까?

"깃펜 내려놓으세요!" 플리트윅 교수가 높은 소리로 외쳤다. "너도 마찬가지야, 스테빈스! 내가 양피지를 걷어 가는 동안 가만히 앉아 있는 거예요. 아씨오!"

100개가 넘는 양피지 두루마리가 공중으로 붕 날아올라 양팔을 벌린 플리트윅 교수의 품 안으로 들어갔다. 그 바람에 플리트윅 교수는 뒤로 벌렁 넘어지고 말았다. 학생 몇몇이 웃음을 터뜨렸다. 앞자리에 앉았던 학생 두어 명이 일어나 플리트윅 교수의 팔을 잡고 다시 일으켜 세워 주었다.

"고맙다…… 고마워." 플리트윅 교수가 헐떡거렸다. "좋아요. 다들, 가도 돼요!"

해리는 아버지를 내려다보았다. 그는 장식을 넣어 덧그리던 'L.E.'를 얼른 지운 뒤 벌떡 일어나 깃펜과 시험지를 가방에 넣었다. 그러고는 가방을 등에 메고 시리우스를 기다렸다.

해리는 주위를 둘러보다가 조금 떨어진 곳에 있는 스네이프를 힐끗 바라보았다. 그는 여전히 시험지를 열심히 들여다보며 현관 홀로 나가는 문을 향해 책상들 사이를 걸어가고 있었다. 앙상한 어깨는 구부정했고, 움찔거리는 걸음걸이는 거미를 연상시켰으며, 기름진 머리카락은 얼굴 양옆에서 가볍게 흔들리고 있었다.

재잘거리는 여학생 무리가 스네이프와 제임스, 시리우스, 루핀 사이로 지나갔다. 해리는 여학생들 사이에 끼어서, 제임스와 친구들의 목소리에 귀를 기울이는 동시에 스네이프를 시야 안에 둘 수 있었다.

"10번 문제 마음에 들었냐, 무니?" 시리우스가 현관홀로 나가면서 물었다.

"당연하지." 루핀이 활기차게 말했다. "'늑대인간을 알아볼 수 있는 다섯 가지 특징을 쓰시오.' 훌륭한 문제였어."

"모든 특징을 써낸 것 같아?" 제임스가 짐짓 걱정하는 척 물었다.

"그럴걸." 루핀이 진지하게 말했다. 그들은 한시라도 빨리 햇볕 드는 교정으로 나가고 싶은 마음에 현관 주위에 모여 있는 학생들 틈에 끼었다. "첫째, 내 의자에 앉아 있다. 둘째, 내 옷을 입고 있다. 셋째, 이름은 리머스 루핀이다."

웃지 않는 건 웜테일뿐이었다.

"난 주둥이 모양이랑 동공이랑 털이 촘촘한 꼬리는 맞혔어." 그가 불안한 듯 말했다. "하지만 다른 건 생각나지 않······."

"너 왜 그렇게 멍청하냐, 웜테일?" 제임스가 못 참겠다는 듯 말했다. "한 달에 한 번씩 늑대인간이랑 쏘다니면서······."

"목소리 낮춰." 루핀이 절박하게 말했다.

해리는 초조하게 다시 뒤를 돌아보았다. 스네이프는 여전히 시험문제에 집중한 채 가까운 곳에 있었다. 하지만 이건 스네이프의 기억이었다. 스네이프가 교정으로 나가서 다른 방향으로 가면 그는, 해리는 더 이상 제임스를 따라갈 수 없을 게 뻔했다. 그러나 무척 다행스럽게도 제임스와 그의 세 친구가 호수를 향해 성큼성큼 잔디밭을 걸어가자 스네이프도 그들을 뒤따랐다. 여전히 시험지에 정신이 팔린 모습이, 자신이 어디로 가고 있는지에는 별 관심이 없어 보였다. 해리는 스네이프보다 조금 앞서 가면서 가까스로 제임스와 다른 사람들을 계속 유심히 지켜보았다.

"뭐, 난 이번 시험이 식은 죽 먹기였던 것 같은데." 시리우스의 목소리가 들렸다. "내가 적어도 '출중함'을 못 받으면 놀랄 일이지."

"나도." 제임스가 말했다. 그는 주머니에 손을 넣어 몸부림치는 골든 스니치를 꺼냈다.

"그건 어디서 났어?"

"훔쳤어." 제임스가 태평스럽게 말했다. 그는 스니치를 30센티미터쯤 날아가게 두었다가 다시 낚아채면서 갖고 놀기 시작했다. 뛰어난 반사 신경이었다. 웜테일이 경탄 어린 눈으로 그 모습을 지켜보았다.

그들은 해리, 론, 헤르미온느가 어느 일요일에 숙제를 마무리하며 하루를 보냈던 호숫가의 너도밤나무 그늘에서 멈추더니 잔디밭에 털썩 주저앉았다. 해리는 다시 한 번 어깨 너머를 돌아보았다. 다행히 스네이프가 잔디밭 위 빽빽한 덤불 그림자 속에 자리를 잡은 것이 보였다. 그는 O.W.L. 시험지에 더욱 깊이 몰두해 있었는데, 덕분에 해리는 너도밤나무와 덤불 사이에 앉아 마음 놓고 나무 아래의 네 사람을 지켜볼 수 있었다. 햇빛은 호수의 매끄러운 표면 위에서 눈부시게 빛났다. 방금 대연회장에서 나온 여학생들이 호숫가에 앉아 신발과 양말을 벗고 물속에 발을 넣어 식히며 깔깔대며 웃고 있었다.

루핀은 책을 꺼내 읽고 있었다. 시리우스는 조금 도도하고 지루해 보이면서도 굉장히 잘생긴 얼굴로 주위를 두리번거리다가, 잔디밭을 서성대는 학생들을 둘러보았다. 제임스는 아직도 스니치를 갖고 놀고 있었다. 그는 그것이 점점 더 멀리 날아가게 뒀다가 항상 거의 도망치기 직전에 잡아챘다. 웜테일은 입을 벌린 채 그런 그를 바라보고 있었다. 제임스가 유난히 아슬아슬하게 잡을 때마다 웜테일은 숨을 들이켜고 박수를 쳤다. 이런 일이 5분 동안 계속되자 해리는 제임스가 왜 웜테일에게 그만 좀 하라고 말하지 않는지 궁금해졌지만, 제임스는 그런 관심을 즐기는 것처럼 보였다. 해리는 자기 아버지에게 머리가 너무 단정해지지 않도록 계속 헝클어뜨리는 습관이 있다는 것을 눈치챘다. 제임스는 또한 호숫가의 여학생들 쪽을 계속 건너다보기도 했다.

"그것 좀 치워." 마침내 시리우스가 말했다. 제임스가 멋지게 스니치를 잡고 웜테일이 탄성을 내질렀을 때였다. "계속 그러다간 웜테일이 흥분해서 오줌을 지릴걸."

웜테일은 얼굴을 약간 붉혔지만 제임스는 씩 웃었다.

"네가 신경 쓰인다면야." 제임스는 그렇게 말하고 스니치를 다시 주머니에 쑤셔 넣었다. 해리는 분명 시리우스가 제임스의 잘난 척을 멈출 수 있는 유일한 사람이라는 느낌을 받았다.

"심심해." 시리우스가 말했다. "보름달이 떴으면 좋겠다."

"좋기는." 루핀이 책 뒤에서 음침하게 말했다. "아직 변환 마법 시험이 남아 있잖아. 심심하면 나한테 문제나 내줘. 자……." 그가 책을 내밀었다.

하지만 시리우스는 코웃음을 쳤다. "난 그 쓰레기를 볼 필요가 없어. 전부 안단 말이야."

"저걸 보면 네 기분이 좋아질 거야, 패드풋." 제임스가 조용히 말했다. "누가 있는지 봐……."

시리우스의 머리가 돌아갔다. 그는 막 토끼 냄새를 맡은 사냥개처럼 아주 조용해졌다.

"좋은데." 그가 작은 소리로 말했다. "콧물루스잖아."

해리는 시리우스가 뭘 보는지 보려고 고개를 돌렸다.

스네이프가 바닥에서 일어나 O.W.L. 시험지를 가방에 집어넣고 있었다. 그가 덤불 그림자에서 나가 잔디밭을 가로지르기 시작하자 시리우스와 제임스가 일어섰다.

루핀과 웜테일은 계속 앉아 있었다. 루핀은 여전히 책을 내려다보고 있으면서도 눈은 한곳에 박힌 채 움직이지 않았고, 얼굴을 찌푸린 탓에 미간에 희미한 주름이 잡혀 있었다. 웜테일은 시리우스와 제임스에게서 스네이프에게로 눈길을 돌렸다. 그의 얼굴에 탐욕스러운 기대감이 떠올랐다.

"좀 어때, 콧물루스?" 제임스가 큰 소리로 물었다.

스네이프는 아주 빠르게 반응했다. 마치 공격을 예상하고 있었던 듯했다. 가방을 떨어뜨린 그가 로브 안으로 손을 집어넣고 마법 지팡이를 반쯤 꺼낸 순간 제임스가 소리쳤다. "엑스펠리아르무스!"

스네이프의 마법 지팡이가 공중으로 3미터 넘게 날아올랐다가 조그맣게 털썩 소리를 내며 뒤쪽 잔디밭에 떨어졌다. 시리우스가 거칠게 웃음을 터뜨렸다.

"임페디멘타!" 시리우스가 자기 마법 지팡이로 스네이프를 겨누며 외쳤다. 스네이프는 바닥에 떨어진 마법 지팡이를 집으려다가 넘어졌다.

주위 학생들이 고개를 돌려 그런 그들을 지켜보았다. 그중 몇몇은 자리에서 일어나 가까이 다가왔다. 어떤 아이들은 걱정스러운 표정이었지만 또 어떤 아이들은 즐거워하고 있었다.

스네이프는 바닥에 누운 채 헐떡였다. 제임스와 시리우스가 마법 지팡이를 치켜들고 그에게 다가갔다. 제임스는 걸어가면서도 호숫가에 있는 여학생들을 어깨 너머로 흘낏거렸다. 이제는 웜테일도 바닥에서 일어나 탐욕스러운 눈으로 좀 더 똑똑히 보려고 루핀이 앉은 자리 주위를 왔다 갔다 했다.

"시험은 어땠어, 코찔찔이?" 제임스가 물었다.

"내가 보니까 양피지에 코가 닿아 있더라." 시리우스가 심술궂게 말했다. "시험지에 기름 자국이 가득할 거야. 한 글자도 못 알아볼걸."

지켜보던 몇몇 사람이 웃었다. 스네이프는 인기가 없는 게 확실했다. 웜테일이 높은 소리로 낄낄거렸다. 스네이프는 일어나려고 애썼지만 여전히 저주가 작동하고 있었다. 그는 보이지 않는 밧줄에 묶인 것처럼 몸부림쳤다.

"너, 두고 봐." 스네이프가 순수한 증오가 어린 표정으로 제임스를 올려다보며 헐떡였다. "두고 보라고!"

"뭘 두고 봐?" 시리우스가 싸늘하게 말했다. "뭘 어쩔 건데, 코찔찔아. 우리한테 코라도 닦을 거냐?"

스네이프가 욕과 공격 주문이 섞인 말들을 줄줄 쏟아 냈지만, 그의 마법 지팡이는 3미터 떨어진 곳에 있었으므로 아무 일도 일어나지 않았다.

"입 좀 씻고 다녀." 제임스가 차갑게 말했다. "*스코지파이!*"

곧바로 스네이프의 입에서 분홍색 비누거품이 흘러나왔다. 거품이 그의 입술을 뒤덮자 스네이프는 목이 막혀서 구역질을 했…….

"걔 좀 **내버려** 둬!"

제임스와 시리우스가 뒤돌아보았다. 지팡이를 쥐지 않은 제임스의 손이 그 즉시 머리카락 쪽으로 뻗었다.

소리친 사람은 호숫가에 있던 여학생들 중 한 명이었다. 그녀는 어깨까지 내려오는 숱 많은 짙은 빨간색 머리카락에 놀랄 만큼 선명한 초록색을 띤 아몬드 모양의 눈, 즉 해리의 눈을 갖고 있었다.

해리의 어머니였다.

"잘 있었어, 에번스?" 제임스가 말했다. 목소리 톤이 갑자기 유쾌하고 깊고 어른스러워졌다.

"걔 좀 내버려 두라고." 릴리가 되풀이했다. 그녀는 혐오감을 가득 담은 얼굴로 제임스를 바라보았다. "걔가 너한테 뭘 어쨌다고 그래?"

"뭐……." 제임스는 곰곰이 생각하는 척하더니 말했다. "존재 자체가 문제지. 굳이 말하자면……."

시리우스와 웜테일을 비롯해 주위에 있는 학생들이 웃음을 터뜨렸지만 루핀은 여전히 책에 몰두해 있는 듯 웃지 않았고, 릴리도 마찬가지였다.

"넌 네가 재미있는 줄 알지." 그녀가 차갑게 말했다. "하지만 넌 그냥 오만하고 남을 괴롭히는 치사한 녀석일 뿐이야, 포터. 걔 가만히 놔둬."

"나랑 데이트해 주면 그렇게, 에번스." 제임스가 재빨리 말했다. "자…… 나랑 사귀면, 다시는 우리 콧물루스한테 마법 지팡이를 휘두르지 않을게."

그의 뒤에서는 방해 마법이 효력을 다해 가고 있었다. 스네이프는 비누거품을 뱉어 내며, 땅에 떨어진 마법 지팡이를 향해 천천히 기어가기 시작했다.

"너랑 대왕오징어 둘 중에서 골라야 한대도 너랑 사귀지는 않을 거야." 릴리가 말했다.

"안됐다, 프롱스." 시리우스가 활기차게 말하더니 스네이프에게 돌아섰다. "야!"

하지만 너무 늦었다. 스네이프가 마법 지팡이로 제임스를 곧장 겨눴다. 빛이 번뜩이고, 제임스의 얼굴 한쪽에 깊은 상처가 나면서 그의 로브에 피가 튀었다. 제임스는 홱 돌아섰다. 두 번째로 빛이 번뜩인 순간 스네이프는 뒤집힌 채 공중에 둥둥 떠 있었다. 로브가 그의 머리로 흘러내리면서 깡마르고 허여멀건 다리와 때 묻은 속옷을 드러냈다.

모여서 있던 아이들이 환호했다. 시리우스와 제임스, 웜테일은 웃음을 터뜨렸다.

릴리가 화를 내면서도 한순간 웃을 것처럼 얼굴을 씰룩거리더니 소리쳤다. "내려놔!"

"여부가 있겠습니까." 제임스가 말하더니 마법 지팡이를 치켜올렸다. 스네이프는 바닥에 떨어져 널브러졌다. 그는 몸을 휘감은 로브를 헤치고 재빨리 일어나 마법 지팡이를 들어 올렸지만 시리우스가 "페트리피쿠스 토탈루스!"라고 내뱉자 널빤지처럼 뻣뻣해지더니 다시 한 번 바닥에 쓰러졌다.

"가만히 두라고!" 릴리가 소리쳤다. 그녀는 이제 자기 마법 지팡이를 꺼내 들고 있었다. 제임스와 시리우스는 피곤하다는 듯 그 모습을 경계하며 바라보았다.

"아, 에번스. 이러면 너한테 공격 마법을 쓸 수밖에 없어." 제임스가 간절하게 말했다.

"그럼 어서 저주를 풀어 줘!"

제임스는 깊이 한숨을 내쉰 다음 스네이프에게 돌아서서 저주 해제 마법을 중얼거렸다.

"자, 됐지." 스네이프가 힘겹게 일어서자 제임스가 말했다. "에번스가 여기 있었던 걸 행운으로 알아, 콧물루스."

"저런 더러운 머드블러드의 도움 따위 필요 없어!"

릴리가 눈을 깜빡였다.

"좋아." 그녀가 싸늘하게 말했다. "다음에는 상관하지 않을게. 그리고 내가 너라면 속옷을 빨아 입고 다닐 거야, 콧물루스."

"에번스한테 사과해!" 제임스가 스네이프에게 소리쳤다. 그는 마법 지팡이를 위협적으로 스네이프에게 겨눴다.

"너는 쟤한테 사과하라고 말할 자격 없어." 릴리가 제임스를 돌아보며 소리쳤다. "너도 쟤만큼 나빠."

"뭐?" 제임스가 소리쳤다. "나는 **한 번도** 너를…… 너도 알잖아, 그렇게 부른 적 없어!"

"멋있어 보이려는 생각에 방금 빗자루에서 내린 것처럼 머리를 헝클어뜨리고, 그 멍청한 스니치로 뽐내기나 하고, 공격 마법을 걸 줄 안다고 복도를 걸어 다니면서 눈에 거슬리는 애들을 건드리기나 하고, 그렇게 자만심으로 꽉 찬 너를 태우고 빗자루가 땅에서 날아오를 수 있다는 게 놀랍다. 너 정말 **역겨워**."

그녀는 홱 돌아서 빠르게 가 버렸다.

"에번스!" 제임스가 그녀의 뒤에 대고 소리쳤다. "야, **에번스!**"

하지만 그녀는 돌아보지 않았다.

"쟤 왜 저런대?" 제임스는 전혀 궁금하지 않은 척 툭 내뱉듯이 말했지만 전혀 그렇게 들리지 않았다.

"행간을 읽자면 쟤는 네가 약간 우쭐댄다고 생각하는 것 같다, 친구." 시리우스가 말했다.

"아, 그래." 제임스가 말했다. 이제는 화가 치밀어 오르는 표정이었다. "그래……."

또 한 번 빛이 번뜩이더니 스네이프가 다시 공중에 거꾸로 매달렸다.

"내가 코찔찔이 팬티 벗기는 거 보고 싶은 사람?"

하지만 제임스가 정말로 스네이프의 팬티를 벗겼는지 해리는 영영 알아내지 못했다. 어떤 손이 펜치로 조이듯 그의 팔을 꽉 움켜잡았던 것이다. 해리는 움찔하며 누가 그의 팔을 붙잡았는지 뒤돌아보았다. 그리고 소름 끼치는 공포를 느끼며, 다 자라서 성인이 된 스네이프가 분노로 하얗게 질린 채 바로 옆에 서 있는 모습을 보았다.

"재미있나?"

해리는 몸이 공중으로 떠오르는 것을 느꼈다. 주위를 둘러싸고 있던 여름날이 증발했다. 그는 얼음장 같은 암흑을 뚫고 위로 떠오르고 있었다. 스네이프의 손이 여전히 그의 팔을 움켜쥐고 있었다. 그러다가, 공중에서 거꾸로 뒤집힌 것 같은 느낌이 들더니 발이 스네이프의 지하 감옥 바닥에 부딪혔다. 그는 다시 한 번 스네이프의 어두운 연구실 안, 현재의 마법약 교수의 책상에 놓인 펜시브 앞에 서 있었다.

"그래……." 스네이프가 입을 열었다. 그가 팔을 너무 세게 움켜쥐고 있어서 해리는 손이 얼얼할 지경이었다. "*그래……* 재미있었나, 포터?"

"아, 아뇨." 해리가 팔을 빼내려고 애쓰며 말했다.

무서웠다. 스네이프는 하얗게 질린 얼굴로 이를 드러낸 채 입술을 떨고 있었다.

"네 아버지는 재미있는 사람이었지. 안 그러냐?" 스네이프가 해리를 어찌나 세게 흔들었는지 안경이 코를 타고 미끄러질 정도였다.

"아뇨…… 저는…….."

스네이프는 온 힘을 다해 해리를 밀쳤다. 해리는 지하 감옥 바닥에 거칠게 넘어졌다.

"네가 본 것을 누구에게도 말하지 마라!" 스네이프가 소리쳤다.

"네." 해리가 되도록 스네이프에게서 멀리 떨어진 곳에서 몸을 일으키며 말했다. "네, 저는 당연히……."

"나가라, 나가. 다시는 이 연구실에서 너를 보고 싶지 않다!"

해리가 문으로 돌진하는데 죽은 바퀴벌레들이 담긴 유리병이 그의 머리 위에서 터졌다. 그는 문을 열고 복도를 쏜살같이 내달렸다. 그리고 스네이프가 있는 곳에서 세 층을 더 올라가서야 겨우 멈춰 섰다. 해리는 헐떡이며 벽에 기대서서 멍든 팔을 문질렀다.

이토록 이른 시간에 그리핀도르 탑으로 돌아가고 싶은 마음은 전혀 없었다. 방금 본 것을 론과 헤르미온느에게 말하고 싶지도 않았다. 해리가 그토록 끔찍하고 슬픈 느낌이 든 이유는 누가 그에게 고함을 쳐서도, 유리병을 집어던져서도 아니었다. 구경꾼들이 둘러선 가운데서 모욕을 당하는 게 어떤 기분인지, 그의 아버지에게 괴롭힘 당하는 동안 스네이프가 어떤 기분이었을지 정확히 알고 있었기 때문이었다. 방금 본 장면으로 판단하건대 그의 아버지는 스네이프가 항상 말했던 것처럼 머리끝부터 발끝까지 오만한 사람이었다.

29장
진로 상담

"근데 오클루먼시 수업은 왜 더 안 받는 거야?" 헤르미온느가 얼굴을 찌푸리며 물었다.

"말했잖아." 해리가 웅얼거렸다. "스네이프는 이제 내가 기초를 배웠으니까 혼자 해 나갈 수 있을 거라고 생각해."

"그래서, 그 이상한 꿈은 이제 안 꿔?" 헤르미온느가 못미덥다는 듯 물었다.

"뭐, 거의 안 꿔." 해리는 그녀의 눈을 피하며 대답했다.

"나는 네가 그 꿈들을 통제할 수 있다는 절대적인 확신이 들 때까지 멈춰서는 안 된다고 생각해!" 헤르미온느가 목소리를 높이며 말했다. "해리, 내 생각엔 스네이프한테 다시 가서 부탁……."

"아니." 해리가 단호하게 말했다. "그냥 좀 놔둬라, 헤르미온느. 응?"

부활절 연휴 첫날이었다. 헤르미온느는 늘 그랬듯이 하루 대부분을 그들 세 사람을 위한 시험공부 시간표를 그리는 데 썼다. 해리와 론은 그런 그녀를 그냥 내버려 두었다. 그편이 그녀와 말다툼하는 것보다 쉬웠고, 또 혹시 쓸모 있을지도 몰랐기 때문이었다.

론은 시험까지 겨우 6주가 남아 있다는 걸 알고서 깜짝 놀랐다.

"어떻게 그게 놀라울 수 있어?" 헤르미온느가 물었다. 그녀는 론의 시간표 속 작은 네모들 하나하나를 마법 지팡이로 두드려, 과목별로 서로 다른 색깔로 번쩍이도록 만들었다.

"몰라." 론이 말했다. "많은 일이 있었잖아."

"자, 여기." 그녀가 론에게 시간표를 건네며 말했다. "그대로 따라 하면 잘할 수 있을 거야."

론은 우울하게 그것을 내려다봤지만, 곧 표정이 밝아졌다.

"매주 하루씩 저녁 시간을 비워 줬네!"

"퀴디치 훈련 시간이야." 헤르미온느가 말했다.

론의 얼굴에서 미소가 희미해졌다.

"그게 무슨 의미가 있어?" 그가 말했다. "올해 퀴디치 우승컵을 탈 확률은 우리 아빠가 마법 정부 총리가 될 확률 정도일 텐데."

헤르미온느는 아무 말도 하지 않았다. 그녀는 해리를 보았고,

해리는 멍하니 휴게실 맞은편 벽을 바라보고 있었다. 크룩섕스가 귀를 긁어 달라고 그의 손을 발로 툭툭 건드렸다.

"왜 그래, 해리?"

"응?" 그가 재빨리 말했다. "아무것도 아냐."

그는 《방어 마법 이론》을 붙들고 차례에서 뭔가를 찾는 척했다. 크룩섕스는 헛수고라고 생각했는지 해리를 포기하고 헤르미온느의 의자 아래로 슬금슬금 멀어져 갔다.

"아까 초를 봤어." 헤르미온느가 망설인 끝에 말했다. "걔 모습도 정말 말이 아니더라……. 너희 또 다툰 거야?"

"무슨…… 아, 맞아. 다퉜어." 다른 얘깃거리가 생겨 고마운 마음에 해리가 말했다.

"뭐 때문에?"

"걔 친구 고자질쟁이 매리에타 때문에." 해리가 대답했다.

"그래, 뭐, 나라도 그랬을 거야!" 론이 화를 내며 시험공부 시간표를 내려놓았다. "걔만 아니었어도……."

론이 매리에타 에지콤에 대해 큰 소리로 불평하기 시작하자 해리는 이 상황이 꽤 유용하다는 사실을 깨달았다. 그가 할 일이라고는 화난 표정을 지으며 고개를 끄덕이고 론이 숨을 들이마실 때마다 "그래"라거나 "맞아"라고 맞장구쳐 주면서, 펜시브에서 본 장면을 마음껏 더욱 비참하게 곱씹는 것뿐이었다.

그 기억이 해리를 안에서부터 갉아먹는 것 같았다. 그는 부모님이 훌륭한 사람이라고 확신한 나머지 아버지의 성품을 비난하는 스네이프의 말을 조금도 어렵지 않게 늘 무시할 수 있었다. 해그리드와 시리우스 같은 이들이 아버지가 얼마나 멋진 사람이었는지 말해 주지 않았던가? ('그래, 뭐, 시리우스 본인이 어땠는지 봐.' 해리의 머릿속에서 어떤 목소리가 구시렁댔다. '……똑같이 나쁜 사람이었잖아?') 물론 맥고나걸 교수가 아버지와 시리우스가 학교의 말썽꾼이었다고 말하는 걸 엿들은 적이 있긴 했다. 하지만 그녀는 두 사람을 위즐리 쌍둥이의 원조처럼 말했다. 해리는 프레드와 조지가 재미 삼아 누군가를 거꾸로 매달아 놓을 거라고는 상상조차 할 수 없었다……. 정말로 싫어하는 사람이 아니라면…… 아마 말포이나, 정말로 그런 짓을 당해 마땅한 사람이라면 모를까…….

해리는 스네이프가 제임스에게 그런 일을 당해도 싸다고 정당화해 보려고도 했다. 하지만 릴리는 이렇게 묻지 않았던가? "걔가 너한테 뭘 어쨌다고 그래?" 그러자 제임스는 "존재 자체가 문제지. 굳이 말하자면……"이라고 대답하지 않았나? 제임스는 단지 시리우스가 심심하다고 말했다는 이유만으로 그 모든 일을 시작했다. 해리는 그리몰드가에서 루핀이 했던 말을 떠올렸다. 덤블도어가 그를 반장으로 뽑은 건 그가 제임스와 시리우스를 통제할 수 있을 거라는 기대 때문이었다고. 하지만 펜시브 속에서 루핀은 가만히 앉아서 그 모든 일이 일어나도록 내버려 두었다…….

해리는 릴리가 끼어들었다는 사실을 스스로에게 끊임없이 상기시켰다. 어머니는 좋은 사람이었다. 하지만 제임스에게 소리칠 때 그녀가 지은 표정이 다른 것 못지않게 그를 괴롭게 했다. 그녀는 분명히 제임스를 미워했다. 해리는 두 사람이 어떻게 결혼하게 됐는지 도무지 이해할 수 없었다. 심지어 그녀가 억지로 제임스와 결혼한 것일지도 모른다는 의심마저 들었다.

지난 5년 동안 아버지에 대한 생각은 그에게 위안과 격려의 원천이었다. 제임스를 닮았다는 말을 들을 때마다 마음이 자긍심으로 빛났다. 그런데 지금은…… 지금은 아버지를 생각하면 마음이 차갑게 식고 비참해졌다.

부활절 연휴가 지나면서 산들바람이 더 많이 불어왔고 날씨도 더 화창해지고 따뜻해졌다. 하지만 해리는 여느 5학년생이나 7학년생과 마찬가지로 실내에 갇혀서 시험공부를 하거나 도서관만 왔다 갔다 했다. 그는 기분이 안 좋은 이유가 오직 다가오는 시험 때문인 척 굴었고, 그리핀도르 친구들은 자기들부터 공부에 질려 있었으므로 그의 변명을 의심하지 않았다.

"해리, 내가 말하잖아. 듣고 있어?"

"응?"

그는 돌아보았다. 지니 위즐리가 세찬 바람에 호되게 시달린 모습으로, 그가 혼자 앉아 있던 도서관 책상에 와서 앉아 있었다. 일요일 저녁 늦은 시간이었다. 헤르미온느는 고대 룬문자 시험공부를 하러 그리핀도르 탑으로 돌아간 뒤였고, 론은 퀴디치 훈련이 있었다.

"아아, 안녕." 해리가 책을 끌어당기며 말했다. "너는 왜 훈련 안 해?"

"끝났어." 지니가 말했다. "론은 잭 슬로퍼를 병동으로 데려다 주러 갔어."

"왜?"

"뭐, 잘 모르겠지만 우리 생각에는 자기 방망이에 얻어맞은 것 같아." 그녀가 무겁게 한숨을 내쉬었다. "아무튼…… 소포가 막 도착했어. 엄브리지의 새 검사 절차를 이제야 통과했나 봐."

그녀는 갈색 종이에 싸인 상자를 탁자에 올려놓았다. 포장을 풀었다가 대충 다시 싼 게 분명했다. 소포 위에 빨간색 잉크로 다음과 같은 내용이 휘갈겨 써 있었다.

호그와트 장학관의 검사를 받고 통과되었음.

"엄마가 보낸 부활절 달걀이야." 지니가 말했다. "네 것도 있어……. 자, 여기."

그녀는 그에게 작은 스니치 모양 아이싱이 붙은, 포장지에 따르면 피징 위즈비 한 봉지가 들어 있다는 멋진 초콜릿 달걀을 건넸다. 해리는 잠깐 그것을 바라보다가 놀랍게도 목구멍으로 어떤 덩어리 같은 것이 울컥 치솟는 느낌을 받았다.

"괜찮아, 해리?" 지니가 조용히 물었다.

"응, 괜찮아." 해리가 목멘 소리로 말했다. 목구멍에 걸린 덩어리 때문에 고통스러웠다. 어째서 부활절 달걀이 이런 기분을 들게 하는지 이해가 되지 않았다.

"요즘 기분이 정말 가라앉아 보이던데." 지니가 집요하게 말했다. "있잖아, 내 생각엔 네가 초한테 그냥 말만 걸어도……."

"내가 얘기 나누고 싶은 사람은 초가 아니야." 해리가 무뚝뚝하게 말했다.

"그럼 누군데?" 지니가 물었다.

"난……."

그는 아무도 듣고 있지 않다는 것을 확인하려고 주위를 힐끔 돌아보았다. 핀스 선생이 책꽂이 몇 개 떨어진 곳에서 제정신이 아닌 것처럼 보이는 해너 애벗의 책 한 더미에 도장을 찍어 주고 있었다.

"시리우스랑 얘기하고 싶어." 그가 중얼거렸다. "하지만 그럴 수 없다는 거 알아."

해리는 정말 먹고 싶어서라기보다는 뭐라도 하려는 생각에 부활절 달걀 포장을 풀고 초콜릿을 크게 한 조각 깨뜨려 입에 넣었다.

"뭐……." 지니도 초콜릿 달걀을 한 조각 먹으며 천천히 입을 열었다. "정말로 시리우스와 얘기하고 싶다면 방법을 찾을 수 있을 거야."

"무슨 소리야?" 해리가 절망 어린 어조로 말했다. "엄브리지가 벽난로를 감시하고 우리 편지를 다 읽고 있는데."

"프레드랑 조지랑 함께 자라면 말이야" 하고, 지니가 생각에 잠긴 끝에 말했다. "배짱만 충분하다면 뭐든지 가능하다는 생각을 갖게 돼."

해리는 그녀를 바라보았다. 어쩌면 초콜릿의 효과일 수도 있었다(루핀은 늘 디멘터를 마주친 뒤에는 초콜릿을 먹으라고 조언했다). 아니면 단지 그가 1주일 내내 마음속에서 타오르던 소망을 마침내 소리 내어 말했기 때문일지도 몰랐다. 어쨌든 그는 좀 더 희망이 솟는 기분이었다.

"너희 이게 무슨 짓이지?"

"아, 젠장." 지니가 자리에서 벌떡 일어나며 중얼거렸다. "깜빡했……."

핀스 선생이 빠르게 다가오고 있었다. 그녀의 쪼글쪼글한 얼굴이 분노로 일그러져 있었다.

"도서관에서 초콜릿이라니!" 그녀가 소리쳤다. "나가라, 나가, 나가!"

그녀는 마법 지팡이를 휙 꺼내 해리의 책들과 가방, 잉크병이 그와 지니를 따라 도서관에서 나가게 만들었다. 뛰어가는 동안 그것들이 머리 위에서 반복적으로 그들을 후려쳤다.

다가오는 시험의 중요성을 강조하는 것처럼, 연휴가 끝나기 직전 다양한 마법사 진로에 관한 팸플릿과 전단지, 공고문 등이 그리핀도르 탑의 탁자들 위에 나타났다. 게시판에도 또 다른 공고문이 붙었다. 내용은 이랬다.

진로 상담

모든 5학년생은 여름 학기 첫 주 동안 소속 기숙사 담임 교수와 진로를 상의하기 위해 면담을 해야 합니다. 개별 상담 시간은 아래와 같습니다.

해리는 목록을 내려다보고, 월요일 2시 30분에 맥고나걸 교수의 연구실에서 면담이 있을 예정이라는 것을 알았다. 그 말은 점술 수업 대부분을 빼먹게 된다는 뜻이었다. 해리를 포함한 5학년들은 학생들을 위해 놓아둔 진로 정보를 읽으며 부활절 연휴의 마지막 주말을 보냈다.

"음, 치유사는 별로네." 연휴 마지막 날 저녁에 론이 말했다. 그는 맨 앞에 뼈와 마법 지팡이가 교차된 세인트 멍고 로고가 박힌 전단지에 푹 빠져 있었다. "여기 보니까 마법약, 약초학, 변환 마법, 일반 마법, 어둠의 마법 방어법에서 N.E.W.T. 등급 중 최소한 'E'를 받아야 한다고 써 있어. 내 말은…… 제기랄…… 이렇게 기준이 낮아서야 되겠어?"

"뭐, 아주 큰 책임이 따르는 일이잖아?" 헤르미온느가 건성으로 말했다. 그녀는 '**머글 관련 일을 하고 싶으십니까?**'라는 제목의 밝은 분홍색과 주황색이 뒤섞인 전단지를 자세히 들여다보고 있었다. "머글 관련 일을 하는 데는 별다른 자격이 필요하지 않은 것 같네. 필요한 건 머글학 O.W.L.뿐이야. '훨씬 더 중요한 것은 열정과 인내심, 뛰어난 유머 감각입니다!'"

"우리 이모부랑 접촉하려면 훌륭한 유머 감각 이상이 필요할걸." 해리가 음울하게 말했다. "그보다는 언제 몸을 피해야 할지에 대한 감각이 필요하지." 그는 마법사 은행에 관한 팸플릿을 읽던 중이었다. "이거 들어 봐. '여행과 모험, 상당한 위험이 따르는 보물 보너스와 관련된 도전적인 직업을 찾고 계십니까? 그렇다면 그린고츠 마법사 은행 취업을 고려해 보십시오. 현재 해외에서의 짜릿한 경험을 찾는 저주 해제 전문가들을 모집 중입니다'……. 근데 숫자점 점수가 필요하대. 너는 할 수 있겠다, 헤르미온느!"

"난 은행 일에는 별 관심 없어." 헤르미온느가 다른 데 정신이 팔린 채 말했다. 이제 그녀는 '트롤 경비원을 훈련시키는 데 필요한 자질을 갖추고 있습니까?'를 열심히 읽고 있었다.

"어이." 해리의 귀에 대고 어떤 목소리가 말했다. 돌아보니 프레드와 조지가 다가와 있었다. "지니가 네 얘기를 하던데." 프레드가 앞의 탁자에 두 다리를 올려놓으며 말했다. 그 바람에 마법 정부 공무원 직업에 관한 소책자 몇 권이 바닥으로 떨어졌다. "시리우스랑 얘기하고 싶다면서?"

"뭐?" 헤르미온느는 '마법 사고 및 재난부에서 한 방 터뜨리세요'를 집어 들다 말고 굳어 버렸다.

"응······." 해리가 태연한 척하려고 애쓰며 말했다. "그래, 그러면 좋을 것 같······."

"터무니없는 소리 하지 마." 헤르미온느가 허리를 펴고 도저히 믿을 수 없다는 듯 그를 바라보며 말했다. "엄브리지가 벽난로 안을 헤집고 부엉이들을 죄다 수색하는 마당에?"

"뭐, 우리가 그런 일을 피할 방법을 찾을 수 있을 것 같아서 말이지." 조지가 기지개를 켜고 씩 웃으며 말했다. "주의를 돌릴 만한 일을 만들어 내는 건 간단하거든. 근데, 혹시 우리가 부활절 연휴 동안 아수라장 만들기 전선에서 꽤 조용했다는 건 눈치챘냐?"

"우리는 여가 시간을 방해하는 게 무슨 의미가 있겠냐고 자문했고…….." 프레드가 말을 이었다. "아무런 의미가 없다고 자답했어. 당연히 학생들 시험공부도 망쳐 놨을 테니까. 그런 일은 절대로 하고 싶지 않거든."

그는 헤르미온느를 향해 엄숙하게 고개를 살짝 끄덕였다. 그녀는 이 사려 깊음에 상당히 놀란 표정이었다.

"하지만 내일부터는 다시 영업 개시할 거야." 프레드가 활기차게 말을 이었다. "그리고 어차피 소동을 일으킬 거라면, 해리가 시리우스와 얘기를 좀 하도록 도와주지 않을 이유가 어디 있겠어?"

"그래, 하지만 그래도……." 헤르미온느는 아주 우둔한 사람에게 아주 간단한 것을 설명하는 것처럼 말했다. "주의를 딴 데로 돌리는 데 성공한다고 해도 해리가 어떻게 시리우스랑 대화를 나눌 수 있다는 거야?"

"엄브리지의 연구실에서." 해리가 조용히 말했다.

그는 보름 동안 이 생각을 하고 있었고, 다른 대안을 떠올릴 수 없었다. 엄브리지가 감시당하지 않는 벽난로는 자기 것뿐이라고 직접 말하지 않았던가.

"너 미쳤어?" 헤르미온느가 숨죽인 목소리로 말했다.

론은 양식 버섯 무역에 관한 전단지를 내려놓고 이 대화를 주의 깊게 지켜보고 있었다.

"아닐걸." 해리가 어깨를 으쓱하며 말했다.

"애초에 거기엔 어떻게 들어가려고?"

해리는 이 질문에 답할 준비가 되어 있었다.

"시리우스가 준 칼." 그가 말했다.

"뭐라고?"

"지지난번 크리스마스에 시리우스가 어떤 자물쇠도 열 수 있는 칼을 줬어." 해리가 말했다. "그러니까 엄브리지가 문에 마법을 걸어서 '알로호모라'가 통하지 않는다 해도 말이야. 내 생각엔 분명히 마법을 걸어 놨……."

"넌 어떻게 생각해?" 헤르미온느가 론에게 물었다. 해리의 머릿속에, 그리몰드가에서 처음 저녁 식사를 할 때 남편에게 도움을 청하던 위즐리 부인의 모습이 어쩔 수 없이 떠올랐다.

"모르겠어." 의견을 내놓으라는 요청에 론은 경계하는 표정을 지으며 말했다. "해리가 하고 싶다면 해리가 결정해야 하지 않을까?"

"진정한 친구이자 위즐리 집안사람다운 대답이군." 프레드가 론의 등을 세게 치면서 말했다. "좋아, 그럼. 우리는 내일 일을 벌일 생각이야. 수업이 끝난 직후에. 모두가 복도에 나와 있을 때 효과가 가장 좋을 테니까. 해리, 우리는 동쪽 건물에서 작전을 시작해서 곧바로 그 여자를 연구실에서 끌어낼 거야. 뭐, 20분 정도는 확실히 벌어 줄 수 있지 않을까?" 그가 조지를 보며 말했다.

"그 정도쯤이야." 조지가 말했다.

"어떻게 주의를 끌려고?" 론이 물었다.

"두고 보면 알아, 꼬마 동생아." 프레드가 말했다. 그와 조지는 자리에서 일어났다. "적어도 내일 5시쯤 역겨운 그레고리 동상이 있는 복도를 돌아다니다 보면 알게 될 거야."

해리는 다음 날 아주 이른 시간에 일어났다. 마법 정부의 징계 청문회가 열리던 날 아침만큼이나 불안했다. 물론 확실히 불안한 일이긴 했지만, 그가 초조한 이유는 엄브리지의 연구실에 침입해서 그녀의 벽난로를 이용해 시리우스와 이야기하려는 생각 때문만은 아니었다. 공교롭게도 오늘은 스네이프의 연구실에서 쫓겨난 이후 처음으로 스네이프를 가장 가까이에서 보는 날이기도 했다.

오늘 있을 일을 생각하며 잠깐 침대에 누워 있던 해리는 아주 조용히 자리에서 일어나 네빌의 침대 옆에 있는 창문 앞으로 다가갔다. 그러고는 진정 아름다운 아침 풍경을 내다보았다. 안개가 어려 있는 맑은 하늘은 오팔 같은 파란색을 띠고 있었다. 바로 앞에는 그의 아버지가 한때 스네이프를 괴롭혔던 키 큰 너도밤나무가 내려다보였다. 해리는 시리우스가 과연 펜시브에서 본 장면을 해명할 수 있을지 확신할 수 없었다. 하지만 그렇더라도 정말로 무슨 일이 있었는지 시리우스에게 직접 듣고 싶은 마음이 간절했다. 뭔가 정상참작을 할 만한 요인이 있는지, 아버지의 행동에 어떤 변명의 여지가 있는지 알고 싶었다…….

그때 뭔가가 해리의 관심을 끌었다. 금지된 숲 가장자리에서 뭔가 움직였다. 눈을 가늘게 뜨고 햇빛이 비치는 곳을 들여다보니 해그리드가 나무숲에서 걸어 나오는 모습이 보였다. 다리를 저는 것 같았다. 해리가 바라보는 가운데 해그리드는 절뚝거리며 오두막 문 앞으로 가더니 집 안으로 사라졌다. 해리는 몇 분 동안 오두막을 지켜보았다. 해그리드는 다시 나오지 않았지만, 굴뚝에서 연기가 피어오르는 걸 보니 불도 못 피울 만큼 심하게 다친 건 아닌 듯했다.

해리는 창문에서 고개를 돌리고 짐 가방 쪽으로 가서 옷을 입기 시작했다.

엄브리지의 연구실에 침입하는 일을 앞두고 있었던 만큼 해리는 결코 그날이 마음 편할 거라고 기대하지 않았다. 하지만 헤르미온느가 5시에 예정된 계획을 단념시키려고 그를 집요하게 설득할 줄은 예상도 못 했다. 마법의 역사 시간에 그녀는 난생처음으로 해리와 론만큼이나 빈스 교수에게 주의를 기울이지 않았다. 해리는 그녀가 쏟아붓는 경고의 속삭임을 못 들은 척하려고 무진 애를 썼다.

"……거기서 엄브리지한테 잡히면 퇴학당하는 건 둘째 치더라도, 그 인간이 너랑 멍멍이가 서로 연락해 왔다는 사실까지 추측하게 될 거야. 이번에는 억지로 베리타세룸을 먹여서 자백하도록 만들지도 몰라…….."

"헤르미온느." 론이 성난 목소리로 나직이 말했다. "너 해리 야단치는 것 좀 그만하고 빈스 얘기 좀 들을 수 없냐? 아니면 내가 직접 필기를 해야 해?"

"너도 가끔 필기 좀 해 봐, 안 죽으니까!"

지하 감옥에 도착했을 때는 해리도 론도 헤르미온느와 말을 하지 않았다. 그녀는 굴하지 않고 그들의 침묵을 틈타 무시무시한 경고를 이어 갔다. 그녀가 숨을 죽인 채 격하게 식식거리며 말을 내뱉는 바람에, 셰이머스는 혹시 자기 솥단지가 새는 건 아닌지 확인하느라 5분을 통째로 날렸다.

한편 스네이프는 해리가 눈에 보이지 않는 것처럼 행동하기로 마음먹은 듯했다. 물론 해리에게는 매우 익숙한 전략이었다. 버넌 이모부가 가장 좋아하는 전략이었던 것이다. 그리고 전반적으로는 그보다 심한 일을 겪지 않아도 되어서 고마운 마음이었다. 사실 평소 스네이프의 괴롭힘과 비난을 견뎌야 했던 것에 비하면 이 새로운 방법은 훨씬 나았다. 그리고 혼자 가만 내버려 두니까 활력 보충 마법약도 훨씬 쉽게 만들어 낼 수 있다는 것을 알게 되어 기뻤다. 수업이 끝났을 때 그는 마법약을 유리병에 조금 담아서 코르크 마개로 막은 다음 점수를 받으려고 스네이프의 책상으로 가져갔다. 마침내 잘하면 'E'를 받을지도 모른다는 느낌이 들었다.

하지만 그가 막 몸을 돌렸을 때 뭔가 와장창 깨지는 소리가 들렸다. 말포이가 신이 나서 고함을 지르듯 웃음을 터뜨렸다. 해리는 휙 돌아보았다. 그가 제출한 마법약 샘플 병이 바닥에 떨어져 산산조각 나 있고, 스네이프는 흡족한 표정으로 그를 지켜보고 있었다.

"이런." 스네이프가 조용히 말했다. "그럼 이번에도 0점이로군, 포터."

해리는 너무 화가 나서 말도 나오지 않았다. 그는 성큼성큼 솥단지로 돌아갔다. 유리병을 하나 더 채워서 스네이프가 반드시 점수를 매기도록 할 생각이었다. 하지만 끔찍하게도 나머지 내용물은 모두 사라진 뒤였다.

"미안해!" 헤르미온느가 두 손으로 입을 막으며 말했다. "정말 미안해, 해리. 네가 다 끝낸 줄 알고 치워 버렸어!"

해리는 차마 대꾸할 수 없었다. 수업 종이 쳤을 때 그는 뒤도 돌아보지 않고 지하 감옥 교실을 얼른 빠져나왔다. 점심시간에는 헤르미온느가 엄브리지의 연구실에 잠입하려는 계획에 대해 다시 잔소리를 시작할 수 없도록 일부러 네빌과 셰이머스 사이에 앉았다.

점술 수업에 들어갔을 때쯤에는 기분이 너무 나빠져서 맥고나걸 교수와의 진로 상담 시간을 깜빡할 뻔했다. 론이 왜 맥고나걸 교수의 연구실에 가 있지 않느냐고 물었을 때야 기억났던 것이다.

진로 상담

해리는 위층으로 달려 올라가, 몇 분쯤 늦게 숨을 헐떡이며 연구실에 도착했다.

"죄송합니다, 교수님." 그가 문을 닫으며 숨가쁘게 말했다. "깜빡 잊어버렸어요."

"괜찮다, 포터." 그녀는 힘 있게 말했지만, 그 말을 할 때 누군가가 구석에서 코를 훌쩍였다. 해리는 그쪽을 돌아보았다.

엄브리지 교수가 목에 요란한 주름 장식이 달린 옷을 입고 얼굴에는 으스대는 듯한 끔찍한 미소를 띤 채 무릎에 필기판을 올려놓고 앉아 있었다.

"앉거라, 포터." 맥고나걸 교수가 간결하게 말했다. 책상에 어질러져 있는 수많은 팸플릿을 뒤적이는 그녀의 손이 살짝 떨렸다.

엄브리지를 등지고 앉은 해리는 필기판을 긁적이는 깃펜 소리가 들리지 않는 척하려고 애썼다.

"자, 포터. 이번 면담은 네가 생각하는 진로와 관련된 모든 것을 이야기하는 시간이다. 네가 6학년과 7학년 때 어떤 과목들을 계속 들어야 할지 결정하는 데 도움이 되도록 말이야." 맥고나걸 교수가 말했다. "호그와트를 졸업한 뒤에 뭘 하고 싶은지 생각해 봤니?"

"어……." 해리는 대답하지 못했다.

등 뒤에서 긁적이는 소리가 그의 주의를 매우 산만하게 만들었다.

"음?" 맥고나걸 교수가 해리를 재촉했다.

"그게, 저는, 어쩌면, 오러가 되는 건 어떨까 생각해 봤어요."
해리가 웅얼거렸다.

"그러려면 성적이 최상위권이어야 한다." 맥고나걸 교수가 책상 위에 쌓인 무더기에서 작은 검은색 전단지를 꺼내 펼치며 말했다. "최소한 N.E.W.T. 다섯 개를 요구하고, '기대 이상' 아래로는 쳐 주지도 않아. 그런 다음에는 오러 본부에서 엄격한 인성 및 적성 검사를 치러야 해. 어려운 길이다, 포터. 오러들은 최고만 받아들인단다. 사실, 지난 3년 동안은 아무도 합격하지 못한 것 같다."

그 순간, 엄브리지 교수가 조그맣게 기침 소리를 냈다. 마치 얼마나 조용하게 기침을 할 수 있는지 보여 주려는 것 같았다. 맥고나걸 교수는 그녀를 무시했다.

"어떤 과목을 들어야 하는지 알고 싶겠지?" 그녀가 좀 더 큰 목소리로 말을 이었다.

"네." 해리가 말했다. "아마 어둠의 마법 방어법을 들어야겠죠?"

"당연하지." 맥고나걸 교수가 단호하게 말했다. "또 조언하자면……."

엄브리지 교수가 또 한 번 기침을 했다. 이번에는 좀 더 잘 들렸다. 맥고나걸 교수는 잠깐 눈을 감았다가 다시 뜨더니, 아무 일도 일어나지 않았다는 듯 말을 계속했다.

"또 조언하자면 변환 마법을 권하고 싶구나. 오러들은 임무를 수행하면서 변환 마법을 걸거나 해제해야 하는 일이 잦으니까. 그리고 이제는 분명히 말해 줘야겠는데, 포터, 나는 보통 마법사 등급에서 '기대 이상'보다 좋은 점수를 받지 못한 학생들을 내 N.E.W.T. 수업에 받아 주지 않는다. 지금 너는 보통 '그럭저럭 괜찮음'을 받고 있는 것 같은데, 계속할 기회를 잡으려면 시험 보기 전에 더욱 열심히 노력해야 한다는 얘기야. 그리고 일반 마법도 공부해야지. 그건 항상 유용하니까. 마법약도 마찬가지고. 그래, 포터. 마법약 말이다." 그녀가 아주 희미한 미소를 잠깐 짓고는 덧붙였다. "오러들은 독약과 해독약을 필수적으로 공부해야 해. 스네이프 교수는 O.W.L.에서 '출중함'을 받지 못한 학생들은 절대 받아 주지 않는다는 얘기를 해야겠구나. 그러니까……."

엄브리지 교수가 지금까지 한 것 중에서 가장 두드러지는 기침 소리를 냈다.

"기침약이라도 드려요, 덜로리스?" 맥고나걸 교수가 엄브리지 교수를 보지도 않고 딱 잘라 물었다.

"아아, 아뇨, 사양할게요." 해리가 그토록 싫어하는 히죽거리는 웃음을 지으며 엄브리지가 말했다. "저는 그냥 아주 조금만 끼어들어도 될지 궁금해서요, 미네르바."

"어차피 그러실 거 아닌가요?" 맥고나걸 교수가 꽉 다문 잇새로 말했다.

"저는 그냥, 포터 군이 오러의 자질을 충분히 갖추고 있는지 궁금해서요." 엄브리지 교수가 부드럽게 말했다.

"그렇습니까?" 맥고나걸 교수가 도도하게 대꾸했다. "자, 포터." 그녀는 아무런 방해도 없었던 것처럼 말을 이었다. "이 꿈을 진지하게 생각하고 있다면, 나는 변환 마법과 마법약 성적을 만족스러운 수준까지 끌어 올리는 데 집중하라고 조언하고 싶다. 보니까 플리트윅 교수님은 지난 2년 동안 너에게 '괜찮음'과 '기대 이상' 사이의 점수를 주셨더구나. 일반 마법 과목은 괜찮은 것 같다. 어둠의 마법 방어법 과목은 대체로 점수가 높았어. 특히 루핀 교수님은 네가…… 정말 기침약 필요 없으신가요, 덜로리스?"

"아아, 필요 없어요. 고마워요, 미네르바." 엄브리지 교수가 히죽히죽 웃었다. 그녀는 방금 여태까지 했던 것 중에서 가장 큰 소리로 기침을 했다. "저는 그냥 걱정이 돼서요. 해리의 최근 어둠의 마법 방어법 점수를 갖고 계시지 않은가 싶어서. 제가 확실히 종이에 적어서 끼워 드렸는데요."

"아, 이것 말입니까?" 맥고나걸 교수가 역겹다는 투로 말하며 해리의 파일 속 서류들 사이에서 분홍색 양피지 한 장을 꺼냈다. 그녀는 눈썹을 약간 치켜올린 채 그것을 힐끔 내려다보더니, 아무 말 없이 다시 파일 안에 넣었다.

"그래, 포터. 조금 전에도 말했지만 루핀 교수님은 네가 그 과목에 확실한 적성을 갖고 있다고 생각하셨다. 그리고 분명 오러에게는……."

"제가 드린 쪽지를 이해 못 하셨나요, 미네르바?" 엄브리지 교수가 기침하는 것도 잊고 꿀 바른 목소리로 물었다.

"물론 이해했습니다." 맥고나걸 교수가 말했다. 어찌나 이를 악물었는지 말소리가 잘 안 들릴 지경이었다.

"음, 그러면, 혼란스럽군요……. 유감이지만 저는 교수님께서 포터 군에게 어떻게 그런 거짓 희망을 주실 수 있는지……."

"거짓 희망이라고요?" 맥고나걸 교수가 여전히 엄브리지 교수를 돌아보지 않은 채 되풀이했다. "포터는 모든 어둠의 마법 방어법 시험에서 높은 점수를 받았습니다."

"그 말에 반박하게 돼서 정말 죄송하지만, 미네르바, 제가 적어 드렸듯이 해리는 제 수업에서 아주 형편없는 점수를 받았……."

"제 뜻을 더 명확하게 전달할 걸 그랬군요." 맥고나걸 교수가 말했다. 마침내 그녀는 고개를 돌려 엄브리지의 눈을 정면으로 마주 보았다. "포터는 유능한 교수가 실시한 모든 어둠의 마법 방어법 시험에서 높은 점수를 받았습니다."

엄브리지 교수의 미소가 전구 꺼지듯 갑자기 사라졌다. 그녀는 의자에 등을 기대고 필기판의 종이를 뒤집더니 뭔가를 아주 빠르게 휘갈겨 쓰기 시작했다. 툭 튀어나온 눈알이 이쪽저쪽으로 굴러

다녔다. 맥고나걸 교수가 해리에게 다시 고개를 돌렸다. 그녀의 좁은 콧구멍이 벌렁거렸고 두 눈은 이글이글 타올랐다.

"질문 있느냐, 포터?"

"네." 해리가 말했다. "N.E.W.T.를 충분히 받으면 정부에서 어떤 인성 및 적성 검사를 받나요?"

"글쎄, 긴박한 상황 등에 잘 대처하는 능력을 보여 줘야겠지." 맥고나걸 교수가 말했다. "또 인내력과 봉사 정신 같은 것도 필요하다. 오러 훈련에는 3년이 더 걸리니까. 실전 방어 마법을 굉장히 높은 수준까지 익혀야 하는 건 말할 것도 없고 말이다. 그건 학교를 졸업한 뒤에도 엄청나게 많은 공부를 더 해야 한다는 뜻이야. 그러니까……."

"이것도 아셔야지요." 엄브리지가 이제는 아주 차가운 목소리로 말했다. "정부는 오러에 지원하는 사람들의 기록을 살펴봅니다. 전과 기록 말이죠."

"……호그와트를 졸업한 뒤에도 더 많은 시험을 치를 준비가 되어 있지 않다면, 정말로 다른 진로를 찾아야……."

"그 말은, 이 아이가 오러가 될 가능성은 없다는 뜻이에요. 덤블도어가 이 학교에 돌아올 가능성 정도밖에요."

"그럼 아주 높은 확률이군요." 맥고나걸 교수가 말했다.

"포터는 전과가 있어요." 엄브리지가 큰 소리로 말했다.

"포터는 모든 혐의를 벗었습니다." 맥고나걸 교수가 더 큰 소리로 말했다.

엄브리지 교수가 일어섰다. 키가 너무 작아서 일어섰어도 크게 달라지는 건 없었지만, 수선을 떨고 히죽거리는 태도는 싹 사라졌다. 대신 그녀의 넓적하고 축 늘어진 얼굴을 차지한 것은 그 얼굴을 묘하게 불길하게 만드는 매서운 분노였다.

"포터는 오러가 될 가능성이 전혀 없어요!"

맥고나걸 교수도 자리에서 일어났다. 키가 컸기에, 그녀의 움직임은 훨씬 눈에 잘 띄었다. 그녀는 우뚝 서서 엄브리지 교수를 내려다보았다.

"포터." 그녀의 목소리가 연구실 안을 쩌렁쩌렁 울렸다. "무슨 일이 있어도 네가 오러가 되도록 도와주마! 내가 매일 밤 너를 직접 가르쳐야 할지라도, 네가 그쪽에서 요구하는 결과를 반드시 얻도록 해 주겠다!"

"마법 정부는 절대 해리 포터를 고용하지 않을 겁니다!" 엄브리지가 화가 나서 높아진 목소리로 말했다.

"포터가 정부에 들어갈 준비가 되었을 때쯤에는 새로운 마법 정부 총리가 있을 텐데요!" 맥고나걸 교수가 소리쳤다.

"아하!" 엄브리지 교수가 짤막한 손가락으로 맥고나걸 교수를 가리키며 날카롭게 소리쳤다. "그렇군! 그래, 그래, 그렇지! 아무렴! 그게 당신이 바라는 거지. 안 그래, 미네르바 맥고나걸? 당신은 알버스 덤블도어가 코닐리어스 퍼지의 자리를 차지하기를 바라는 거야! 당신이 내 자리를 차지하게 될 거라고 생각하는 거잖아. 총리의 비서실장에다가 교장 말이야!"

"정신 나갔군." 맥고나걸 교수가 엄청난 경멸을 담은 목소리로 말했다. "포터, 이걸로 진로 상담은 끝내마."

해리는 어깨에 가방을 걸치고 황급히 방을 나섰다. 감히 엄브리지 교수 쪽을 바라보지는 못했다. 복도를 걸어가는 내내 그녀와 맥고나걸 교수가 서로에게 끊임없이 고함을 지르는 소리가 들렸다.

엄브리지 교수는 그날 오후 어둠의 마법 방어법 교실로 성큼성큼 들어오면서도 여전히 방금 달리기를 마친 사람처럼 가쁜 숨을 몰아쉬고 있었다.

"네가 계획하고 있는 일에 대해서 좀 더 생각했으면 좋겠어, 해리." '34장. 복수하는 대신 협상하기'를 펴는 순간 헤르미온느가 속삭였다. "엄브리지가 벌써부터 기분이 정말 안 좋아 보여……."

엄브리지는 시시때때로 해리를 쏘아보았고, 그는 계속 고개 숙인 채 《방어 마법 이론》만 들여다보았다. 하지만 사실 그는 초점 없는 눈으로 생각에 잠겨 있었다.

맥고나걸 교수가 그를 두둔하고 나선 지 겨우 몇 시간도 되지 않아 그가 엄브리지 교수의 연구실에 침입하다 발각될 경우 맥고

진로 상담

나걸 교수가 어떤 반응을 보일지 바로 상상이 됐던 것이다……. 해리는 그냥 그리핀도르 탑으로 돌아가서, 다음번 여름방학 때 시리우스에게 펜시브에서 목격한 장면에 대해 물어볼 기회가 생기기를 기다리기만 하면 됐다. 그걸 가로막는 것은 아무것도 없었다……. 이렇게 분별 있는 행동을 할 생각만 하면 가슴이 납덩이처럼 철렁 내려앉는 듯한 기분이 드는 것 외에는 아무것도. 이미 양동작전을 계획해 놓은 프레드와 조지도 마음에 걸렸다. 현재 아버지의 옛 투명 망토와 함께 그의 책가방에 들어 있는, 시리우스가 준 칼은 말할 것도 없었다.

하지만 그가 붙잡힌다면 분명…….

"덤블도어 교수님은 널 학교에 남아 있게 하려고 희생하신 거야, 해리!" 헤르미온느가 엄브리지에게서 얼굴을 가리려고 책을 들어 올리며 속삭였다. "그런데 오늘 네가 쫓겨나면 모든 게 헛수고가 된다고!"

그는 계획을 포기하고 그냥 20년도 더 된 어느 여름날 아버지가 저지른 일에 관한 기억을 지닌 채 살아가는 법을 터득할 수도 있었다.

그때 저 위 그리핀도르 휴게실 벽난로에서 시리우스가 했던 말이 떠올랐다.

'넌 내가 생각했던 것만큼은 아버지를 안 닮았구나……. 제임스

한테 그런 위험은 오히려 재밋거리였을 텐데.'

하지만 과연 아직도 아버지를 닮고 싶은 걸까?

"해리, 하지 마. 제발 그만둬!" 수업을 마치는 종이 울렸을 때 헤르미온느가 걱정스러운 목소리로 말했다.

그는 대꾸하지 않았다. 어떻게 해야 할지 알 수 없었다.

론은 의견을 내거나 충고를 하지 않을 작정인 듯했다. 해리를 쳐다보려고도 하지 않았다. 헤르미온느가 해리를 좀 더 설득하려고 하자 나직한 목소리로 "좀 놔둬라, 응? 결정은 해리가 직접 내릴 거야"라고 말할 뿐이었다.

교실을 나서는 해리의 심장이 아주 빠르게 뛰었다. 멀리서 양동작전이 시작된 게 틀림없는 소리가 들렸을 때 그는 복도를 걷고 있었다. 저 위 어딘가에서 비명과 고함 소리가 울려 퍼졌다. 사방의 교실에서 나온 학생들이 가다 말고 멈춰 서서 겁에 질린 눈으로 천장을 올려다보았다.

엄브리지는 짧은 다리로 최대한 빠르게 교실에서 뛰쳐나왔다. 그녀는 마법 지팡이를 꺼내 든 채 서둘러 해리의 반대 방향으로 향했다. 지금이 아니면 기회가 없었다.

"해리, 제발!" 헤르미온느가 작은 소리로 애원했다.

하지만 해리는 마음을 굳혔다. 그는 어깨에 가방을 더 단단히 걸쳐 메고, 동쪽 건물에서 무슨 소동이 벌어지는지 보기 위해 다급히 반대 방향으로 향하는 학생들을 헤치고 달리기 시작했다.

엄브리지의 연구실 복도에 도착했을 때 주위에는 아무도 없었다. 해리는 그를 향해 삐걱거리며 투구 쓴 머리를 돌리는 커다란 갑옷 뒤로 돌진하면서 가방을 열고 시리우스가 준 칼을 꺼내 손에 움켜쥔 채 투명 망토를 둘렀다. 그런 다음 갑옷 뒤에서 나와 엄브리지의 연구실 문 앞까지 복도를 천천히 뒷걸음질 쳤다.

그는 마법 칼날을 문틈에 집어넣고 부드럽게 위아래로 움직인 다음 다시 꺼냈다. 미세한 찰칵 소리가 나더니 문이 활짝 열렸다. 그는 연구실 안으로 뛰어들어 가 재빨리 문을 닫고 주위를 둘러보았다.

압수당한 빗자루들 위에 걸린 여러 개의 장식 접시에서 볼썽사나운 새끼 고양이들이 여전히 신나게 뛰어다니고 있었지만 그것들을 빼면 방 안에 움직이는 것은 아무것도 없었다.

투명 망토를 벗고 벽난로로 성큼성큼 다가간 해리는 몇 초 만에 찾던 것을 발견했다. 반짝이는 플루 가루가 담긴 작은 상자였다.

그는 텅 빈 벽난로 앞에 웅크렸다. 두 손이 떨렸다. 어떻게 작동하는지는 알고 있었지만 직접 해 본 적은 한 번도 없었다. 그는 머리를 벽난로에 밀어 넣으면서 가루를 한 움큼 집어 가지런히 쌓여 있는 장작 위에 뿌렸다. 가루는 즉시 확 타오르더니 에메랄드색 불꽃이 되었다.

"그리몰드가 12번지!" 해리가 크고 분명한 소리로 외쳤다.

그것은 그가 여태껏 경험했던 것 중에서 가장 이상한 감각이었다. 물론 전에도 플루 가루로 이동한 적이 있었지만, 그때는 온몸이 나라 전체에 뻗어 있는 마법사들의 벽난로 네트워크를 통해 불꽃 속에서 돌고 돌았다. 그러나 이번에는 무릎은 여전히 엄브리지 연구실의 차가운 바닥을 딛고 머리만 에메랄드색 불길 속으로 내던져졌다.

그때, 빙빙 도는 느낌이 시작할 때와 마찬가지로 갑자기 멈췄다. 해리는 살짝 멀미가 나면서 유난히 뜨거운 목도리를 두르고 있는 것 같은 기분으로 눈을 떴다. 어느새 그는 부엌 벽난로 바깥으로 긴 나무 식탁을 올려다보고 있었다. 식탁에는 한 남자가 앉아서 양피지를 살펴보는 중이었다.

"시리우스?"

그 남자가 깜짝 놀라 주위를 둘러보았다. 그는 시리우스가 아니라 루핀이었다.

"해리!" 그가 완전히 충격을 받은 얼굴로 말했다. "너 무슨…… 무슨 일이냐? 모두 괜찮은 거야?"

"네." 해리가 말했다. "전 그냥 궁금한 게…… 그러니까, 그냥 하고 싶은 얘기가 있어서…… 시리우스랑 잠깐 얘기하고 싶어서요."

"내가 데려오마." 루핀이 아직도 어리벙벙한 얼굴로 의자에서 일어나며 말했다. "크리처를 찾으러 위층에 올라갔어. 그 녀석이 다시 다락에 숨은 것 같아."

해리는 허겁지겁 부엌에서 나가는 루핀을 보았다. 이제는 의자와 식탁 다리 말고는 아무것도 보이지 않았다. 해리는 벽난로를 통해 이야기 나누는 것이 이렇게 불편하다는 얘기를 시리우스가 왜 한 번도 하지 않았는지 궁금했다. 엄브리지 연구실의 딱딱한 돌바닥에 오랫동안 닿아 있던 양 무릎이 벌써부터 고통스러운 듯 거세게 항의하고 있었다.

잠시 후 루핀이 시리우스를 데리고 돌아왔다.

"무슨 일이냐?" 시리우스가 검은색 긴 머리카락을 눈가에서 휙 쓸어내고 벽난로 앞에 주저앉아 해리와 눈높이를 맞추며 다급하게 물었다. 루핀도 매우 걱정스러운 표정으로 같이 무릎을 꿇었다. "괜찮아? 도움이 필요한 거냐?"

"아뇨." 해리가 말했다. "그런 건 전혀 아니에요. 그냥 얘기하고 싶었어요······. 아빠에 대해서요."

그들은 꽤 놀란 표정을 주고받았지만 해리에게 난처해하거나 쑥스러워할 시간 같은 건 없었다. 무릎은 점점 쑤셨고, 양동작전이 시작된 지도 벌써 5분은 지났을 것이다. 조지가 그에게 보장한 시간은 단 20분이었다. 그는 즉시 펜시브에서 본 것을 이야기하기 시작했다.

그가 말을 마쳤을 때, 시리우스도 루핀도 한동안 아무 말 하지 않았다. 잠시 후 루핀이 조용히 입을 열었다. "네가 거기서 본 장면만으로 아버지를 판단하지 않았으면 좋겠다, 해리. 네 아버지는 겨우 열다섯……."

"저도 열다섯 살이에요!" 해리가 열을 내며 말했다.

"잘 들어라, 해리." 시리우스가 달래듯 말했다. "제임스와 스네이프는 처음 본 순간부터 서로를 미워했어. 그 일은 그냥 그런 사건 중 하나였을 뿐이야. 그건 이해할 수 있지 않니? 제임스는 스네이프가 갖고 싶어 한 모든 것을 갖추고 있었다. 인기 많지, 퀴디치도 잘하지, 제임스는 못하는 게 거의 없었어. 스네이프는 그저 어둠의 마법에 빠져 있는 괴짜였을 뿐이고. 해리, 너한테는 어떻게 보였을지 몰라도 제임스는 언제나 어둠의 마법을 싫어했어."

"그래요." 해리가 말했다. "하지만 아빠는 그냥 별다른 이유도 없이 스네이프를 공격했어요. 그냥…… 그냥 아저씨가 심심하다고 했기 때문에요." 그는 목소리에 약간 겸연쩍은 기색을 담아 말을 마쳤다.

"나도 잘한 건 아니지." 시리우스가 재빨리 말했다.

루핀이 시리우스를 곁눈질하더니 말했다. "이봐, 해리. 네가 이해해야 하는 건, 너희 아버지와 시리우스가 뭘 하든 학교에서 최고였다는 거야. 다들 그 두 사람이 멋진 녀석들 중에서도 최고로 멋진 녀석들이라고 생각했다. 가끔씩 너무 나가긴 했지만."

"네 말은, 가끔 우리가 오만한 멍청이였다는 뜻이겠지." 시리우스가 말했다.

루핀이 싱긋 웃었다.

"아빠는 머리를 계속 헝클어뜨리더라고요." 해리가 짜증이 깃든 목소리로 말했다.

시리우스와 루핀이 웃음을 터뜨렸다.

"그 친구가 그러곤 했다는 걸 잊고 있었네." 시리우스가 그립다는 듯 말했다.

"스니치로 장난을 하고 있던?" 루핀이 기대감에 차서 물었다.

"네." 해리는 추억에 잠긴 채 활짝 웃는 시리우스와 루핀을 이해할 수 없다는 듯 바라보았다. "뭐…… 전 아빠가 약간 머저리 같다고 생각했어요."

"당연히 약간 머저리였지!" 시리우스가 쾌활하게 말했다. "우리 모두 머저리였어! 뭐, 무니는 딱히 그렇지 않았지만." 그가 루핀을 보며 정직하게 말했다.

하지만 루핀은 고개를 저었다. "내가 너희한테 스네이프를 가만두라고 말한 적 있나?" 그가 말했다. "내가 너희한테 너무 심한 것 같다고 말할 용기를 낸 적이 한 번이라도 있었어?"

"뭐, 그래도……." 시리우스가 말했다. "가끔 널 보면 우리 자신이 부끄러워지기도 했어. 그건 중요한 일이지."

"그리고" 하면서, 해리가 끈질기게 말을 이었다. 일단 여기까지 왔으니 마음속에 있는 것을 모두 쏟아 낼 작정이었다. "자꾸 호숫가에 있는 여학생들을 힐끔거렸어요. 그 애들이 자기를 봐 주기를 바라면서요!"

"아, 뭐, 제임스는 릴리가 가까이 있을 때면 언제나 바보같이 굴었어." 시리우스가 어깨를 으쓱하며 말했다. "릴리 근처에 갈 때마다 뽐내지 않고는 못 배겼지."

"엄마는 왜 아빠랑 결혼한 거예요?" 해리가 비참하게 물었다. "아빠를 엄청 싫어하던데!"

"아냐, 그렇지 않았다." 시리우스가 말했다.

"7학년 때부터 사귀기 시작했지." 루핀이 말을 보탰다.

"제임스가 머리에 든 바람을 좀 뺀 다음에 말이야." 시리우스가 말했다.

"사람들한테 장난삼아 공격 마법 거는 짓도 그만두고." 루핀이 말했다.

"스네이프한테도요?" 해리가 물었다.

"그게……." 루핀이 천천히 말을 이었다. "스네이프는 특별한 경우였지. 그러니까, 스네이프는 단 한 번도 제임스한테 저주 걸 기회를 놓치지 않았어. 솔직히 제임스가 그걸 그냥 받아 줄 거라고 기대할 수는 없지 않겠니?"

"엄마가 그걸 용납했어요?"

"사실 너희 엄마는 상황을 잘 몰랐어." 시리우스가 말했다. "제임스가 데이트하러 가면서 스네이프를 데려가 릴리 앞에서 저주를 걸었던 건 아니니까."

시리우스는 해리를 향해 얼굴을 찌푸렸다. 해리는 여전히 납득하지 못하겠다는 표정이었다.

"잘 들어라." 시리우스가 말했다. "너희 아버지는 내가 사귄 최고의 친구였고 좋은 사람이었어. 열다섯 살 때는 수많은 사람이 머저리 같은 짓을 한단다. 제임스는 성장하면서 달라졌어."

"네, 알았어요." 해리가 무겁게 말했다. "제가 스네이프를 안쓰럽게 여기게 될 거라고는 한 번도 생각해 보지 않아서 그래요."

"얘기가 나와서 말인데……." 루핀이 말했다. 그의 미간에 희미하게 주름이 잡혔다. "네가 이 모든 걸 봤다는 사실을 알았을 때 스네이프는 어떻게 반응했니?"

"저한테 다시는 오클루먼시를 가르치지 않겠다고 했어요." 해리가 별 관심 없다는 듯 말했다. "누가 뭐 아쉬워할 줄 알고……."

"**뭘** 어쨌다고?" 시리우스가 소리치는 바람에 해리는 깜짝 놀라 재를 한입 가득 삼켰다.

"정말이냐, 해리?" 루핀이 재빨리 물었다. "널 가르치는 걸 그만

됐다고?"

"네." 해리가 대답했다. 그는 생각보다 엄청난 반응에 적잖이 놀랐다. "하지만 괜찮아요. 전 상관없어요. 아저씨들한테 얘기하니까 조금 안심이……."

"내가 가서 스네이프한테 한마디 해야겠다!" 시리우스가 힘주어 말했다. 그는 실제로 일어서려고 했지만 루핀이 그를 홱 당겨 도로 앉혔다.

"누군가가 스네이프한테 얘기해야 한다면 내가 하지!" 그가 단호하게 말했다. "하지만 해리, 일단은 네가 스네이프한테 다시 가서 무슨 일이 있어도 널 가르치는 일을 그만둬서는 안 된다고 말하거라. 덤블도어 교수님이 이 얘기를 들으면……."

"그런 말은 못 해요. 스네이프가 절 죽일 거라고요!" 해리가 흥분해서 말했다. "제가 펜시브에서 나왔을 때 스네이프가 어떻게 굴었는지 못 보셔서 그래요."

"해리, 네가 오클루먼시를 배우는 것보다 중요한 일은 아무것도 없어!" 루핀이 엄하게 말했다. "내 말 알겠니? 아무것도 없다고!"

"알았어요, 알았다고요." 해리는 짜증이 난 것은 물론이고 평정심마저 잃고 말았다. "제가…… 말을 해 보기는 할게요. 하지만 그렇다고……."

그는 입을 다물었다. 멀리서 발소리가 들렸다.

"크리처가 내려오고 있나요?"

"아니." 시리우스가 뒤를 흘낏 돌아보며 말했다. "분명 네 쪽에 누가 있는 것 같다."

해리는 순간 심장이 멎는 듯했다.

"가야겠어요!" 그는 서둘러 말하고 그리몰드가의 벽난로에서 머리를 뒤로 뺐다. 잠깐 동안 목 위에서 머리가 빙빙 도는 것 같았지만, 그는 곧 머리가 단단히 고정된 상태로 엄브리지의 벽난로 앞에 무릎을 꿇고 에메랄드 불꽃이 깜빡이다 꺼지는 모습을 지켜보고 있었다.

"빨리, 빨리!" 그는 연구실 문 바깥에서 쌕쌕거리는 소리를 들었다. "아, 열어 두셨군."

해리가 얼른 투명 망토를 집어 들고 가까스로 뒤집어쓴 순간 필치가 문을 벌컥 열고 연구실로 들어왔다. 그는 웬일인지 기뻐서 어쩔 줄 모르는 표정으로 방을 가로지르면서 열심히 혼잣말을 하더니, 엄브리지의 책상 서랍을 열고 그 안의 서류들을 샅샅이 뒤지기 시작했다.

"채찍질 허가서…… 채찍질 허가서…… 마침내 할 수 있게 됐어……. 놈들이 오랫동안 자초해 온 일이지……."

그는 양피지를 꺼내 입을 맞추더니 가슴께에 움켜쥐고 다급히 발을 끌면서 문밖으로 나갔다.

해리는 벌떡 일어나 책가방을 챙겼는지, 투명 망토가 몸을 완전히 덮고 있는지 확인한 뒤 문을 열고 필치에 뒤이어 연구실을 나섰다. 필치는 해리가 지금껏 본 것 중에서 가장 빠르게 절뚝거리며 걷고 있었다.

엄브리지의 연구실에서 한 층 아래 층계참에 다다른 해리는 다시 모습을 드러내도 안전할 거라고 생각했다. 그는 투명 망토를 벗어 책가방에 쑤셔 넣고 서둘러 나아갔다. 현관홀에서 엄청난 고함 소리와 사람들이 움직이는 소리가 들렸다. 대리석 계단을 달려 내려가니 거의 전교생이 모여 있는 것 같았다.

트릴로니가 해고된 날 밤과 똑같았다. 학생들은 크게 원을 그리며 빙 둘러서 있었다(해리는 그중 몇 명이 악취 수액과 아주 비슷해 보이는 물질을 뒤집어쓰고 있다는 사실을 알아차렸다). 선생들과 유령들도 무리 중에 있었다. 구경꾼들 가운데 눈에 띄는 건 장학관 직속 선도부였는데, 그들은 모두 유난히 즐거워하는 표정이었다. 머리 위에 둥둥 떠서 흔들리고 있던 피브스가 프레드와 조지를 내려다보았다. 두 사람은 현관홀 한가운데, 누가 봐도 궁지에 몰린 사람처럼 서 있었다.

"자!" 엄브리지가 의기양양하게 말했다. 이제 보니 그녀는 해리보다 겨우 몇 칸 아래 서서, 이번에도 사냥감을 내려다보고 있었다. "그래서, 너희는 학교 복도를 늪으로 바꿔 놓는 게 재미있다고 생각한 거니?"

"꽤 재미있죠. 맞아요." 프레드가 전혀 두려워하는 기색 없이 그녀를 올려다보며 말했다.

필치가 팔꿈치로 인파를 밀쳐 길을 뚫으며 엄브리지에게 다가갔다. 행복에 겨워서 거의 울기 직전이었다.

"서류를 가져왔습니다, 교장 선생님." 그가 양피지를 흔들며 쉰 목소리로 말했다. 조금 전 엄브리지의 책상에서 꺼낸 양피지였다. "서류도 가져왔고, 채찍도 준비해 두었습니다······. 아, 이제 시켜만 주세요······."

"아주 좋아요, 아거스." 그녀가 말했다. "너희 둘." 그녀는 프레드와 조지를 내려다보며 말을 이었다. "이제 곧 내 학교에서 잘못을 저지르면 어떻게 되는지 알게 될 거야."

프레드가 말했다. "근데 있잖아요, 전 좀 생각이 달라요."

그가 자신의 쌍둥이 형제에게 고개를 돌렸다.

"조지." 프레드가 말했다. "내 생각엔 우리가 하루 종일 수업을 받을 나이는 지난 것 같은데."

"그래, 나도 그런 생각이 들었어." 조지가 가볍게 대꾸했다.

"우리 재능을 진짜 세계에서 시험해 볼 때가 된 것 같지 않아?" 프레드가 물었다.

"됐고말고." 조지가 말을 받았다.

엄브리지가 뭐라고 할 새도 없이 그들은 마법 지팡이를 들어 올리고 동시에 외쳤다.

"*아씨오 빗자루!*"

멀리 어디선가 쾅 하는 요란한 소리가 들렸다. 해리는 왼쪽을 돌아보고 아슬아슬하게 몸을 숙였다. 프레드와 조지의 빗자루가 각각 주인을 향해 복도를 돌진하고 있었다. 그중 하나는 여전히 엄브리지가 벽에 묶어 두었던 무거운 쇠사슬과 쇠못을 대롱대롱 매단 채였다. 빗자루들은 왼쪽으로 방향을 꺾어 쏜살같이 계단을 내려오더니 쌍둥이 앞에서 딱 멈췄다. 사슬이 돌바닥에 부딪쳐 시끄럽게 철컹거리는 소리를 냈다.

"우리, 다시는 보지 말죠." 프레드가 한쪽 다리를 빗자루에 척 걸치며 엄브리지 교수에게 말했다.

"그래요, 굳이 연락하지 마세요." 조지가 자기 빗자루에 오르며 말했다.

프레드는 조용히 모여서서 지켜보고 있는 학생들을 둘러보았다.

"위층에서 시범 보였던 휴대용 늪을 구입하고 싶은 사람은 다이애건 앨리 93번지 '위즐리 형제의 위대하고 위험한 장난감'으로 와." 그가 큰 소리로 말했다. "우리가 새로 연 가게야!"

"이 늙은 박쥐를 쫓아내는 데 우리 제품을 사용하겠다고 맹세하는 호그와트 학생들한테는 특별 할인을 해 줄게." 조지가 엄브리지 교수를 가리키며 덧붙였다.

"막아!" 엄브리지가 날카롭게 소리쳤지만 너무 늦었다. 장학관 직속 선도부 아이들이 다가오자 프레드와 조지는 바닥을 박차고 올라 공중으로 4, 5미터 치솟았다. 빗자루에 달린 쇠못이 위험하게 덜렁거렸다. 프레드는 현관홀 맞은편, 사람들 머리 위 그와 같은 높이에서 까닥거리는 폴터가이스트를 바라보았다.

"우리 대신 저 여자에게 지옥을 선사해 줘, 피브스."

해리는 피브스가 학생의 명령에 복종하는 모습을 단 한 번도 본 적이 없었다. 하지만 프레드와 조지가 밑에 있는 학생들의 떠들썩한 갈채를 받으며 눈부시게 아름다운 노을을 향해 열린 문으로 쏜살같이 나가자, 이번만큼은 그도 두 사람을 향해 힘차게 경례했다.

30장
그룹

 프레드와 조지가 자유의 탈출을 감행한 이야기는 이어지는 며칠 동안 수도 없이 사람들 입에 오르내렸다. 해리는 머잖아 그 이야기가 호그와트의 전설이 되리라는 사실을 알았다. 1주일도 안 되어, 그 장면을 직접 목격했던 사람들조차, 쌍둥이가 문밖으로 날아가기 전 엄브리지 위로 급강하해서 똥폭탄을 폭격한 장면을 봤다고 반쯤 확신하고 있었다. 쌍둥이가 떠난 직후에는 그들을 따라 하자는 얘기가 쏟아져 나왔다. 학생들이 "솔직히, 어쩔 때는 나도 그냥 빗자루에 올라타고 여길 떠나고 싶어"라든지 "한 번 더 그런 수업을 듣게 되면 나도 위즐리 같은 짓을 하게 될지도 몰라" 같은 얘기를 하는 소리가 자주 들렸다.

프레드와 조지는 확실히 아무도 그들을 금방 잊지 못하게 만들어 놓았다. 하나만 꼽자면, 그들은 지금까지도 동쪽 건물 6층 복도를 가득 메우고 있는 늪을 없앨 방법을 알려 주지 않았다. 엄브리지와 필치가 여러 가지 방법을 써서 그것을 없애려 애쓰는 모습이 목격되기는 했지만 별 소용은 없었다. 결국 그들은 그 구역에 밧줄을 쳐야 했다. 필치는 화가 나 이를 부득부득 갈면서 학생들을 나룻배에 태워 교실까지 데려다주는 일을 맡게 됐다. 해리는 분명 맥고나걸이나 플리트윅 같은 교수들이라면 단번에 그 늪을 없앨 수 있을 거라고 생각했지만, 그들은 프레드와 조지의 윙윙대는 도깨비불 때와 마찬가지로 엄브리지가 애먹는 모습을 지켜보는 편을 더 즐기는 듯했다.

엄브리지의 연구실 문에 난 두 개의 커다란 빗자루 모양 구멍도 있었다. 프레드와 조지의 클린스윕이 주인에게 날아가면서 남긴 흔적이었다. 필치는 새 문을 달고 해리의 파이어볼트를 지하 감옥으로 옮겨 놓았는데, 엄브리지가 무장한 트롤 경비원을 보내 그것을 지키게 했다는 소문이 돌았다. 하지만 그녀의 골칫거리는 그것이 다가 아니었다.

프레드와 조지가 보인 모범에 자극을 받은 수많은 학생이 이제 새로운 최고 말썽꾼 자리를 놓고 경쟁하고 있었던 것이다. 문을 새로 달았는데도 누군가가 털이 북슬북슬하고 긴 주둥이를 가진 니플러를 엄브리지의 연구실에 슬쩍 집어넣었고, 니플러는 반짝이는 물건들을 찾아 순식간에 그곳을 난장판으로 만들어 놓다가 엄브리지가 들어오자 그녀에게 뛰어올라 그 짤막한 손가락에 낀 반지들을 물어뜯으려고 했다. 복도에서 똥폭탄과 악취탄이 너무 자주 터지는 바람에, 교실을 나가기 전 스스로에게 거품 머리 마법을 거는 것이 학생들 사이에서 새로운 유행이 되었다. 모두 머리에 금붕어 어항을 뒤집어쓴 것 같은 이상한 모습이 되기는 했지만 그래야 고약한 악취를 막을 수 있기 때문이었다.

필치는 규칙을 어기는 학생들을 잡으려고 혈안이 되어서 말채찍을 들고 복도를 돌아다녔다. 하지만 문제는 이제 규칙을 어기는 학생이 너무 많아 어느 방향으로 가야 할지 결코 알 수 없다는 점이었다. 장학관 직속 선도부가 그를 도우려 했지만 그들에게도 계속 이상한 일들이 일어났다. 슬리데린 퀴디치 팀의 워링턴은 마치 콘플레이크를 뒤집어쓴 것처럼 보이는 끔찍한 피부병에 걸려 병동에 가야 했다. 헤르미온느한테는 무척 즐겁게도 팬지 파킨슨은 사슴뿔이 돋아나는 바람에 다음 날 수업을 모두 놓치고 말았다.

한편, 프레드와 조지가 호그와트를 떠나기 전에 꾀병 과자 세트를 얼마나 많이 팔았는지도 드러났다. 엄브리지가 교실에 들어가기만 하면 그곳에 모인 학생들은 기절하고, 토하고, 위험할 정도로 열이 나고, 양쪽 콧구멍에서 피를 줄줄 흘렸다. 그녀는 화가 나고 답답해서 소리를 지르며 이 수수께끼 같은 증상의 원인을 찾으려고 시도했지만, 학생들은 고집스럽게 '엄브리지병'을 앓고 있을 뿐이라고 주장했다. 연이어 네 학급에 방과 후 징계를 주고도 비밀을 알아내지 못한 그녀는 결국 포기하고, 피를 흘리고 기절하고 땀을 흘리고 토하는 학생들이 떼를 지어 교실을 나가도록 허락해 주었다.

하지만 꾀병 과자 세트 사용자들도 혼돈의 달인인 피브스와 겨룰 수는 없었다. 그는 프레드가 떠나면서 남긴 말을 마음 깊이 새긴 듯했다. 그는 미친 듯이 깔깔거리며 온 학교를 휩쓸고 다니면서 책상들을 뒤집고 칠판에서 불쑥 튀어나오고 조각상과 꽃병 들을 넘어뜨렸다. 그는 노리스 부인을 두 번이나 갑옷에 가뒀고, 노리스 부인은 그 안에서 시끄럽게 울부짖다가 화가 머리끝까지 난 건물 관리인의 손에 구출되었다. 피브스는 등불을 박살 내고, 촛불을 불어 끄고, 비명을 지르는 학생들의 머리 위에서 타오르는 횃불로 저글링을 했다. 가지런히 쌓여 있는 양피지 더미를 벽난로 속이나 창밖으로 쓰러뜨리기도 했다. 욕실 수도꼭지를 죄다 잡아 빼서 3층에 물이 넘치게 만들고, 아침 식사 도중 대연회장 한가운데 독거미 한 자루를 풀어놓았으며, 그러다가 쉬고 싶은 마음이 들 때면 둥둥 뜬 채 한 번에 몇 시간씩 엄브리지의 뒤를 따라다니며 그녀가 입을 열 때마다 야유를 퍼부었다.

교직원 중에는 오직 필치만이 그녀를 도우려 하고 있었다. 해리는 프레드와 조지가 떠나고 1주일 후 맥고나걸 교수가 크리스털 샹들리에 나사를 느슨하게 풀고 있는 피브스 곁을 지나면서 한쪽 입술 끝으로 "나사를 반대로 돌려야지" 하고 말하는 소리를 두 귀로 똑똑히 들었다.

설상가상으로, 몬태규는 아직도 변기 속 여행에서 회복하지 못하고 있었다. 그는 혼란에 빠져 방향감각을 잃은 상태였다. 어느 화요일 아침, 그의 부모님이 잔뜩 화난 얼굴로 교문을 향해 걸어오는 모습이 목격되었다.

"우리가 무슨 말이라도 해 줘야 하는 거 아냐?" 헤르미온느가 일반 마법 교실 창문에 얼굴을 바짝 붙인 채, 성큼성큼 성안으로 걸어 들어오는 몬태규 부부를 보면서 걱정스럽게 말했다. "걔한테 무슨 일이 있었는지 말이야. 그러면 폼프리 선생님이 치료하는 데 도움이 될지도 모르잖아."

"당연히 안 되지. 그냥 둬도 곧 나을 거야." 론이 냉정하게 말했다.

"아무튼, 엄브리지한테는 골치 아픈 일이 더 생긴 셈이잖아?" 해리가 만족스러운 목소리로 말했다.

그와 론은 마법을 걸려고 놓아둔 찻잔을 마법 지팡이로 톡톡 두드렸다. 해리의 찻잔에서 짧은 다리 네 개가 튀어나왔다. 어찌나 짧은지 그 다리들은 책상에 닿지도 못하고 공중에서 하릴없이 버둥거렸다. 론의 찻잔에서는 아주 가느다란 다리 네 개가 튀어나왔는데, 그것들은 책상에서 아주 힘겹게 몸을 들어 올렸다가 몇 초쯤 부르르 떨더니 그대로 접혀서 찻잔을 두 동강 나게 만들었다.

"레파로." 헤르미온느가 재빨리 마법 지팡이를 한 번 휘둘러 론의 찻잔을 고쳐 주었다. "그야 그렇지만 몬태규가 영원히 낫지 않으면 어떻게 해?"

"알 게 뭐야?" 론이 짜증을 냈다. 그의 찻잔은 술 취한 것처럼 무릎을 부들부들 떨면서 다시 일어섰다. "그러게 그리핀도르 점수를 그렇게 많이 깎으려 들지 말았어야지. 안 그래? 헤르미온느, 누군가를 걱정하고 싶다면 날 걱정해!"

"널?" 그녀는 버들무늬가 새겨진 짧고 튼튼한 네 다리로 책상 위에서 신나게 멀어져 가는 찻잔을 붙잡아 다시 자기 앞에 내려놓으며 말했다. "내가 왜 널 걱정해야 되는데?"

"엄마의 다음번 편지가 엄브리지의 검사를 통과하면 난 엄청나게 곤란해질 거야. 엄마가 하울러를 또 하나 보내도 놀랍지 않을걸." 론이 씁쓸하게 말했다. 그는 이제 연약한 다리로 겨우겨우 버티려는 찻잔을 일으켜 주고 있었다.

"하지만……."

"프레드랑 조지가 떠난 것도 내 탓이 될 거야. 두고 봐." 론이 음울하게 말했다. "둘이 떠나지 못하게 내가 막았어야 했다고 하실

걸. 형들 빗자루 끝을 잡고 매달리기라도 했어야 한다고……. 뭐, 전부 내 잘못이 될 거야."

"글쎄, 너희 엄마가 그렇게 말씀하신다면 그건 아주 불공평한 일이야. 넌 아무것도 할 수 없었잖아! 하지만 그러지 않으실 거야. 내 말은, 두 사람이 정말로 다이애건 앨리에 가게를 열었다면 틀림없이 아주 오래전부터 계획해 왔을 테니까."

"그래, 근데 그건 또 다른 문제야. 형들은 어떻게 가게를 얻은 거지?" 론이 마법 지팡이로 너무 세게 때리는 바람에 찻잔은 네 다리가 다시 꺾이더니 그의 눈앞에서 부들부들 떨면서 드러누워 버렸다. "좀 수상하지 않아? 다이애건 앨리에서 가게를 얻으려면 엄청나게 많은 갈레온이 있어야 할 텐데. 엄마는 형들이 무슨 짓을 해서 그런 돈을 손에 넣었는지 알고 싶어 할 거야."

"음, 그래, 나도 그런 생각을 하긴 했어." 자기 찻잔이 해리의 찻잔 주위에서 깔끔하게 원을 그리며 뛰어다니게 내버려 둔 채 헤르미온느가 말했다. 해리 찻잔의 짧은 다리들은 아직도 책상에 닿지 못하고 있었다. "나는 혹시 먼덩거스가 두 사람을 꼬드겨서 훔친 물건이나 뭔가 끔찍한 것들을 팔게 한 건 아닌지 의심하고 있었어."

"그런 거 아냐." 해리가 짧게 말했다.

"네가 어떻게 알아?" 론과 헤르미온느가 동시에 물었다.

"그건……." 해리는 망설였지만 마침내 고백할 때가 온 것 같았다. 프레드와 조지가 범죄를 저질렀을지도 모른다고 의심받게 된다면 침묵을 지켜 봐야 좋을 게 전혀 없었다. "왜냐하면 그 돈은 내가 준 거니까. 지난 6월에 내가 트라이위저드 상금을 두 사람한테 줬어."

충격 속에서 침묵이 이어졌다. 헤르미온느의 찻잔이 책상 가장자리로 곧장 달려가더니 바닥에 떨어져 박살 났다.

"아, 해리, 설마 그럴 *리가!*" 그녀가 말했다.

"맞아, 그랬어." 해리가 반발하듯 말했다. "그리고 후회하지도 않아. 나한텐 그 돈이 필요 없었고, 두 사람은 장난감 가게를 아주 멋지게 운영할 테니까."

"근데 잘됐다!" 론이 짜릿한 표정을 지으며 말했다. "다 너 때문인 거잖아, 해리. 엄마는 아예 날 탓할 수가 없어! 엄마한테 말해도 돼?"

"그래, 그러는 게 좋을 것 같다." 해리가 힘없이 말했다. "더구나 너희 엄마가 형들이 훔친 솥단지 같은 걸 받고 있다고 생각하신다면 말이야."

헤르미온느는 남은 수업 시간 동안 아무 말도 하지 않았지만, 해리는 그녀의 저런 인내심이 과연 얼마나 오래 지속될지 의문이었다. 아니나 다를까, 쉬는 시간에 밖으로 나가 5월의 미약한 햇빛 아래 모여서자마자 그녀는 해리에게 초롱초롱한 눈길을 고정하더니 결연한 태도로 입을 열었다.

해리는 그녀가 운을 떼기도 전에 말을 가로막았다.

"잔소리해 봐야 소용없어. 이미 끝난 일이야." 그가 단호하게 말했다. "프레드랑 조지가 돈을 가져갔어. 보니까 상당 부분 써 버린 것 같고. 돌려받을 수도 없고, 그러고 싶지도 않아. 그러니까 말해 봐야 아무 소용 없어, 헤르미온느."

"난 프레드랑 조지 얘기를 하려는 게 아니야!" 그녀가 상처받은 목소리로 말했다.

론이 못 믿겠다는 듯 코웃음을 치자 헤르미온느는 그를 매섭게 쏘아보았다.

"진짜라니까!" 그녀가 화를 내며 말했다. "사실은 해리한테 조만간 스네이프를 다시 찾아가서 오클루먼시 수업을 더 해 달라고 부탁할 건지 물어볼 생각이었단 말이야!"

해리의 가슴이 철렁 내려앉았다. 시간이 좀 걸리긴 했지만, 프레드와 조지의 극적 탈출이라는 화제가 고갈되자 론과 헤르미온느는 시리우스 소식을 듣고 싶어 했다. 해리는 애초에 그들에게 시리우스와 이야기 나누고 싶었던 이유를 털어놓은 적이 없었기 때문에 무슨 말을 할지 생각해 내기가 어려웠다. 그래서 결국 시리우스가 오클루먼시 수업을 다시 받으라고 했다는 얘기를 솔직하게 털어놓았던 것이다. 그리고 그는 그 얘기를 한 것을 줄곧 후회했다. 헤르미온느는 그냥 넘어가지 않고, 해리가 예상치 못한 순간에 그 얘기를 계속 끄집어냈다.

"이제 더 이상 이상한 꿈을 꾸지 않는다고도 말 못 할 거야." 헤르미온느가 말했다. "네가 어젯밤에 잠을 자면서 또 뭔가를 중얼거렸다고 론이 말해 줬어."

해리가 화난 눈으로 론을 돌아보았다. 론은 그래도 조금 미안하기는 한지 부끄러운 표정을 지었다.

"조금밖에 안 중얼거렸어." 그가 무안한 듯 웅얼거렸다. "'조금만 더'라든가, 뭐 그런 말."

"너희가 퀴디치 하는 걸 구경하는 꿈을 꿨어." 해리는 일부러 잔인한 거짓말을 했다. "네가 팔을 조금만 더 뻗어서 쿼플을 잡게 하려던 참이었단 말이야."

론의 귀가 빨개졌다. 해리는 복수를 한 것 같은 쾌감을 느꼈다. 물론, 해리가 꾼 꿈은 그런 것과는 거리가 멀었다.

어젯밤 꿈에서 그는 또 한 번 미스터리부 복도를 따라 걸었다. 그는 둥근 방과 깜빡이며 어른거리는 불빛으로 가득한 방을 지나, 마침내 먼지로 뒤덮인 유리섬유 구슬들이 층층이 놓인 선반들로 가득 찬 휑뎅그렁한 방으로 들어갔다.

그는 곧장 97번 열로 향한 뒤 왼쪽으로 돈 다음 달렸다……. 그가 큰 소리로 입을 연 건 아마 그때쯤이었을 것이다……. 조금만 더……. 의식을 가진 자신이 깨어나려고 몸부림치는 것이 느껴졌다……. 그리고 가장 끝의 열에 있는 선반에 도착하기도 전에, 해리는 어느새 사주식 침대 덮개를 올려다보며 누워 있었다.

"마음을 닫으려고 노력은 하고 있는 거지?" 헤르미온느가 해리를 향해 눈을 번뜩이면서 물었다. "오클루먼시 연습도 계속하고 있어?"

"당연하지." 해리는 애써 그 질문이 모욕적으로 느껴진다는 듯 말했지만 그녀의 눈을 마주 볼 수는 없었다. 사실 그는 먼지투성이 구슬들로 가득한 그 방에 무엇이 감춰져 있는지 너무 궁금했기 때문에 오히려 그 꿈들이 계속되기를 간절히 바라고 있었다.

문제는 시험까지 한 달도 남지 않았고 자유 시간은 모두 시험공부에 할애하고 있었기에 잠자리에 들 때면 머릿속이 지식들로 꽉 차서 잠들기가 매우 어렵다는 사실이었다. 설령 잠이 들더라도 잔뜩 긴장한 뇌는 대개 시험에 관련된 멍청한 꿈을 보여 줄 뿐이었다. 또한 그의 마음 한켠(종종 헤르미온느의 목소리로 말하곤 하는)이 그가 검은 문으로 끝나는 복도를 헤매고 다닐 때마다 죄책감을 느끼게 하고, 그 여정이 끝나기 전에 그를 깨우려 든다는 의심도 들었다.

"있잖아." 론이 말했다. 귀가 아직도 붉게 물들어 있었다. "슬리데린이 후플푸프하고 붙기 전까지 몬태규가 낫지 않으면 우리가 우승컵을 차지할 수 있을지도 몰라."

"그래, 그럴 거야." 해리는 화제가 바뀐 것에 기뻐하며 말했다.

"그러니까, 우리는 한 번 이겼고 한 번 졌잖아. 다음 주 토요일에 슬리데린이 후플푸프한테 지면……."

"그래, 맞아." 무엇에 맞장구를 치는지도 모른 채 해리가 말했다. 초 챙이 지금 막 교정을 가로질러 간 것이다. 그녀는 마치 그를 보지 않으려고 작정한 것 같았다.

퀴디치 시즌 마지막 시합인 그리핀도르 대 래번클로 경기는 5월 마지막 주말에 열릴 예정이었다. 지난번 시합에서 슬리데린이 후플푸프에게 아슬아슬하게 지긴 했지만, 그리핀도르는 감히 우승의 희망을 품지 못했다. 주된 이유는 (당연히 아무도 당사자에게 그렇게 말하진 않았지만) 론이 기록한 처참한 실점률 때문이었다. 그러나 론은 긍정적인 면을 새로 발견한 듯했다.

"내 말은, 내가 이 이상 나빠질 수는 없다는 거야. 안 그래?" 시합 당일 아침 식사를 하면서 그가 해리와 헤르미온느에게 음울하게 말했다. "더 이상 잃을 게 없지 않겠어?"

"저기." 잠시 후, 잔뜩 흥분한 사람들 틈에 끼어 해리와 함께 경기장으로 걸어가던 헤르미온느가 말했다. "내 생각엔 프레드랑 조지가 곁에 없어서 론이 더 잘할지도 몰라. 그 두 사람이 론한테 자신감을 준 적은 딱히 없잖아."

루나 러브굿이 머리 위에 살아 있는 독수리 비슷한 것을 얹은 채 그들을 앞질러 갔다.

"아, 이런. 깜빡했다!" 헤르미온느가 말했다. 그녀는 날개를 퍼덕이는 독수리를 머리에 얹은 루나가 낄낄거리며 그녀를 손가락질하는 슬리데린 학생들 사이를 유유히 지나가는 모습을 바라보고 있었다. "초도 출전하겠네?"

이 사실을 잊지 않고 있던 해리는 그저 끙 소리만 냈다.

그들은 관중석 꼭대기에서 두 번째 줄에 자리를 잡았다. 화창하고 맑은 날이었다. 론에게는 이보다 더 좋을 수 없는 상황이었다. 해리는 론이 슬리데린 학생들에게 '위즐리는 우리의 왕'을 합창할 빌미를 주지 않았으면 좋겠다는 부질없는 희망을 품고 있었다.

프레드와 조지가 떠난 뒤 매우 의기소침해 있던 리 조던이 예전처럼 중계를 맡았다. 선수들이 경기장으로 날아들어 오자 그는 평소의 열정에 못 미치는 목소리로 그들의 이름을 불렀다.

"······브래들리······ 데이비스······ 챙입니다." 초가 경기장으로 걸어 나오자 해리는 속이 공중제비 도는 것보다는 약하고, 꿈틀거리는 것보다는 강하게 울렁거리는 것을 느꼈다. 그녀의 윤기 나는 검은색 머리카락이 부드러운 바람에 물결쳤다. 해리는 자신과 초 사이에 어떤 일이 더 있기를 바라는 건지 알 수 없었다. 단지 더는 말다툼을 참을 수 없을 뿐이었다. 그녀가 빗자루에 오를 준비를 하면서 로저 데이비스와 즐겁게 재잘거리는 모습을 봐도 살짝 찌릿한 질투 말고는 아무것도 느껴지지 않았다.

"시작합니다!" 리가 외쳤다. "데이비스가 곧바로 쿼플을 잡습니다. 래번클로 주장 데이비스가 쿼플을 소유하고 존슨을 따돌립니다. 벨을 피하고, 스피넛도 제치고…… 곧장 골대로 향하고 있습니다! 슛을 쏘려고 하는데…… 그리고…… 그리고……." 리가 아주 큰 소리로 욕설을 내뱉었다. "득점 성공했습니다."

해리와 헤르미온느는 다른 그리핀도르 학생들과 함께 신음했다. 끔찍하게도, 예상한 것처럼 맞은편 관중석의 슬리데린 응원단이 노래를 부르기 시작했다.

"위즐리는 하나도 못 잡아.
골대 하나도 못 막아……"

"해리." 해리의 귀에 거친 목소리가 들려왔다. "헤르미온느……."
뒤돌아보니 수염 덥수룩한 해그리드의 커다란 얼굴이 좌석 사이에서 삐죽 나와 있었다. 해그리드가 방금 지나쳐 온 1학년과 2학년들이 흐트러지고 납작하게 짓눌린 모습을 보니 뒷자리를 온통 비집고 들어온 게 틀림없었다. 어째서인지 그는 눈에 띌까 봐 불안한 듯 몸을 잔뜩 움츠리고 있었다. 그렇더라도 여전히 다른 사람들보다 최소 1미터는 불쑥 솟아 있었지만.

"저기, 얘들아." 그가 속삭였다. "나랑 같이 가 줄래? 지금. 다들 시합을 보느라 정신없을 때 말이야."

"어…… 좀 기다려 주시면 안 돼요, 해그리드?" 해리가 물었다. "시합 끝날 때까지만요."

"안 돼." 해그리드가 말했다. "안 된다, 해리. 지금이어야 해. 모두 다른 데 정신이 팔렸을 때 가야 해……. 부탁하마."

해그리드의 코에서 조금씩 피가 흐르고 있었다. 양쪽 눈 모두 멍이 든 상태였다. 해리는 해그리드가 학교에 돌아온 뒤로 그를 이렇게 가까이에서 본 적이 없었다. 그는 걱정에 가득 찬 모습이었다.

"알겠어요." 해리가 곧바로 말했다. "당연히 가야죠."

그와 헤르미온느는 좌석을 살금살금 되짚어 갔다. 그들 때문에 자리에서 일어나야 했던 학생들이 마구 불평을 터뜨렸다. 반면 해그리드가 있던 줄의 학생들은 불평 한 마디 하지 않고 가능한 한 몸을 바짝 움츠리려고 애썼다.

"정말 고맙다, 너희 둘. 진심이야." 계단에 이르자 해그리드가 말했다. 그는 잔디밭으로 내려가는 동안에도 계속 초조하게 주위를 두리번거렸다. "우리가 가는 걸 그 여자가 눈치채지 말아야 할 텐데."

"엄브리지요?" 해리가 물었다. "모를 거예요. 장학관 직속 선도부 전원을 옆에 앉혀 놓은 거 못 보셨어요? 시합 중에 말썽이 일어날 거라고 생각하는 게 틀림없어요."

"그래, 뭐, 말썽이 좀 일어나도 나쁠 건 없지." 해그리드는 잠깐 멈춰 서서 관중석 가장자리 너머를 둘러보았다. 지금 있는 곳에서 그의 오두막 사이에 뻗어 있는 잔디밭에 아무도 없는지 확인하기 위해서였다. "그럼 시간을 더 벌 수 있을 테니까."

"무슨 일인데요, 해그리드?" 금지된 숲 가장자리를 향해 서둘러 잔디밭을 가로지를 때, 헤르미온느가 걱정스러운 얼굴로 그를 올려다보면서 물었다.

"그게…… 조금 있으면 알게 될 거야." 관중석에서 엄청난 함성이 들려오자 해그리드가 어깨 너머를 돌아보며 물었다. "애들아, 방금 누가 골을 넣었나 본데?"

"래번클로일 거예요." 해리가 우울하게 말했다.

"그래…… 좋아……." 해그리드가 딴 데 정신이 팔려서 말했다. "잘됐네……."

해그리드는 한 걸음 옮길 때마다 주위를 둘러보며 잔디밭을 성큼성큼 가로질렀다. 둘은 해그리드를 따라잡느라 가볍게 달려야

했다. 그의 오두막에 도착했을 때 헤르미온느는 자연스럽게 현관이 있는 왼쪽으로 몸을 돌렸다. 그러나 해그리드는 그곳을 그대로 지나쳐 금지된 숲 가장 바깥쪽 경계선에 있는 나무 그늘 속으로 들어가더니 나무에 기대어 있던 석궁을 집어 들었다. 저만치 앞서 걸어가던 그는 두 사람이 더 이상 옆에 있지 않은 것을 깨닫고 돌아보았다.

"여기로 들어갈 거야." 그는 덥수룩한 머리를 뒤로 휙 젖혔다.

"금지된 숲으로요?" 헤르미온느가 당황해서 물었다.

"그래." 해그리드가 말했다. "자 어서, 서둘러. 누가 보기 전에!"

해리와 헤르미온느는 서로 시선을 주고받고 해그리드를 따라 나무들 사이로 들어갔다. 해그리드는 석궁을 앞으로 겨눈 채 어느새 저 멀리 녹색 어둠 속으로 성큼성큼 걸어가고 있었다. 해리와 헤르미온느는 그를 따라잡기 위해 뛰었다.

"해그리드, 무기는 왜 가져온 거예요?" 해리가 물었다.

"그냥 미리 조심하려는 거야." 해그리드가 거대한 어깨를 으쓱하며 말했다.

"세스트럴을 보여 준 날에는 석궁을 가져오지 않으셨잖아요." 헤르미온느가 조심스럽게 말했다.

"그래, 뭐, 그때는 그렇게 깊이 들어가지 않았으니까." 해그리드가 말했다. "그리고 어쨌든, 그때는 피렌지가 숲을 떠나기 전이

잖냐."

"피렌지가 없으면 뭐가 다른데요?" 헤르미온느가 궁금하다는 듯 물었다.

"그야 다른 켄타우로스들이 나한테 상당히 화가 나 있으니까." 해그리드가 주위를 힐끗 돌아보며 조용히 말했다. "예전에는…… 뭐, 그때도 켄타우로스들이 그렇게 친절했다고 할 수는 없지만, 여하튼 우린 잘 지내 왔어. 자기들끼리만 어울리긴 했어도 내가 이야기 나누고 싶어 하면 항상 모습을 드러냈지. 하지만 이젠 그렇지 않아."

그는 깊은 한숨을 내쉬었다.

"피렌지 말로는 덤블도어 교수님 밑에서 일하겠다고 하니까 다른 켄타우로스들이 화를 냈대요." 해리는 해그리드의 옆모습을 올려다보면서 걷다가 튀어나온 나무뿌리에 발이 걸리고 말았다.

"그래." 해그리드가 무겁게 말했다. "뭐, 화를 냈다는 말만으로는 부족하지. 젠장, 난리도 아니었어. 내가 끼어들지 않았으면 피렌지는 죽을 때까지 걷어차였을 거다."

"켄타우로스들이 피렌지를 공격했다고요?" 헤르미온느가 충격 받은 목소리로 말했다.

"그래." 해그리드가 늘어진 나뭇가지들을 헤치고 나아가면서 툴툴거렸다. "무리의 절반이 달려들었어."

"그런데 아저씨가 막은 거예요?" 해리가 놀라고 감탄한 나머지 말했다. "혼자서요?"

"당연하지. 옆에 서서 피렌지가 맞아 죽는 꼴을 지켜보고 있을 수는 없잖아?" 해그리드가 말했다. "내가 지나가고 있었기에 망정이지…… 피렌지도 나한테 멍청한 경고를 보내기 전에 그 일을 기억했어야 해!" 그는 갑자기 흥분하며 덧붙였다.

해리와 헤르미온느는 깜짝 놀라 서로를 바라봤지만 해그리드는 눈을 부라리기만 할 뿐 더 이상 말을 잇지 않았다.

"아무튼……." 그는 평소보다 더 거칠게 숨을 쉬며 말을 이었다. "그때 이후로 다른 켄타우로스들은 나한테 잔뜩 화가 나 있어. 문제는 켄타우로스들이 금지된 숲에서 엄청난 영향력을 갖고 있다는 거지……. 여기서 가장 영리한 생명체니까."

"그래서 여기에 온 거예요, 해그리드?" 헤르미온느가 물었다. "켄타우로스들 때문에?"

"아아, 아니야." 해그리드가 세차게 고개를 저으며 말했다. "켄타우로스들 때문이 아냐. 뭐, 물론 켄타우로스들이 문제를 복잡하게 만들 수는 있겠지. 그건 맞아……. 하지만 조금 있으면 내 말이 무슨 뜻인지 알게 될 거다."

이 알아듣지 못할 말을 마지막으로 해그리드는 말없이 앞으로 나아가기만 했다. 해그리드가 한 걸음 내디딜 때마다 세 걸음을 걸어야 했으므로, 그들은 그를 따라잡는 데 큰 어려움을 겪었다.

숲속 깊이 들어갈수록 오솔길은 점점 무성하게 자란 풀로 뒤덮였다. 나무들이 빽빽하게 자라 있어 주위는 마치 해 질 녘처럼 어두웠다. 그들은 얼마 지나지 않아 해그리드가 세스트럴들을 보여 주었던 공터에서 멀리 떨어진 곳까지 왔다. 그러나 해그리드가 뜻하지 않게 길에서 벗어나 어두운 숲의 심장부를 향해 나무 사이를 드나들며 이동하기 전까지는 해리도 그다지 불안을 느끼지 않았다.

"해그리드!" 해리는 해그리드가 쉽게 밟고 지나간 빽빽하게 얽힌 덤불들을 겨우겨우 헤치고 나아가면서 소리쳤다. 지난번 숲 오솔길에서 벗어났다가 무슨 일을 겪었는지가 아주 생생하게 떠올랐다. "우리 어디 가는 거예요?"

"좀 더 가야 돼." 해그리드가 어깨 너머로 돌아보며 말했다. "이리 와라, 해리……. 이젠 붙어 있어야 돼."

해그리드와 보조를 맞추는 건 보통 힘든 일이 아니었다. 해그리드가 거미줄이라도 되는 양 쉽게 뚫고 간 나뭇가지와 가시덤불 들이 해리와 헤르미온느의 로브에 걸렸고, 가끔 심하게 걸렸을 때는 몇 분씩 멈춰 서서 얽힌 것을 풀어야 했다. 머잖아 해리의 팔다리는 베이고 긁힌 작은 상처로 뒤덮였다. 이제는 숲속 아주 깊은 곳까지 들어와 있었다. 가끔씩 어둠 속에서 해그리드의 모습이 앞에서 움직이는 거대한 검은 그림자로만 보이기도 했다. 숨죽인 침묵 속에서는 모든 소리가 위협적으로 들렸다. 잔가지 부러지는 소리가 주위를 시끄럽게 울렸다. 애꿎은 참새가 낸 소리였을지도 모르지만, 아주 작은 움직임이 내는 바스락 소리에도 해리는 범인을 찾아 어둠 속을 들여다보았다. 어떤 생명체도 마주치지 않고 이렇게 금지된 숲 깊숙한 곳까지 들어온 적은 없다는 생각이 들었다. 생명체들이 보이지 않는 것이 약간 불길하게 느껴졌다.

"해그리드, 마법 지팡이에 불을 켜도 괜찮을까요?" 헤르미온느가 조용히 물었다.

"어…… 그래." 해그리드가 속삭이듯 대답했다. "실은……."

그는 갑자기 걸음을 멈추더니 돌아섰다. 헤르미온느는 그대로 걸어가다가 그에게 부딪혀 뒤로 넘어갔다. 해리는 헤르미온느가 땅바닥에 넘어지기 직전에 그녀를 붙잡아 주었다.

"그냥 잠깐 멈추는 게 좋을 것 같다. 그래야 나도 너희한테…… 상황을 설명해 줄 수 있을 테니까." 해그리드가 말했다. "뭐, 거기 도착하기 전에 말이야."

"좋아요!" 해리가 다시 일으켜 세워 주자 헤르미온느가 말했다. 그들은 둘 다 "루모스"라고 중얼거렸다. 마법 지팡이 끝에 불이 켜졌다. 해그리드의 얼굴이 두 줄기 흔들리는 빛을 받으며 어둠 속에서 일렁였다. 다시 봐도 그는 초조하고 슬퍼 보였다.

"좋아." 해그리드가 말했다. "뭐…… 그래…… 문제는……."

그는 숨을 크게 들이마셨다.

"그게, 난 당장에라도 해고당할 가능성이 커." 그가 말했다.

해리와 헤르미온느는 서로 시선을 주고받은 다음 다시 그를 바라보았다.

"하지만 지금까지 잘 버텼잖아요." 헤르미온느가 머뭇거리며 말했다. "왜 그런 생각을…….'"

"엄브리지는 내가 자기 연구실에다 그 니플러를 풀어놨다고 생각해."

"진짜예요?" 해리는 자기도 모르게 물었다.

"아니, 그럴 리가 있냐!" 해그리드가 화를 내며 말했다. "그 여자는 마법 생명체에 관한 일은 모두 내가 관련돼 있다고 생각해. 너희도 알겠지만 엄브리지는 내가 돌아온 뒤부터 쭉 나를 쫓아낼 기회만 노리고 있었어. 난 물론 떠나고 싶지 않지만, 다른 이유가 없었더라면…… 그러니까…… 내가 이제부터 너희에게 설명할 특별한 상황이 아니었다면 당장에라도 떠났을 거야. 그 여자가 전 교생 앞에서 트릴로니 교수한테 했던 짓을 다시 한 번 할 기회를 주느니 말이야."

해리와 헤르미온느 둘 다 반발하려고 했지만 해그리드는 큼직한 손을 흔들어 그들의 말을 막았다.

"그런다고 세상이 끝나는 것도 아니잖아? 나는 여기서 떠나는 대로 덤블도어 교수님을 도울 수 있을 거야. 기사단에도 쓸모가 있을지 모르고. 너희에게는 그러블리플랭크 교수가 있으니까. 너희는, 너희는 시험도 잘 볼 거야…….."

그의 목소리가 떨리다가 갈라졌다.

"내 걱정은 하지 마라." 헤르미온느가 그의 팔을 토닥이려고 하자 그가 얼른 말했다. 그러더니 조끼 주머니에서 커다란 물방울무늬 손수건을 꺼내 눈물을 닦았다. "봐 봐, 어쩔 수 없는 상황이 아니었다면 난 너희한테 이 얘기를 하지 않았을 거야. 그러니까, 내가 떠나게 되면…… 뭐, 그냥 떠날 수는 없잖아……. 누구한테든 말하지 않고서는……. 왜냐하면 난, 난 너희의 도움이 필요하니까. 그리고 론도. 그 애가 돕고 싶어 한다면 말이지만."

"당연히 도울 거예요." 해리가 곧바로 말했다. "우리가 뭘 하면 돼요?"

해그리드는 큰 소리로 코를 훌쩍이더니 말없이 해리의 어깨를 두드렸다. 그 힘이 어찌나 센지 해리는 옆으로 쓰러져 나무에 부딪혔다.

"너희라면 그렇게 말할 줄 알았다." 해그리드가 손수건에 얼굴을 묻고 말했다. "하지만 난…… 절대로…… 잊지 않을 거야……. 그래…… 가자……. 이쪽으로 조금만 더 가면 돼……. 이젠 조심해라. 쐐기풀이 있으니까……."

그들은 침묵 속에서 15분을 더 걸었다. 해리가 얼마나 더 가야 하느냐고 물으려 했을 때 해그리드가 오른팔을 휙 들어 멈추라는 신호를 보냈다.

"조심해라." 그가 부드럽게 말했다. "이젠 아주 조용히 해야 해……."

그들은 앞으로 살금살금 나아갔고, 해리는 자신들이 해그리드의 키만 한 거대한 흙더미를 마주하고 있다는 사실을 알아차렸다. 그는 두려움에 움찔하면서, 그것이 어떤 거대 동물의 보금자리일 거라고 생각했다. 흙더미 주위 사방에 나무들이 뿌리째 뽑혀 나뒹굴고 있었기 때문에, 흙더미는 울타리나 바리케이드 같은 것을 이루고 있는 나무둥치와 나뭇가지 사이의 맨 땅에 솟아 있는 셈이었다. 해리와 헤르미온느, 해그리드는 지금 그 울타리 바깥에 서 있었다.

"자고 있어." 해그리드가 숨죽여 말했다.

그 말대로, 커다란 폐 한 쌍이 숨 쉬는 듯 규칙적인 소리가 아득하게 울려 퍼졌다. 해리가 헤르미온느를 흘낏 곁눈질하니 그녀는 입을 약간 벌린 채 흙더미를 뚫어지게 바라보고 있었다. 완전히 겁에 질린 표정이었다.

"해그리드." 그녀는 잠자는 생명체의 소리 너머로 간신히 속삭였다. "누구예요?"

해리는 그녀의 질문이 이상하다고 생각했다. 그가 하려고 한 질문은 "이게 뭐예요?"였으니까.

"해그리드, 전에는······." 헤르미온느가 말했다. 마법 지팡이를 쥔 그녀의 손이 떨리고 있었다. "전에는 우리한테 그들 중 아무도 오고 싶어 하지 않는다고 했잖아요!"

해리는 그녀에게서 해그리드에게로 눈길을 돌렸다가 문득 뭔가를 깨달았다. 그는 두려움을 느끼고 짧게 숨을 들이켜면서 다시 흙더미를 쳐다보았다.

그와 헤르미온느, 해그리드마저 너끈히 올라설 수 있을 것 같은 그 거대한 흙더미는 그르렁거리는 깊은 숨소리에 맞춰 천천히 오르내리고 있었다. 그것은 결코 흙더미가 아니었다. 그것은 둥그스름한 등이었다. 그리고 그 등의 주인은 틀림없이······.

"뭐, 그렇지. 이 녀석은 안 오고 싶어 했어." 해그리드가 절박한 목소리로 말했다. "하지만 데려와야 했어, 헤르미온느. 어쩔 수 없었어!"

"하지만 왜요?" 헤르미온느가 물었다. 울고 싶은 듯한 목소리였다. "왜······ 무슨······ 아, 해그리드!"

"난 저 녀석을 데려오기만 하면!" 해그리드의 목소리도 울음을 터뜨리기 일보 직전인 것처럼 들렸다. "그리고······ 그리고 예의범절을 좀 가르치기만 하면, 이 녀석을 밖으로 데리고 나가서 모두에게 이 녀석이 해롭지 않다는 걸 확실히 보여 줄 수 있을 거라고 생각했어!"

"해롭지 않다고요?" 헤르미온느가 날카롭게 소리쳤다. 눈앞의 거대 생명체가 큰 소리로 그르렁거리며 자세를 바꾸자 해그리드는 손을 들고 미친 듯이 쉿 소리를 냈다. "지금까지 줄곧 아저씨를 해치고 있었던 거 아니에요? 그래서 그렇게 상처투성이가 된 거고요!"

"이 녀석은 자기 힘을 잘 몰라!" 해그리드가 열심히 호소했다. "그리고 점점 나아지고 있어. 이젠 그렇게 많이 저항하지 않을……."

"그래서 집으로 돌아오는 데 두 달이 걸린 거군요!" 헤르미온느는 해그리드의 말을 듣지 않고 그렇게 말했다. "아, 해그리드, 오고 싶어 하지도 않는 사람을 왜 데리고 온 거예요? 자기 종족이랑 같이 있는 게 더 행복하지 않겠어요?"

"이 녀석은 괴롭힘을 당하고 있었어, 헤르미온느. 너무 작으니까!" 해그리드가 말했다.

"작다고요?" 헤르미온느가 말했다. "*작아요?*"

"헤르미온느, 두고 올 수 없었어." 해그리드가 말했다. 이제는 그의 멍든 얼굴을 타고 눈물이 턱수염으로 줄줄 흘러내리고 있었다. "그게, 이 녀석은 내 동생이야!"

헤르미온느는 입을 벌린 채 그저 그를 바라보기만 했다.

"해그리드, '동생'이라면……." 해리가 천천히 말했다. "그렇다면……?"

"뭐, 아빠가 다른 동생이지." 해그리드가 다시 말했다. "알고 보니 우리 엄마는 아빠를 떠난 뒤 다른 거인과 어울린 모양이더라고. 그리고 여기 그롭을 낳았……."

"그롭요?" 해리가 물었다.

"그래…… 뭐, 녀석이 자기 이름을 말할 때 그렇게 들리더라." 해그리드가 불안한 듯 말했다. "영어를 잘 못하거든……. 가르치려고 애쓰긴 했는데……. 아무튼, 엄마는 나에 대한 애정이 별로 없었는데 저 녀석한테도 그 이상은 아니었던 것 같아. 그게, 여자 거인한테 중요한 건 멋지고 덩치 큰 아이들을 낳는 거거든. 그런데 이 녀석은 거인치고 조금 왜소한 편이어서. 5미터도 안 되니까 말이야."

"아, 그래요, 엄청 작네요!" 헤르미온느가 신경질적으로 비아냥거리듯 말했다. "현미경으로 봐야 보이겠어요!"

"거인들 모두 이 녀석을 괴롭히고 있었단 말이야. 그냥 두고 올 수가……."

"막심 교장도 그롭을 데리고 오는 일에 찬성했나요?" 해리가 물었다.

"뭐…… 이 일이 나한테 아주 중요하다는 건 알았지." 해그리드가 커다란 두 손을 비비 꼬면서 말했다. "하지만…… 하지만 얼마 후에는 이 녀석한테 좀 질려 버렸어. 그건 인정해야지……. 그래서 우리는 집으로 돌아오는 길에 헤어졌어……. 그래도 올랭프는 아무한테도 말하지 않겠다고 약속했어."

"대체 어떻게 아무도 모르게 그롭을 데려올 수 있었죠?" 해리가 물었다.

"뭐, 그래서 그렇게 오래 걸린 거야." 해그리드가 말했다. "밤에만 다닐 수 있었고 거친 시골길로만 가야 했고 뭐 그랬지. 물론 이 녀석은 마음만 먹으면 꽤 먼 거리를 이동할 수 있어. 하지만 계속 원래 있던 곳으로 돌아가고 싶어 했어."

"아, 해그리드. 대체 왜 돌아가게 놔두지 않은 거예요!" 헤르미온느가 뿌리 뽑힌 나무에 털썩 주저앉아 두 손에 얼굴을 묻으며 말했다. "여기 오고 싶어 하지도 않는 폭력적인 거인을 데리고 뭘 하려고요!"

"뭐 글쎄, '폭력적'이라니, 그건 좀 심하다." 해그리드가 여전히 불안하게 손을 비비 꼬며 말했다. "기분 나쁠 때 나한테 두어 번 팔을 휘두른 적이 있긴 하지만, 나아지고 있어. 전보다 훨씬. 잘 적응하고 있다고."

"그럼 저 밧줄은 왜 쳐 놨어요?" 해리가 물었다.

해리는 묘목 굵기만 한 밧줄이 근처의 가장 큰 나무줄기에서부터 그룹이 그들을 등진 채 땅바닥에 몸을 웅크리고 누워 있는 곳까지 이어져 있는 것을 방금 발견했다.

"묶어 놔야 되는 거예요?" 헤르미온느가 겁에 질려서 속삭였다.

"어…… 응……." 해그리드가 불안한 표정으로 말했다. "그게, 내가 말했잖나. 이 녀석은 자기 힘을 잘 몰라."

해리는 왜 이 근처에 살아 있는 다른 생명체가 수상할 정도로 자취를 감췄는지 이제야 이해가 되었다.

"그래서, 해리랑 론이랑 제가 뭘 도와드려야 하는 거예요?" 헤르미온느가 우려를 담은 목소리로 물었다.

"돌봐 달라고." 해그리드가 쉰 목소리로 말했다. "내가 떠난 뒤에 말이야."

해리와 헤르미온느는 난처한 눈길을 주고받았다. 해리는 이미 해그리드의 부탁은 무엇이든 들어주겠다고 약속했다는 사실을 의식하고 불편해졌.

"그럼, 그럼 정확히 뭘 해야 하나요?" 헤르미온느가 물었다.

"음식 같은 건 전혀 갖다줄 필요 없어!" 해그리드가 열띤 어조로 말했다. "먹을 건 알아서 구할 수 있어. 그건 아무 문제 없다. 새나 사슴이나 그런 것들……. 그래, 이 녀석에게 필요한 건 같이 있어 줄 사람이야. 누군가가 자기를 계속 도우려 하고 있다는 것만 알아도…… 그러니까, 이 녀석을 가르치는 일 말이야."

해리는 아무 말도 하지 않고 돌아서서, 땅바닥에 누워 잠들어 있는 눈앞의 거대한 형체를 다시 바라보았다. 그저 덩치가 지나치게 큰 사람처럼 보이는 해그리드와 달리 그룹의 모습은 기괴했다. 이제 보니 거대한 흙더미 왼쪽, 이끼로 뒤덮인 커다란 바위라고 생각했던 것이 바로 그룹의 머리였다. 인간과 비교하면 머리는 몸에 비해 훨씬 크고 거의 완벽한 원형이었으며 고사리 색깔의 짧고 빽빽한 곱슬머리로 뒤덮여 있었다. 꼭대기에 단 하나의 크고 살집 있는 귀가 달려 있는 그 머리는 마치 버넌 이모부처럼 목이 거의 없다시피 어깨에 바로 얹혀 있는 것 같았다. 동물 가죽을 거칠게 꿰매서 이어붙인 듯한, 더러운 갈색 작업복 비슷한 옷가지를 걸친 등짝은 매우 넓었다. 그룹이 자면서 숨 쉴 때마다, 가죽을 엉성하게 이어붙인 솔기가 팽팽히 당겨져 뜯어질 듯했다. 두 다리는 꼬부린 채였다. 해리는 썰매처럼 큼직한 더러운 한 쌍의 맨발바닥이 금지된 숲의 흙바닥 위에 나란히 포개져 있는 것을 보았다.

"우리보고 그룹을 가르치라고요?" 해리가 공허한 목소리로 말했다. 그는 피렌지의 경고가 무슨 뜻이었는지 이제야 이해했다. '그의 시도는 통하지 않는다. 그 일을 포기하는 게 더 나을 것이다.' 당연히 금지된 숲에 사는 생명체들은 그룹에게 영어를 가르치려는 해그리드의 헛된 노력에 대해서 들었을 것이다.

"그래, 그냥 너희가 말이라도 좀 걸어 줘." 해그리드가 기대에 차서 말했다. "왜냐면, 내 생각엔 이 녀석이 사람들과 이야기를 나누게 되면 모두가 사실은 자기를 좋아하고 여기 머물러 주기를 바란다는 걸 이해할 것 같거든."

해리는 헤르미온느를 바라보았고 그녀는 얼굴을 가린 손가락 사이로 그를 마주 보았다.

"뭐랄까, 차라리 노버트를 다시 데려왔으면 하고 바라게 만드네. 그치?" 그가 말하자 그녀는 부들부들 떨며 웃었다.

"그럼, 그렇게 해 줄 거지?" 해리가 방금 한 말을 알아듣지 못한 듯 해그리드가 말했다.

"우린……." 해리가 입을 열었다. 그는 이미 약속을 해 버렸다. "노력해 볼게요, 해그리드."

"너라면 그렇게 해 줄 줄 알았어, 해리." 해그리드가 말했다. 그는 눈물 젖은 얼굴로 활짝 웃으며 다시 한 번 손수건으로 얼굴을 가볍게 훔쳤다. "너무 무리는 하지 마. 뭐…… 너희가 시험을 봐야 한다는 것도 알고……. 그냥 1주일에 한 번 정도 투명 망토를 쓰고 여기 잠깐 들러서 이 녀석과 이야기 나눠 줄 수 있다면……. 그럼 깨울게. 너희를 소개해야……."

"무슨…… 안 돼요!" 헤르미온느가 벌떡 일어서며 소리쳤다. "해그리드, 안 돼요. 깨우지 마세요. 정말이에요. 그럴 필요……."

하지만 해그리드는 이미 눈앞의 거대한 나무줄기를 넘어서 그롭에게 다가가고 있었다. 그는 3미터쯤 떨어진 곳에 도착하자 땅에 떨어진 긴 나뭇가지를 집어 들고 어깨 너머로 해리와 헤르미온느를 돌아보며 안심하라는 듯 미소 지어 보였다. 그러더니 가지 끝으로 그롭의 등 한복판을 쿡 찔렀다.

거인의 고함 소리가 고요한 숲에 울려 퍼졌다. 머리 위 우듬지에 앉아 있던 새들이 지저귀며 솟구쳐 오르더니 멀리 날아가 버렸다. 한편, 해리와 헤르미온느 앞에서는 어마어마한 덩치의 그롭이 바닥에서 몸을 일으키고 있었다. 그가 무릎을 세우려고 거대한 손으로 바닥을 짚자 땅이 다 흔들렸다. 그롭은 누가 또는 무엇이 자기를 건드렸는지 보려고 고개를 돌렸다.

"잘 있었어, 그로피?" 해그리드가 언제라도 그롭을 다시 찌를 태세로 긴 나뭇가지를 들어 올린 채 뒷걸음질 치면서 짐짓 명랑한 목소리로 물었다. "잘 잤어?"

해리와 헤르미온느는 거인을 계속 시야 안에 두면서 최대한 멀리 물러났다. 그롭은 아직 뿌리째 뽑아 버리지 않은 나무 두 그루 사이에 무릎을 꿇었다. 그들은 마치 어두운 공터에 떠다니는 회색 보름달 같은 그 놀랄 만큼 커다란 얼굴을 올려다보았다. 눈 코 입은 큼직한 돌 공에 대충 새겨 놓은 것처럼 보였다. 뭉툭한 코는 뚜렷한 형태가 없었고, 비뚤어진 입은 벽돌 절반 크기의 삐뚤빼뚤한 누런 이빨로 가득했다. 거인 기준으로도 작은 두 눈은 진흙탕 같은 녹색과 갈색이 섞인 빛깔을 띠고 있었는데, 지금은 졸려서 반쯤 감겨 있었다. 그롭은 손을 들어 올려 하나하나가 크리켓 공만 한 더러운 손마디로 눈을 마구 비비더니, 아무 예고도 없이 놀랄 만큼의 속도와 민첩성을 보이며 땅을 짚고 일어섰다.

"아, 세상에!" 옆에서 헤르미온느의 겁에 질린 비명 소리가 들렸다.

그롭의 손목과 발목에 감긴 밧줄을 묶어 둔 나무들이 불길하게 삐걱거렸다. 해그리드가 말했듯 그의 키는 5미터 가까이 되어 보였다. 그롭은 흐리멍덩한 눈으로 주위를 둘러보다가 파라솔만 한 손을 뻗어 높이 솟은 소나무 위쪽 가지에서 새 둥지를 잡아채더니 그 안에 새가 없는 것을 깨닫고 불만이 가득 담긴 고함을 지르며 둥지를 뒤집었다. 알들이 수류탄처럼 바닥에 떨어지자 해그리드는 거기에 맞지 않으려고 재빨리 양팔로 머리를 감쌌다.

"아무튼, 그로피." 해그리드가 새알이 더 떨어질까 봐 걱정스럽게 올려다보며 소리쳤다. "널 위해 친구를 몇 명 데려왔어. 내가 데려올 거라고 말했던 거 기억하지? 내가 짧은 여행을 떠나야 할지도 모르고, 그러면 그 친구들이 잠깐 동안 널 돌봐 줄 수도 있다고. 기억나지, 그로피?"

하지만 그롭은 그저 또 한 번 낮게 으르렁거릴 뿐이었다. 그가 해그리드의 말을 듣고 있는 건지, 해그리드가 만들어 내는 소리가 들리기는 하는 건지도 분간하기 어려웠다. 그롭은 이제 소나무 꼭대기를 잡아 자기 쪽으로 끌어당기고 있었다. 그저 재미 삼아, 당겼다 놓으면 나무가 얼마나 튕겨 나갈지 보려는 게 분명했다.

"아, 그로피. 그러지 마!" 해그리드가 소리쳤다. "다른 나무들도 그러다 뽑아 버렸잖아."

아니나 다를까, 나무뿌리 주위의 땅이 쩍쩍 갈라지기 시작했다.

"내가 친구를 데려왔다고!" 해그리드가 소리쳤다. "친구 말이야! 내려다봐, 이 집채만 한 장난꾸러기야. 내가 친구를 데려왔다니까!"

"아, 해그리드, 그러지 마요." 헤르미온느가 신음했지만 해그리드는 이미 나뭇가지를 다시 들어 올려 그롭의 무릎을 날카롭게 찌른 뒤였다.

거인은 붙잡고 있던 나무 꼭대기를 놓았다. 나무는 위협적으로 흔들리면서 해그리드 위로 솔잎의 비를 쏟아부었다. 그롭이 내려다보았다.

"이쪽은……." 해그리드가 해리와 헤르미온느가 서 있는 곳으로 빠르게 걸어가며 말했다. "해리야, 그롭! 해리 포터! 내가 떠나게 되면 이 친구가 널 만나러 올 거야. 알았지?"

거인은 해리와 헤르미온느가 있다는 사실을 방금 전에야 깨달은 듯했다. 그들은 엄청난 두려움을 품은 채, 그롭이 흐릿한 눈으로 그들을 보려고 거대한 바위 같은 머리를 낮추는 모습을 지켜보았다.

"그리고 이쪽은 헤르미온느야. 알았지? 헤르……." 해그리드는 잠깐 망설였다. 그가 헤르미온느에게 고개를 돌리며 말했다. "그롭이 널 헤르미라고 불러도 될까, 헤르미온느? 이 녀석이 기억하기에는 어려운 이름이라서 말이야."

"네, 전혀 상관없어요." 헤르미온느가 높은 소리로 말했다.

"이쪽은 헤르미야, 그롭! 헤르미도 같이 와 줄 거야! 신나지? 응? 두 친구가 너를…… **그로피, 안 돼!**"

그롭의 손이 돌연 헤르미온느 쪽으로 뻗어 나갔다. 해리는 그녀를 잡고 나무 뒤로 끌어당겼다. 그롭의 주먹은 나무줄기를 스치면서 공기만 움켜쥐었을 뿐이다.

"**그러면 못써, 그로피!**" 해그리드가 고함치는 가운데 헤르미온느는 나무 뒤에서 해리에게 매달린 채 덜덜 떨면서 훌쩍였다. "**아주 나쁜 짓이야! 움켜쥐면 안…… 아얏!**"

해리가 나무 사이로 고개를 내밀고 보니 해그리드는 손으로 코를 감싼 채 땅바닥에 드러누워 있었다. 그롭은 흥미를 잃어 가는 듯 어느새 몸을 펴고, 또다시 있는 힘껏 소나무를 뒤로 잡아당기는 일에 정신이 팔려 있었다.

"좋아." 해그리드가 한 손으로 피가 나는 코를 쥐고 다른 손으로는 석궁을 꽉 움켜쥐며 코맹맹이 소리로 말했다. "뭐…… 됐어……. 저 녀석을 만났으니, 너희가 다시 오면 이제 녀석도 너희를 알아볼 거야. 그래…… 뭐……."

그는 바위 같은 얼굴에 무심하니 즐거운 표정을 띠고 소나무를 뒤로 잡아당기는 그룹을 올려다보았다. 우지끈하는 소리와 함께 나무뿌리가 땅 위로 모습을 드러냈다.

"뭐, 오늘은 이 정도면 된 것 같다." 해그리드가 말했다. "우린, 어…… 이제 돌아갈까?"

해리와 헤르미온느는 고개를 끄덕였다. 해그리드는 석궁을 다시 어깨에 걸치고, 여전히 코를 움켜쥔 채 앞장서서 다시 나무숲으로 들어갔다.

한동안 아무도 입을 열지 않았다. 멀찍이서 그룹이 끝내 소나무를 뽑아 버리는 요란한 굉음이 들렸을 때도 그랬다. 헤르미온느의 얼굴은 하얗게 질린 채 굳어 있었다. 해리는 할 말이 하나도 떠오르지 않았다. 해그리드가 금지된 숲에 그룹을 숨긴 사실을 들키면 어떤 일이 벌어질까? 게다가 해리는 론, 헤르미온느와 함께 거인에게 문명을 가르치려는 해그리드의 완전히 쓸모없는 시도를 계속 이어 가겠다고 약속한 터였다. 아무리 송곳니 돋친 괴물들이 사랑스럽고 전혀 해롭지 않다고 자기 자신을 속일 수 있는 어마어마한 능력을 가진 해그리드라지만, 대체 어떻게 그룹이 인간들과 어울리게 될 거라고 스스로를 기만할 수 있단 말인가?

"잠깐." 해그리드가 불쑥 말했다. 해리와 헤르미온느는 그의 뒤에서 빽빽한 마디풀 덤불을 헤치고 가느라 애를 먹고 있었다. 해그리드가 어깨 너머로 화살집에서 화살 하나를 꺼내 석궁에 걸었다. 해리와 헤르미온느는 마법 지팡이를 들었다. 걷기를 멈춘 지금 그들도 가까이에서 뭔가 움직이는 소리를 들을 수 있었다.

"아, 제기랄." 해그리드가 조용히 중얼거렸다.

"말했을 텐데." 굵직한 남자 목소리가 들렸다. "자네는 더 이상 이곳에서 환영받지 못한다고."

잠깐 동안은 얼룩덜룩한 녹색의 어슴푸레한 빛 속에서 벌거벗은 남자의 상체가 둥둥 떠오르는 듯했다. 다음 순간 남자의 허리가 밤색을 띤 말의 몸으로 부드럽게 이어진 것이 보였다. 이 켄타우로스는 광대뼈가 두드러진 위풍당당한 얼굴에 긴 검은색 머리카락을 갖고 있었다. 그 역시 해그리드처럼 무장을 한 상태였다. 한 통 가득한 화살들과 긴 활이 그의 어깨에 걸쳐져 있었다.

"잘 지냈나, 마고리언?" 해그리드가 경계 가득한 목소리로 인사를 건넸다.

마고리언 뒤쪽의 나무들이 부스럭거리더니 너덧 명의 켄타우로스가 더 나타났다. 해리는 검은색 몸에 턱수염이 있는 베인을 알아보았다. 4년 전 피렌지를 만났던 날 밤에 봤던 켄타우로스였다. 베인은 예전에 해리를 만난 적이 있다는 내색을 전혀 하지 않았다.

"이런" 하고, 베인이 악의 어린 목소리로 말하더니 곧바로 마고리언을 돌아보았다. "이 인간이 또다시 숲에 얼굴을 내밀면 어떻게 할지 이미 합의가 됐다고 생각하네만."

"이젠 내가 '이 인간'이냐?" 해그리드가 성을 내며 말했다. "너희가 동료를 죽이는 걸 막았다는 이유로?"

"자네는 끼어들지 말았어야 했어, 해그리드." 마고리언이 말했다. "우리의 방식은 자네와 달라. 우리의 법도 마찬가지야. 피렌지는 우리를 배신하고 욕되게 했네."

"어쩌다 그런 생각을 하게 됐는지 모르겠는데." 해그리드가 못 참겠다는 듯 말했다. "피렌지는 알버스 덤블도어를 돕는 것 말고는 아무것도……."

"피렌지는 인간의 노예가 되기로 했다." 주름이 깊게 팬 굳은 얼굴의 회색 켄타우로스가 말했다.

"노예라니!" 해그리드가 날카롭게 소리쳤다. "피렌지는 덤블도어 교수님의 부탁을 들어 주고 있을 뿐이야."

"피렌지는 우리의 지식과 비밀을 인간들에게 팔고 있네." 마고리언이 조용히 말했다. "그러한 치욕을 되돌릴 길은 없어."

"그렇게 말한다면야." 해그리드가 어깨를 으쓱했다. "하지만 개인적으로 나는 너희가 큰 실수를 하고 있다고 생각……."

"너도 마찬가지다, 인간." 베인이 말했다. "우리가 경고했는데도 우리의 숲에 다시 들어오다니."

"이봐, 내 말 좀 들어 봐." 해그리드는 화가 나서 말을 이었다. "미안하지만 '우리' 숲이라는 말은 더 이상 못 들어주겠는데. 여기에 누가 드나드는지를 결정하는 건 너희의 일이 아니······."

"자네 일도 아니지, 해그리드." 마고리언이 부드럽게 말을 끊었다. "오늘은 그냥 보내 주겠네. 같이 있는 자네의 어린······."

"저 애들은 이 인간의 자식이 아니야!" 베인이 경멸하듯 외치며 끼어들었다. "학생들일세, 마고리언. 저 위에 있는 학교 학생! 아마도 벌써 배신자 피렌지의 가르침에서 뭔가 얻었는지도 모르지."

마고리언이 침착하게 말했다. "그렇더라도 망아지들을 죽이는 건 끔찍한 범죄일세. 우리는 죄 없는 자들에게는 손대지 않아. 해그리드, 오늘은 그냥 가게. 앞으로는 이곳에 얼씬도 하지 말게나. 자네는 배신자 피렌지가 우리에게서 도망치도록 도운 순간부터 켄타우로스들과의 우정을 박탈당한 거야."

"너희 같은 늙은 노새들 때문에 숲에 못 들어오는 일은 없을걸!" 해그리드가 큰 소리로 말했다.

"해그리드." 헤르미온느가 겁에 질려 높아진 목소리로 말했다. 베인과 회색 켄타우로스 모두 앞발로 땅을 긁고 있었다. "가요, 제발 가요!"

해그리드는 앞으로 움직이면서도 여전히 석궁을 들고 있었다. 그의 눈은 아직도 마고리언에게 위협적으로 붙박여 있었다.

"우리는 자네가 숲에 뭘 감추고 있는지 알아, 해그리드!" 켄타우로스들이 보이지 않을 만큼 멀리 왔을 때 마고리언이 그들의 뒤에 대고 소리쳤다. "우리의 인내심도 줄어들고 있어!"

해그리드가 몸을 돌렸다. 즉시 마고리언이 있는 곳으로 달려갈 태세였다.

"그 녀석이 여기 있는 한은 참아야 할걸. 숲은 너희들 것이기도 하지만, 그만큼 그 녀석 것이기도 하니까!" 그가 소리쳤다. 해리와 헤르미온느는 해그리드가 계속 앞으로 가도록 하려고 온힘을 다해 두 손으로 그의 두더지가죽 조끼를 밀었다. 그는 계속 눈을 부라리며 밑을 내려다보았다. 둘 다 자신을 밀고 있는 모습에 해그리드는 약간 놀란 표정을 지었다. 아무것도 느끼지 못한 모양이었다.

"둘 다 진정해라." 해그리드가 몸을 돌려 걸음을 이어 가면서 말했다. 둘은 그의 뒤를 따라가며 헐떡거렸다. "망할 놈의 노새들 같으니라고. 안 그러냐?"

"해그리드." 올 때 지나쳤던 쐐기풀밭을 빙 돌아가면서 헤르미온느가 가쁜 숨을 내쉬며 말했다. "켄타우로스들이 숲에 인간이 들어오는 걸 바라지 않는다면 해리랑 저도 어쩔 도리가……."

"아, 그 작자들이 하는 말 들었잖냐." 해그리드가 일축했다. "망아지들은 해치지 않겠다고. 그러니까, 애들 말이다. 아무튼 저놈들 무리가 이래라저래라 하게 내버려 둘 수는 없어."

"시도는 괜찮았어." 해리가 의기소침한 표정의 헤르미온느에게 중얼거렸다.

마침내 그들은 다시 오솔길에 들어섰다. 10분이 더 지나자 나무들이 듬성듬성해지기 시작했다. 맑고 파란 하늘 일부가 다시 보이고 멀리서 환성과 고함 소리가 확실히 들려왔다.

"또 골을 넣었나?" 퀴디치 경기장이 시야에 들어오자 해그리드가 숲속 공터에 멈춰 서서 물었다. "아니면 경기가 끝난 걸까?"

"모르겠어요." 헤르미온느가 힘없이 말했다. 해리가 보니 그녀는 완전히 너덜너덜한 상태였다. 머리카락에는 잔가지와 나뭇잎이 잔뜩 붙어 있었고 로브는 군데군데 찢겨 있었으며 얼굴과 팔에는 긁힌 상처 투성이였다. 분명 그 역시 그보다 나을 게 없는 모습일 것이다.

"끝난 것 같은데!" 해그리드가 눈을 가늘게 뜬 채 계속 경기장 쪽을 바라보며 말했다. "봐라, 사람들이 벌써 나오고 있잖아. 너희도 서두르면 다른 아이들 속에 섞일 수 있을 거야. 그러면 너희가 그 자리에 없었다는 걸 아무도 모를 테지!"

"좋은 생각이네요." 해리가 말했다. "그럼…… 나중에 봐요, 해그리드."

"믿을 수가 없어." 해그리드에게는 들리지 않을 곳에 이르자마자 헤르미온느가 심하게 떨리는 목소리로 말했다. "믿을 수가 없어. 정말 믿을 수가 없어."

"진정해." 해리가 말했다.

"진정하라고?" 그녀가 열을 냈다. "거인이야! 금지된 숲에 거인이 있다고! 그리고 우리가 그 거인한테 영어를 가르쳐야 해! 물론 매번 숲을 드나들 때마다 우릴 죽이려 드는 켄타우로스들을 무사히 통과했을 때의 얘기지만! 난, 도저히, 믿기지가, 않아!"

"아직 아무것도 할 필요 없어!" 해리는 조용한 목소리로 그녀를 안심시키려고 애썼다. 그들은 왁자지껄하게 성으로 돌아가는 후플푸프 학생들 사이에 끼었다. "해그리드가 쫓겨나지 않는 한 우린 아무것도 할 필요 없어. 그런 일은 아예 일어나지 않을지도 몰라."

"아, 집어치워, 해리!" 헤르미온느가 화를 냈다. 헤르미온느가 가다 말고 우뚝 멈춰 서는 바람에 뒤에서 오던 학생들은 그녀를 피해 돌아가야 했다. "해그리드는 당연히 쫓겨날 거야. 진짜 솔직히 말하면, 우리가 방금 본 게 있는데 엄브리지를 탓할 사람이 누가 있겠어?"

한순간 침묵이 흘렀다. 해리는 그녀를 노려보았다. 그녀의 눈에 천천히 눈물이 차올랐다.

"진심은 아니었겠지." 해리가 조용히 말했다.

"응…… 뭐…… 그래…… 진심은 아니었어." 그녀가 화가 나서 눈물을 닦으며 말했다. "하지만 해그리드는 왜 자기 인생을, 우리 인생을 이토록 어렵게 만들지?"

"나도 몰라……."

"위즐리는 우리의 왕.
위즐리는 우리의 왕..
커플을 허용하지 않은
위즐리는 우리의 왕……."

"저 멍청한 노래 좀 그만 불렀으면 좋겠다." 헤르미온느가 비참한 듯 말했다. "이젠 질릴 때도 되지 않았어?"

엄청난 학생들의 물결이 경기장에서부터 비스듬하게 뻗은 잔디밭을 따라 올라가고 있었다.

"아, 슬리데린 애들이랑 마주치기 전에 빨리 들어가자." 헤르미온느가 말했다.

"위즐리는 모든 걸 잡아.
골대 하나 안 남겨 놔.

그래서 그리핀도르는 모두 노래하지.
위즐리는 우리의 왕."

"헤르미온느……." 해리가 천천히 말했다.
점점 커져 가는 노랫소리는 녹색과 은색 옷을 입은 슬리데린 학생 무리가 아니라 천천히 성으로 향하는 붉은색과 황금색 무리에서 흘러나오고 있었다. 수많은 사람이 어깨 위에 한 사람을 올려놓고 있었다.

"위즐리는 우리의 왕.
위즐리는 우리의 왕.
커플을 허용하지 않은
위즐리는 우리의 왕……."

"설마?" 헤르미온느가 숨죽인 목소리로 말했다.
"**맞아!**" 해리가 큰 소리로 외쳤다.
"**해리! 헤르미온느!**" 론이 은빛 퀴디치 우승컵을 공중에 마구 흔들며 제정신이 아닌 얼굴로 소리쳤다. "**우리가 해냈어! 우리가 이겼어!**"
론이 옆을 지나갈 때 두 사람은 그를 올려다보며 활짝 웃었다.

성문 앞에는 학생들이 몰려 있었고, 론의 머리가 문틀에 꽤 세게 부딪혔지만 아무도 그를 내려놓고 싶어 하지 않는 것 같았다. 학생들은 여전히 노래를 부르면서 현관홀로 몰려들어 가 시야에서 사라졌다. 해리와 헤르미온느는 여전히 활짝 웃는 얼굴로 '위즐리는 우리의 왕'의 마지막 울림이 들리지 않게 될 때까지 그들의 뒷모습을 지켜보았다. 그런 다음 두 사람은 서로에게로 시선을 돌렸다. 그들의 얼굴에서 미소가 서서히 사라졌다.

"우리 소식은 내일까지 아껴 놔야겠지?" 해리가 말했다.

"응, 그래." 헤르미온느가 지친 듯 대꾸했다. "난 전혀 서두르고 싶지 않아."

그들은 나란히 계단을 올랐다. 성 정문에 이르자 두 사람 모두 무의식적으로 금지된 숲을 돌아보았다. 상상인지 아닌지 확실하진 않지만, 해리의 눈에는 저 멀리 우듬지 위로 새 무리가 후다닥 솟구쳐 오르는 모습이 보이는 듯했다. 마치 그 새들이 둥지를 틀고 있던 나무가 방금 뿌리째 뽑히기라도 한 것처럼.

(제5권 《해리 포터와 불사조 기사단 5》에서 계속됩니다.)

강동혁은 서울대학교 영문학과와 사회학과를 졸업하고 같은 학교 대학원에서 영문학 석사학위를 받았다. 옮긴 책으로는 《신비한 동물사전 원작 시나리오》, 《일곱 건의 살인에 대한 간략한 역사》, 《레스》, 《이 소년의 삶》 등이 있다.

해리 포터와 불사조 기사단 4

초판 1쇄 발행 2024년 11월 28일
초판 3쇄 발행 2025년 8월 14일

지은이 | J.K. 롤링
옮긴이 | 강동혁
발행인 | 강봉자, 김은경

펴낸곳 | (주)문학수첩
주소 | 경기도 파주시 회동길 503-1(문발동 633-4) 출판문화단지
전화 | 031-955-9088(마케팅부), 9532(편집부)
팩스 | 031-955-9066
등록 | 1991년 11월 27일 제16-482호

홈페이지 | www.moonhak.co.kr
블로그 | blog.naver.com/moonhak91
이메일 | moonhak@moonhak.co.kr

ISBN 979-11-93790-54-0 04840
       979-11-93790-50-2 (세트)

*파본은 구매처에서 바꾸어 드립니다.